京屋の女房

梶よう子

潮出版社

京屋の女房　目次

装画　中川 学
装幀　高柳雅人

第一章　朱塗りの煙管

一

軒先から下がる暖簾が、ぱたぱたと風に揺れている。年が明け、寛政十二年（一八〇〇）の春を迎えたが、吹く風は変わらず冷たい。気の早い江戸っ子は、鶯の初音はまだかと痺れを切らすも、昨年末に降った雪が解けきらず、路地裏や陽の当たらぬ陰にまだ残っていた。

京橋一丁目、間口三間の、煙管、煙草入れ屋『京屋』。店先の置き看板には『御紙煙草入　京屋伝蔵』とある。

ゆりは、襷掛けに姉さん被りをして、色鮮やかな煙草入れの並ぶ棚を一心に拭いていた。その横には、煙管がずらりと並んだ引き出しがある。

雪化粧をした江戸の町は本当にきれいだったと、ゆりは思った。雪は醜いものも汚いものも、なんでも覆い隠してしまう。町の喧騒すらも吸い込んで静寂を運んでくる。降る雪はどこも同じと思っていたが、明らかに一昨年見た雪景色とは違っていた。

四角い囲いの中にいただけじゃ、見えないものがたくさんあった。どこまでも空は果てなく続いているけれど、目の前にはいつも塀があった。女たちがひしめき合う町。美しい衣装も百目蠟燭の下で映える化粧も、現のようで現でない。けれど夢でもまやかしでもない。あたしたちは、確かにそこにいて、懸命に生きていた。

浅草田圃には、夜通し光を放つ場所がある。江戸の町の灯がほとんど消えても、そこだけぼうっと明るく闇の中に浮かんで見える。

新吉原と呼ばれる、遊郭だ。

ゆりは家の事情で、二十歳になってすぐ『玉屋』という見世に入った。

吉原で最高位の花魁を張るのは、幼いころから読み書き、芸事を仕込まれ、さらに容姿に恵まれている者がほとんどだ。花魁の側につき、遊女としての仕事を学ぶ禿となるのも、女童のうち、やはり顔立ちがきれいな子や気働きの出来る子が選ばれる。

ゆりのように、歳がいってから大門をくぐった者は、吉原での立身は望めない。自分の座敷を持って客を迎えることが出来る部屋持ちになるのが精一杯。

年季奉公は五年。二十五歳まで勤めればここを出られるというのは、勘違い。化粧品や衣装、日用品は自分持ち。それに吉原には紋日というものがあった。正月や雛の祭りなどのような五節句には衣装を新調したり、客に贈り物をしたり——そうした出費は妓が負担するため、妓楼への借金は減るどころか、ますます増えて、年季はさらに延びることになる。金で買った女を見世に留めて置くために、よく出来た仕組みだと、悔しいけれど感心する。

ゆりも、もう二度と大門から外には出られないものと思っていた。

見世と約束した年季が明けても借金は残ったまま。そのまま奉公を続けることがほとんどだ。よしんば、借金がきれいになったとしても、帰る家がない女もいる。同じ見世にいた妓たちの多数が、遊女と客を取り持つ遣り手になったり、格下の見世に移ったりしていた。哀れなのは、河岸見世と呼ばれる切見世で客を取らざるを得なくなること。畳二枚のあばら屋で寝起きして、客の相手をする。

吉原の遊女が唯一の出入り口である大門から出るためには、身請けされるか、冷たい骸にならなきゃいけない。二度と再び町場の暮らしは望めないと絶望した。もう、これでおしまいなのだと、本気で思っていた。小さい頃から廓しか知らずに育った娘なら、生きる世界はここだけと達観出来るのかもしれない。けれど、ゆりは二十歳まで町場にいた。

父親は、醤油屋の番頭を務めていた。幼い頃は日々のお稽古事に、花見やお芝居、船遊び、大川の花火——。人並み以上の暮らしをしてきたから、「なぜこんなことに」と、余計に悲しく、辛かった。富くじに夢中になった父親が店の金を使い込み、悪い奴らから借金をして、勝手に死んでしまった。ゆりが十八のときだ。父親を恨んだ。まとまり掛けていた縁談も反故になった。なんて運が悪いのだろうと思ったから、覚悟も出来たのかもしれない。

ここで生きて、死んでいくのだと——。

別の見世には、夫の借金の返済のために身を売った女がいた。子もふたりいるといっていた。亭主がちゃんと育ててくれればいいがと、毎日泣き暮らしていた。けれど、冬に患って、あっという間に逝ってしまった。亭主が亡骸を引き取りに来ただけ、幸せだと他の妓がぽつんといった。親も亭主も親戚も迎えになんか来やしない。たいていは、巣鴨の西方寺や三ノ輪の浄閑寺が死んだ妓の行き着く先だ。

あたしは運が悪い中でも、良いほうだった。妓楼が玉屋であったことも幸いした。妓楼にも格があって、玉屋は大見世。だから、客層も悪くない。でもなにより、馴染みになってくれた夫には感謝しきれない。ましてや、妻として迎えてくれるなんて思ってもみなかった。

そのうえ、年季が明ける二年も前だ。

玉屋の主人からは、「旦那さんに感謝しなさいよ」といわれ、送り出された。

だからこの幸せをしっかりと噛み締めて、この家を守っていかなければと思っている。

でも――。

ひとつだけ、心に引っかかっていることがある。

妹だ。父親が死んで、結局はその二年後に、吉原に行くことになるなんて思いもしなかったその年に、生まれた妹だ。父親はすでに亡くなっていたから、妹の父親はどこの誰かも知らない。母親は酌婦をしていたから、店で知り合った男だろう。二十も離れていたから、まるで自分が母になったように妹の世話をした。しかし、その半年後に結局、借金の形に、ゆりは身を売った。生まれたばかりの妹のためでもあった。借金がきれいになって、少しまとまった銭が手元に残れば、と。そう思ってのことだ。ほんのわずかな間でも、自分が育てた。そんな情も湧いていたのだと思う。

けれど、ふたりが今どうしているのか。その行方も知らない。同じ江戸の空の下にいるのかもわからない。たとえ、どこにいても健やかにいてくれればいい——でも、いつか。会って姉妹の名乗りをしたい。玉屋にいた頃はそう思っていた。それが、ここを出るための力にもなったからだ。だけど、あたしのことなど、覚えているはずもない。母親が、父の違う姉が吉原で女郎をしているなんて話もしない。そもそも、姉がいることすら知らされていないかもしれない。

だからもう——。

はあ、とゆりは、ため息をついたが、すぐに首を横に振った。

いけない、いけない。ため息をひとつつくと、良いことがひとつ逃げていくよ、と幼い頃祖母にいわれたのを思い出す。いまだに、それを信じている自分がおかしいけれど。

ここに嫁いでようやく三月。舅はすでに亡くなっていて、姑もあまり息子夫婦にはかかわらない人なので、ほっとしている。ただ、あまり歓迎されていないことはなんとなく感じた。初めは吉原勤めだったせいかと思ったが、そうではなかった。夫には病死した先妻がいる。とてもよく舅姑に仕え、夫を支えていたと、姑がいつだったかさりげなくいった。夫も先妻を亡くした後、縁談は降るようにあったのに首を縦に振らなかったというから、良妻だったに違いない。先妻と比べられているのは、姑が意識せずとも視線や言葉の端々から窺い知れるものだ。

夫は四十歳。ゆりとは十七歳差の夫婦だ。姑は、歳の差が心配だといいつつも、若いのだから、子を成して、孫を抱かせてほしいといってくる。先妻との間に子が出来なかったからだ。

とはいえ、このくらいはほんの些細なこと。世の中にはもっと意地悪で、厳しい姑もいるだろうし。ゆりは、せっせと棚を拭く。

おや、こっちにも埃が、と爪先立って、腕を伸ばしたとき、

「お内儀さん、そんなことは、おいらがやります。番頭さんに叱られちまいますよう」

表通りを掃きに出て来た奉公人の杉吉が竹箒を放り投げ、慌てて店座敷に上がって来た。

「いいのよ。あたしはまだお店に出ても役に立ちやしないんだもの。こんなことぐらいしか出来ないから。拭き掃除以外にはなにかある？　なんでもいってちょうだい」

ゆりは手を休めず、杉吉を振り返っていった。

杉吉は、ゆりの背後に立つと、

「駄目です、駄目です。掃除はおいらの仕事なんです」

そういいながら、べそをかいている。ゆりは驚いて、手を止めた。まだ十になったばかりの童だ。この子がこの店の奉公人の中で一番幼い。ゆりはついつい生き別れの妹を思う。男児と女児と違っていても。

「ああ、ごめんなさいね。そうね、あんたの仕事を取っちゃいけないわね」

杉吉がぐすりぐすりとしゃくり上げ始める。

「これ、杉吉。箒を放り出して何をしているんだい」

店と母屋とを分ける間仕切り暖簾から、番頭の重蔵が姿を現した。

「あたしが余計なことをしたんです。杉吉はちっとも悪くありません。叱らないでくださいましな」

ゆりは杉吉を守るように腕を摑んで引き寄せた。重蔵は肉厚の唇をむうっと歪める。

「お内儀さん、前にもいったでしょう？　お内儀さんは店に出て、時々常連やお武家のお相手をしていただければいいんです。掃除は、杉吉や他の小僧の仕事なんです。旦那さまもそのおつもりなんですから。勝手にされるとこちらが困るのですよ」

「ええ、わかっていますけど」

ゆりはずんぐりした重蔵を振り仰ぐ。重蔵は、どこかゆりを持て余すような眼を向ける。決して悪い人ではないのだけれど、どこか窮屈な男だ——やはり自分を受け入れていないのだろうと、つい考えてしまう。

「なんだか、じっとしていられなくて。動きたくなってしまうの」

ゆりが上眼遣いに窺うと、重蔵は、わざとらしく咳払いをして、

「ともかく、掃除は小僧にやらせてくださいよ。ほら、杉吉。ぐずぐずしていないで、さっさと通りを掃いてしまいなさい。そろそろ、お客さまも来る時分だ。五助と太市はどうした？　また怠けているのかい。ああ、しょうもない。今日も忙しくなるというのに」

早口で捲し立てると、帳場に向かって行く。

「ごめんね、杉吉。通りのお掃除をお願いね」

ゆりは杉吉の小さな手を握り締めると、にこりと笑いかけた。杉吉は眼をはっと見開いたが、すぐ恥ずかしげに顔を伏せる。ゆりが手を解くや、くるりと背を向け、小走りに表に出て行った。

「これ、店の中を走るんじゃないよ。埃が立つ」

重蔵の不機嫌な声が飛んだ。

店を開いて、半刻(約一時間)もせぬうちに次々お客がやって来た。三坪ほどの三和土はたちまち人でいっぱいになる。すでに店座敷に上がって、手代の太市からあれこれと新作の煙草入れを勧められる者が幾人もいる。

五助と杉吉は、通りにまで溢れるお客に、脇に寄って並ぶよう声を上げていた。

ゆりは、評判以上だと、間仕切り暖簾をわずかに開けて、お店の様子を窺っていた。

『京屋』では、正月二日の初売りから連日、この状態が続いている。

番頭の重蔵から「今日も忙しいので、お内儀さんのお世話まで手が回りません」といわれ、棚の掃除を終えたあとは、母屋に戻って針を運んでいたが、店がどうにも騒がしいのが気になってこっそり覗きに来たのだ。

年明けは藪入り頃まで特に忙しい、と夫から聞かされてはいたが、まさにその通り。すでに鏡開きも終わったというのに、客は引きも切らずに訪れる。

実は、皆、煙草入れや煙管を求めに来るだけではない。真の目当てが他にある。特に正月明けのこの時期は、なおさらなのだそうだ。

品物を買った客はもちろん、冷やかし半分の客たちもそれを今か今かと首を長くしている。

すると、ゆりの後ろに足音が響いて、

「お内儀さん、脇にどいてくださいよ」

重蔵の声が飛んできた。紐で縛った摺物を顔が見えないくらい抱えている。

「あら、ごめんなさい」

ゆりは身を壁に寄せて、暖簾を重蔵のためにめくり上げた。

摺物を抱えた重蔵の姿をみとめた客が、一斉にどよめく。

「お待たせいたしました。さあさ、皆さま、我が京屋の主の新物でございます」

おお、と鯨波のような声が上がった途端、

「そっちの草色の煙草入れをくれ」

「おれは、藍色の紙子だ、右の棚にある」

「おい、小僧、おれは鯉の金具付きだ」

三和土にいた客たちが我も我もと煙草入れを求め始める。ゆりは連日のやり取りとはいえ、やはりこの瞬間はどうしても眼を瞠ってしまう。客の期待の高まりが直に伝わってくるからだ。

「皆さま、落ち着いてくださりませ。景物はたっぷりございます」

客の対応をしていた太市が声を張り、小僧の五助と杉吉も、騒ぐ客たちをなだめ始める。

「何をいっているんだい。おれは昨日も来たが、昼にはもうなくなってたぞ」

「おれは一昨日も来た」

「そうだ、そうだ」

同調する者まで現れて、店先は大騒ぎ。

「申し訳ございません。日に二百の用意はしているのですが」

重蔵が応えるも、

「言い訳は聞かねえぞ。二百といわず、その日の客の分だけ出してくれ」

客も引かない。

「それでは、数日分までが、あっという間になくなってしまいます」と、重蔵は悲痛な声を上げる。

客が求めているのは、京屋名物の、景物。つまりおまけだ。

夏場でよくあるのが、何かしら商品を買うと、役者絵入りの団扇(うちわ)がもれなく付いてくる、というやつだ。ひとりでも多くの客を取り込むため、色々なお店でそうしたことが行われている。京屋では、一枚の摺物を煙草入れや煙管を買い求めた客に付けている。開店当初は、その摺物を包み紙にしていたが、開いてみると、絵と文字が摺られており、なにより書かれていることが面白(おもしろ)い。それが噂(うわさ)を呼んで、客のほうから、包み紙にせずにそのまま欲しいという要望が増えた。

商品は無論のこと、包み紙にも価値があると、さらにお店の評判が上がり、今は景物となり、購入者(こうにゅうしゃ)のおまけとして配られるようになったのだ。

なにゆえ、京屋の景物を客が争うように欲しがるか——。

「ゆり、ごめんよ。通しておくれ」

背後から、ゆったりした声が響き、ゆりはびくんと身を震(ふる)わせ、振り仰ぐ。細面(ほそおもて)にすっと通った高い鼻、薄い唇には笑みが浮かんでいる。目元涼(すず)しく、その視線は常に柔(やわ)らかい。ゆりは、我が亭主ながら、その姿にうっかりぽうっとなる。初めて会ったのは三年前だが、とても、四十の声を聞いたとは思えないほどに若々しいが、年相応の風格もある。

「覗き見なぞして、世之介かえ？」

笑いを滲ませた声に、ゆりは胸の奥がこそばゆくなる。

暖簾がふわりと上げられて、店座敷に足を踏み入れたのは、京屋の主人。ゆりの亭主だ。紺地に黒の細縞。くすみ緑の角帯には、うっすらと雪の結晶の意匠がある。

普段はあまり店には出ない主の唐突な登場に、客たちも口をあんぐり開けて、眼をしばたたく。

「これはこれは、賑やかでありがたいことで。本日も大勢さまにおいでいただきまことにありがとうございます」

本人は、自分の声には魅力がないというが、どうしてどうして。

低くなく、高くなく、すんなり胸に沁み込む声音だ。

ゆりは、とくとく高鳴る鼓動を抑えるように胸のあたりに手を当て、亭主の姿を眼で追った。

裾をさらりと払って、膝を落とすと、しなやかな指先をついて頭を下げた。騒いでいた客たちのほうが恐縮する。若い頃からその身に付いた鷹揚としたさまが、皆の心をたちまち摑んでしまう。

主の名は、京屋伝蔵——またの名を山東京伝。

二

京伝は、伏せた顔を上げ、客のひとりひとりに視線を移しながら話す。

「皆々さまのおかげを持ちまして、新たな年を無事に迎えることが出来ました。恥ずかしながら私が意匠を施しました煙草入れも多くございます。ゆるりとご覧いただきたいと、京屋伝蔵、心よりお願い申し上げます」

京伝は、『京屋』の主であり、山東京伝の筆名で、黄表紙、洒落本、読本と版行する都度、評判を取る江戸一番の戯作者でもある。

つまり、京屋の景物は、京伝が自ら筆を執り、版下を描き、摺っている。今でこそ戯作一本だが、かつては、北尾政演という画号を持つ、絵師でもあった。

自らの戯作をもじってみたり、判じ物といって、画と言葉で謎解きを作ったりするのは、造作もない。

自分のお店や、品物の宣伝のための引き札になっているのは当然だが、当代随一の戯作者が作った摺物とくれば、手に入れたいと思っても不思議はない。

しかも、おまけの景物だから、いくら銭を積んだところで買うことは出来ない。入手するためには、煙草入れなり、煙管なりを買わねばならないのだ。京屋の景物を持っているといえば、皆が羨ましがる。そんな付加価値がついて、客は余計に欲しくなり、こぞって京屋の品を求める。

特に正月は、京伝が新しい物を書くから、大騒ぎだ。

そのうえ、京伝は店に置く品の意匠にも携わっているから、客たちは、京伝様の煙草入れだと自慢する。

自らの才を存分に活かした抜け目ない、商売に長けた人物かと思われそうだが、当の京伝にはあまり欲がない。儲けたいとか、店をもっと大きくしてやろうとか、ぎらぎらした野心もない。

そもそも京屋を開いたのは、戯作はあくまで趣味趣向、飯の種にはならぬから、人として、きちんと生業を持たねばという考え方からだったという。すでに、戯作者として名を馳せていたにもかかわらずだ。

けれど、開店資金は、文人や絵師が集まり、その場で作品を売る書画会で儲けた金で集めたというし、店も持ち前の画才と文才で守り立てた。どちらが、生業だかわかりゃしない、と笑ったゆりに、

「ほんにたまたま、運がよかった」

京伝はしれっといいのけた。

「戯作が陽の目を見たのも、店が繁盛したのも、私ひとりの力じゃあないよ。こんな私を引き立ててくれる人たちがいるからだ」

そんなこともいう。そうした言葉も嫌味なく聞こえてくるから、不思議だ。心の底からそう思

っていなければ、いくら美辞を並べてもボロが出る。他人の悪口も聞いたことがない。

ああ、この人は根っから心根が澄んでいるのだ、とゆりは思う。

吉原での遊びもきれいだった。無理も無体もしない。決まった金高しか使わない。大袈裟だけれど、吉原中の見世が京伝を見倣ってほしいと願っていたくらいだ。

銭をばらまいて、お茶屋で大騒ぎし、場をわきまえず妓の身体を撫で回し、芸者に下卑た言葉を吐くのが、上客だと勘違いしている輩も多い。まことの通人はそんなことはしない。

吉原は現と夢の狭間にある。遊女と客は、塀を巡らせたこの世界で、惚れ合って、夫婦の契りを交わすのだ。男は、現の世がちゃんとあることを、自分の帰るべき場所を知っているからこそ、吉原の内では、熱情を露わにする。野暮な男は、振られて当然。金を積めば、女が振り向くと思うのは勘違い。

男の器量が低ければ、ただの金蔓。吉原は、男が男を磨く場所。品定めは、女がするもの。

「さあさあ、皆さま、順番に順番に。押してはいけません、危のうございます。僭越ながら、私がお見立てもいたしましょう。おや、そちらの娘さまには、錦織りの物がようございますよ、きっとお似合いだ」

ゆりは暖簾の隙間から、三和土に殺到する客を見回した。その中に娘なんか、いやしない。いるのは商家の妻女と思しき大年増だけ。世辞にも程があるが、商家の妻女は頬を赤らめて京伝を見つめている。

ふふふ。ほんにうちのお人は悪びれずにいうから、たいしたもの。問えば、

「え？　歳を取ろうと、かつては皆、娘さんだろう？　間違いはいっていないよ」

真顔で返してくるに違いない。

お店は、さらに騒ぎになって押し合いへし合い、店座敷にどんどん客が上がってくる。これまでで一番、激しいかもしれない。

太市も杉吉も重蔵も大童。十数人の客を相手に、涼しい顔をしているのは、主の京伝だけだ。

そういえば、伝蔵さまが、さっき、あたしを世之介といったような気がする。西鶴の『好色一代男』の世之介になぞらえたってこと？　覗いていたわけじゃなく、お店を見守っていたつもりだけれど。

あら？　ゆりの眼にふと飛び込んできた男がいた。笠を深く被って、鼻の半分まで襟巻きを引き上げている。まるで、顔を見られたくないかのようだ。様子からして、三十過ぎ。身なりは悪くなさそうだが、三和土を出たり入ったり、時折首を伸ばして、店座敷を窺っている。妙なお客だ。

ゆりは、間仕切り暖簾をわずかに開けて、男客をさらに窺う。品物を購いに来たふうでもなく、京屋名物の景物を楽しみに来た感じでもない。大勢の客に紛れて、店の様子を探っている同業者にも思えた。注視していると、その視線に気づいたのか、男が素早く顔を伏せた。

やっぱり怪しい。

ゆりは、男のことを告げようと、店座敷を見渡す。夫の伝蔵は常連と談笑している。奉公人たちは右往左往。すると、複数の客の応対をしている番頭の重蔵と眼が合った。

重蔵が餌をねだる鯉のように口をパクパクさせた。何かを伝えようとしているようだ。ゆりが首を傾げると、険しい顔で手招きをする。店に出ろといっているのか。騒ぐ客を捌くことなど期待してはいないだろうが、少しはお内儀として役に立たねば、と思ったとき、

「こんなところに突っ立って、どうかしましたか？　やれやれ、今日もまた大騒ぎですねぇ。百はいるかな、いやもっとだな」

いきなり呑気な声が頭上から降ってきて、驚いたゆりは顎を上げた。

「あら相四郎さま。いらしていたのですか？」

「ええ、おっ母さんに到来物のお裾分けに来たところです。相変わらず兄さんの景物はすごい人気だ。なんだか妬けてしまう」

京伝の八歳下の弟だ。山東京山という名で戯作者を目指しているが、「兄には到底及ばない」と、いつもこぼしている。

相四郎は二十三のとき、武家である外叔母の養子となり、丹波篠山青山家に仕えていたが、昨春、致仕した。時間を持て余しているせいか、実家によく顔を出すようになり、兄弟で朝方まで、評判を取った黄表紙の話をしている。

「まったく、めでた尽くしの物を描いて、新年の挨拶を判じ物にするとは、ね。私なら考えつかないし、面倒で書く気も起こらない」

判じ物は、絵と文字を組み合わせて読む謎解きだ。鎌と輪の絵に「ぬ」を加え、「かまわぬ」と読ませる手拭いの意匠がある。

絵だけを描いて読み解く判じ絵もあった。

此度の京屋の景物は、眼が飛び出た鯛で「めでたい」、松をふたつ描いて、御贔屓にと続けて、「松松（ますます）御贔屓に」、という具合だ。

江戸っ子たちは、こうした謎解き遊びが大好きだ。子どもも大人も、幾人もが頭を付き合わせ、読み解いて楽しむのだ。

「ところで、ゆりさんは店に出ないのですか？　先ほどから、重蔵がちらちらこちらを窺っておりますよ」

笑みを浮かべた相四郎が、じっと見てきた。

ゆりはうろたえて、俯く。

相四郎も兄の京伝に負けないくらい整った顔立ちをしていた。異なるのは、優しげな京伝と違って、眦がわずかに上がった精悍で気が強そうな風貌をしているところだ。もっとも、相四郎は武家であるため、常に羽織袴に二本差し。さらに、町人の髷とは違って、鬢も髱も、鬢付け油できちりと撫でつけてある。そんな武家の出で立ちが、相四郎を勝気に見せているだけかもしれないが。養子に入ってからは、すぐに剣術道場に通わされたという。

「どうにも人を叩くのは苦手でねえ。もっとも、幾年修行しても打たれてばかりだけどね。生まれながらのお武家には敵わない」

と、笑っていた。

ふたりの兄弟の父親は質屋を営み、その後は家主稼業であったから、読み書きも算盤も仕込まれたが、さすがに剣術は習っていない。

二十歳を過ぎてから、武家になるのも楽ではなかったろう。

「結局のところ、宮仕えは窮屈だったし、息が詰まる」

と、相四郎がいえば、

「武士の暮らしを己の身でもって経験出来たなど羨ましい」

兄の京伝はさらりと答えて、

「殿様の周りで面白い種はなかったか」

と、いつも眼をきらきらさせて身を乗り出す。武家の弟から戯作の種が引き出せはしまいかと思っているのだ。そんなものがあれば、自分がとうに戯作にしている、と相四郎はうそぶく。

「さあ、店の手伝いに出てください。私は母のご機嫌伺いに来ただけですから」

そう促されるも、ゆりはためらいつつ、

「そのつもりでおりますが、あすこにいるお客さまがどうにも気になって」

相四郎に伺いを立てるようにいった。

「ん？　どれ、どの客でしょう」

ゆりは指で指し示した。

相四郎は、その指先を辿るように、客で溢れる三和土へ視線を移した。眉間に皺を寄せ、一瞬難しい顔をしたが、すぐに頬を緩めた。

「あはは。相変わらずだなぁ。なに、ご安心を。兄も私もよく存じ上げている人ですよ。新年早々まったくおかしな人だ」

ゆりは眼をしばたたいた。

よく存じ上げている？　それならば、どうして顔を隠すような真似をしているのか。

すると、相四郎がさっと暖簾を撥ね上げ、店座敷に出た。ゆりも慌てて、その背を追って出る。

あれだこれだと、騒いでいた客たちは、母屋からいきなり武家が飛び出てきたものだから、何事かと一瞬、しんとなる。

「相四郎さま！」

重蔵が驚いて眼を丸くした。

「おや、どうした。なにを急いでいるのだい」

振り返った京伝が呑気にいった。

「あ！　あの人、逃げますよ」

ゆりが叫ぶと、相四郎が小走りに店を突っ切り、三和土に飛び降りるや、驚く客たちを掻き分け、件の男の腕を摑んだ。

男は身を捩って、腕を振り払おうとしたが、相四郎はさらに力を込めた。

「あいたたたぁ」

男が悲鳴を上げ、その場にくずおれる。

あたりにいた人々はむろん、杉吉や五助も呆気にとられた顔で相四郎と男を遠巻きに取り囲む。

とんだ捕物だ。

でも、夫のことも相四郎のことも知っているはずの人が、なぜこそこそしたり、逃げようとしたのか、ますます妙だ。一体誰なのだろう。

「店先を賑わすのはお客さまだけで結構。相四郎。その方から手をお離し」

京伝がゆらりと立ち上がり鷹揚にいう。

「伝蔵さま、あの人、お店を――」

ゆりが夫にすがるようにいうと、京伝は己の唇に人差し指を当てた。

口を噤めということだ。ゆりは肩をすぼめ、京伝に従う。

「さ、その方を母屋にお連れして」

兄に命じられ、相四郎はふっと片頬を上げて頷き、男の腕から指を離した。

また逃げるのではないかとゆりは思ったが、男は不機嫌な様子で、乱暴に尻端折りを解いて、裾を直した。

「到来物の羊羹を先ほど持参いたしましてね。母屋で一緒に食べませんか」

相四郎が男に話しかけると、

「う、うう」

男は妙な唸り声を出すと首をわずかに傾げて笠の内から、恨めしそうな眼を向けた。それに構うことなく、

「それそれ、どうぞどうぞ、滝沢さま」

相四郎はその背を押した。

ゆりは仰天(ぎょうてん)した。滝沢といえば、ひとりしか知らない。京伝との祝言(しゅうげん)に参列してくれて、祝いだといって、小難しい漢詩を朗々と読み上げ、祝(いわ)い膳(ぜん)の料理を誰よりも早く平らげた滝沢だ。

そして、なによりいま江戸で、山東京伝と人気を二分する戯作者、曲亭馬琴(きょくていばきん)。

京伝よりも歳は六つ下だが、

「私のね、気の置けない朋友(ほうゆう)だから」

と、祝言の席でいわれた。

相四郎が馬琴を促し、店先から表通りに出たのを確かめた京伝はゆりへ笑いかけた。

「ゆり、私もすぐに行くからね。それまで馬琴さんのお相手を頼むよ」

「はい」

ゆりが身を翻(ひるがえ)すと、京伝の声が店座敷に響いた。ゆりは再び、暖簾の隙間から覗き見る。

「皆々さま、お騒がせをいたしまして失礼をいたしました。知人が私を驚かそうと戯(たわむ)れに店先に現れたものですから――。お詫(わ)びの印といたしまして、お集まりのどなたさまにも、本日の景物をお配りいたしとう存じます」

おお、と客たちがどよめく。

「さあ、番頭さん。皆さまに」

重蔵が腕に摺物を掛けて配り始めると三和土にいた客が殺到し、我先にと幾本もの腕が伸びる。

「押さないでください。おいらが潰れます」

杉吉が悲痛な声を上げ、手代の太市が杉吉を引きずり出し、五助が後ろの客たちに、

「順にお願いします、順にお願いします」

と、半泣きで声を張り上げる。

重蔵は重蔵で、大勢の客に囲まれ、半纏の袖やら襟やら、挙げ句の果てに髷まで引っ張られ、

「落ち着いて、落ち着いて、落ち着いてください、お願いいたします」

懇願調で喚き散らす。

京伝はその有様を楽しそうに眺めている。しばらく店はこのように賑わうのだろう。

ああ、いけない。馬琴さんにお茶を用意しなければ、と、ゆりは母屋の冷えた廊下を足早に歩いた。


茶をふたつ、盆に載せて客間の障子を開くと、相四郎と馬琴が仲良く羊羹を口に頰張っていた。

見れば、切り分けた厚さが一寸（三センチ）以上ある。ずいぶんおごったものだ。

よくよく眼を凝らすと、『鈴木越後』と包み紙にある。

鈴木越後は日本橋に店を構える菓子舗で、その羊羹は、ひと棹一両もする。

相四郎の養母である外叔母は、藩主の側女として子も成したらしい。そうした外叔母が嫁いだ家臣の家であるから、高価な進物も当たり前にあるのだろう。

吉原にいた頃、商家の主に贈られたことがある。きめ細やかでしっとりした口当たり。じわっ

と口中に広がる甘み。あまりの美味しさに頬が落ちることって本当にあるのだ、と思ったほどだ。ともかく、庶民の口には滅多にどころか、ほとんど入らないそんな特別な羊羹だ。

それをふたりで分厚く切って、むしゃむしゃ食べている。その半分でも大きすぎる。

大事に少しずつ食べないと。ああ、もったいない。

「相四郎さま、私が切り分けましたのに」

相四郎が羊羹を口にしながら、

「なんの造作もないことです。それに、女子が切ると羊羹が立たないほど薄く切るのでいけません」

心の内を見透かされたようで、ゆりはぎこちない笑みを浮かべて茶を置いた。と、すぐさま湯呑み茶碗を手にした馬琴が喉を鳴らして飲み干して、ふうと息を吐いた。

「いやいや、相四郎さんのいう通りだ。うちのお百など、立たないどころか、向こうが透けて見えるほど薄く切る。それを先日、版元に出したら、よくお手入れされている包丁をお使いで、と皮肉をいわれた。そのくせ、ペロリと食べていきおった。まったく、あやつらは図々しい」

まあまあ、と相四郎が馬琴をなだめる。

「ああ、しかし鈴木越後は、そこらの菓子舗の安羊羹とは違うなぁ。美味だ、美味だ。舌も喉も喜んでいるのがわかる」

甘味好きだと、京伝から聞かされてはいたが、羊羹を頬張る馬琴は、まさに極上の笑みを浮かべている。店先で怪しげなそぶりをしていた男とは思えない。

ゆりはふと似たような情景を思い出した。吉原の各見世には籬(まがき)と呼ばれる格子(こうし)があって、その内に妓が座る。それを張見世というが、男たちは、籬越しに気に入った妓を選んで、見世と話をつける。

けれど、華(はな)やかな妓たちを見て回って騒ぎ喜ぶ男たちとは別に、おどおどと、見世を離れたところから眺めて、妓と眼が合うとそそくさと逃げ出す者がいる。馬琴の様子はちょっとそれに似ていた。

そうした男は大抵(たいてい)銭がないか、気の利いた台詞(せりふ)ひとつ口に出来ない野暮天(やぼてん)だったりするのだが、馬琴はどうなのだろう。笑みをこぼすその顔にもどこか違和感を覚える。

そもそも京伝の朋友ならば、なぜあのような真似をしたのかしらと不思議に思いつつ、ふたりが羊羹を食うさまを見ていた。

と、相四郎が、

「滝沢さま、なんだって顔を隠して、客に紛れていたんです？」

いきなり切り出した。ゆりも聞きたかったことだ。思わず身を乗り出した。

あ、ああ、と馬琴が顔を歪めて、口籠(くちご)もる。

「向かいの煙草屋(たばこや)に刻みを買いに来たんだがね、店先があまりに賑やかだったので、つい覗きたくなっただけだ」

「へえ、そうなんだ」

「客の騒ぎっぷりが戯作に活かせるのではないかとね。私はいつもそうして世間を見て回っている」

「ほお、なるほど。それは恐れ入りました」

相四郎が、ふふっと含み笑いを洩らす。途端に馬琴の表情が強張った。

「なんだい、その顔は。信じていないだろう？　あんたはいつもそうだ。私をどうも見下しているように思える」

「何をおっしゃる。何事にも目配りを怠らない滝沢さまはさすがだと思っていますよ」

ふん、と馬琴が鼻を鳴らす。

「私はね、逃げるつもりなどなかった。腕をいきなり強く摑まれたら、誰だって驚く」

そういって、さらに羊羹に手を伸ばす。

「こそこそしたわけでもない。顔を隠したわけでもない。寒かったからだ。まったく、恥をかかされた」

「はいはい。申し訳ございません」

相四郎はげんなりした顔をしつつも、慣れた調子で軽くいなす。

「その態度だよ。それに滝沢はやめてくれ。私は武家から下駄屋に婿入りしたんだ。滝沢姓は捨ててはいないが、今は使っていない。しかし、あべこべに相四郎さんは武家に養子に入った。人生などまったくわからん」

馬琴はさらに続けた。

「まあ、武家から町人になるのは容易いが、その逆は難儀だろう？　決まり事も作法も、覚えねばならぬことが山程ある」

ゆりは眉根を寄せた。馬琴に会うのは祝言以来、初めてだが、いつもこうした嫌味っぽい物言いをするのだろうか。

馬琴は相四郎を見やり、ふふんと鼻先で笑った。

「お役も退いて、毎日ぶらぶらしていては飽きるだろう。三十半ばで隠居暮らしとは、情けないと思わないのか？」

たしか、相四郎より二つほど歳は上だと聞いたはずだが。それにしても無遠慮だ。けれど、相四郎は皮肉を受け流すように、耳の穴を掻いている。

ゆりは、馬琴をちらちら窺う。目許に険があるし、唇はへの字に曲がっているし、顔にも張りがない。顔の造作は悪くはないが、心根が出てしまっているような気がする。

要するに、底意地が悪いとか、性質がねじ曲がっているとか、いつも屈託を抱えているとか、そんなふうだ。

優しい人なら、顔つきだって優しくなる。ただし、善い心は表情にも出るけれど、悪事ばかりを考えている人は、それに気づかれまいと顔に面を付ける。それが厄介ではある。

でも、馬琴はそれをわかりやすく顔に表すだけ、素直な善人なのかもしれない。

そういえば、京伝が以前版行した『心学早染草』という草双紙がある。その挿絵で、頭が丸くて「善」の文字が書かれている者と「悪」と書かれた者がいた。つまり善と悪を人に見立て、悪玉に取り憑かれた人間が、善玉によって、改心するという話だ。

馬琴には善玉が取り憑いているけれど、時折悪玉が顔を出すというふうだろうか。

ゆりは馬琴の背後で、踊る悪玉を思い描いて、ぷっと噴き出した。

馬琴がそれを見逃さず、ぎろりと眼を剝いた。

「お内儀、茶を置いたら、もう用はなかろう。さっさと出て行けばよいものを、いつまでいるのかな？」

すぐさま、ゆりは頭を下げた。

「夫より、自分が行くまで、曲亭馬琴さまのお相手をするようにといわれましたので」

馬琴は親の仇のように羊羹をかじる。

「そいつは、嬉しいねぇ。けど、相四郎さんもいるんだ。それに、ここは廓じゃあないよ、傍にいられたところで、なんもなりゃしない」

と、咀嚼しながら薄ら笑いを浮かべた。

おいこら、待てよ、と相四郎が不快を露わに、低い声を出した。

「いくら馬琴さまでも、その物言いはねえだろう。出自なんざ、かかわりねえ。兄貴の嫁さんなんだ」

突然、伝法にいい放った。

ほっ、と声を上げるや、しまったとばかりに馬琴が照れ笑いした。

「こいつはうっかりだ。そんなつもりでいったんじゃあない。言葉の綾でいったのだ。すまん。私が悪かった。どうか、この通り」

馬琴がおろおろして手をついた。

「おやめくださいませ。相四郎さま、あたしはちっとも気にしておりませんから。ね、もう、ほんにそのような真似は」

ゆりは慌てて、馬琴に近寄った。が、ひっと小さく悲鳴を上げて、身を引いた。頭を下げながら馬琴は上目にゆりを窺っていた。

他人の心底を覗き込むような、暗い眼に背筋がぞっとした。

「おや、これはどうしたことかな。芝居でも見たようだ」

京伝だ。ゆりは助けが来たと、安堵の息をそっと洩らした。

「兄さん、馬琴さんが、ゆりさんに意地悪をいったんだよ」

「なんと。それは聞き捨てならないが」

京伝が相四郎の隣に腰を下ろすと、馬琴は顔を上げ、にこりと笑った。

「京屋の変わらぬ繁盛を目の当たりにして、私も嬉しく思いながら眺めておりました。さてさて、よい嫁御でございますな」

「だろう?」と、京伝が嬉しそうにいう。

歯が浮くようなことといってごまかすつもりかしら。ゆりは京伝と馬琴を交互に見る。

「本当に馬琴さんは人が悪い。ゆりさんが元で私と喧嘩になったら、ゆりさんがどういう態度を取るか知りたかったようだよ」

相四郎が、ふうと大きく息を吐いた。

え？　どういうこと？　ゆりは困惑した。馬琴があたしを貶めたのも、相四郎が口汚く罵ったのも、実はふたりのお芝居だったってこと？

「お！　鈴木越後じゃないか。私の分は残してあるだろうね」

「もちろん、一緒に食べましょう。美味です」

馬琴が京伝に勧める。

「私が持参したんですよ。調子がいいなぁ」

相四郎が拗ねる。刹那、わははは、と三人がさも楽しげに大笑いする。

戯作者って――何を考えているの。どこまでが嘘で、どこまでが真実なの？　夫の京伝、その弟の京山、そして馬琴。羊羹を頬張る三人を見つつ、ゆりは呆れ返っていた。

三

梅の固い蕾がやんわり解け始め、鶯の初音を待ちわびる頃になった。陽射しもすっかり春のものになり、夜も薄物を一枚羽織れば、事足りる。井戸から汲み上げた水も心なしか温んできたようだ。汚れた器の洗い物や洗濯をしていると日に日にそれを感じる。

店座敷に出て、お客の相手をすることを京伝が勧めてくれた。相手の要望や好みを聞き、一緒に煙草入れを選ぶのは、思いの外、楽しかった。後日、購った煙草入れを腰に下げて来てくれると、自分が役に立てる嬉しさが募った。

「客あしらいが丁寧だと、常連に褒められた」と、番頭の重蔵が口惜しげに仏頂面でいったのには、ちょっと笑った。

少し前、振りの客から、「玉の井によく似ている」といわれたときには、心の臓が跳ねた。なんと答えてよいのかわからず、曖昧に微笑んだ。見覚えのない男であったから、おそらく籬を通して見かけたのだろう。

遊郭にいたことを頑なに隠しているわけでもないが、あえて触れ回ることもしない。常連客の中には知っている者も多い。

あたしは、あの囲いの中で懸命に生きようとしていたから、遍くすべてを照らすお天道さまに恥じることはないと思っている。

盗人や人殺し、あるいは貧しい者たちを苦しめる高利貸しのような悪党みたいに日陰に逃げ込む真似などしなくたっていい。

ただ、これでもかというくらいに白粉を掃き、紅もべったり塗っていた厚化粧から解き放たれたのが嬉しい。蠟燭や行灯の頼りない明かりの下でも顔がくすまずに見えるように施す化粧だが、どこか素顔も、自分をも覆い隠していた気がしていたからだ。

今は白粉も紅も薄くした。それだけなのに、身も心も軽くなった気がする。

夕餉を終え、ゆりは、女中頭のお仲とともに勝手で器の片付けをしていた。お仲は三十半ばの古参の女中で、他に若い女中ふたりと飯炊きの爺さんを差配している働き者だ。奉公人の世話もし、姑にも信頼されて奥向きの面倒も見ている。京屋からすぐの長屋に、五つの女児と実母と暮らしていた。亭主はおらず、お仲ひとりの稼ぎが頼りだという。

廊下を軽やかに進んでくる足音がして、

「酒を頼めるかな。肴は沢庵でいいからね」

相四郎が声を掛けてきた。

「承知しました。仙鶴堂さまからいただいた角樽でよろしいですか？」

濡れた手を前垂れで拭いながら、振り返る。

『仙鶴堂』は、日本橋通油町に店を構える地本問屋だ。主の名は、鶴屋喜右衛門。もとは京の書物問屋の江戸店であったが、先年、亡くなった『耕書堂』の主、蔦重こと蔦屋重三郎とともに江戸で指折りの版元だ。京伝は若い頃から、このふたりに引き立てられていた。

「鶴喜さんが持ってきたなら、剣菱だな」

相四郎が舌舐めずりしながらいう。

「あの、お持ちするのは、居間でよろしいですか？　それとも伝蔵さまのお部屋に？」

「居間でいいですよ。兄さんは今、重蔵と帳付けをしていますが、そろそろ終わりそうなので。盃は三つ。ここ数日、座っている暇もないほどだったから、重蔵もひと息つきたいでしょう」

「承知しました」

「いくら私が暇だからといって手伝いに駆り出されるのもたまらない。それもこれも、初午だからと、兄さんが新たな景物を作ったからですけどね。まったく抜け目がない」

そういって相四郎は、しまったとばかりに額を打った。

「これは失言だ、商売上手というべきでした。兄さんにはご内密に」
と、唇の前に人差し指を立てた。

初午は、二月最初の午の日。あちらこちらの稲荷神社でお祭りが催され、稲荷神のお使いとされている狐の大好物である稲荷揚げや団子が供えられる。

ゆりは、勝手の柱に掛けた奴凧に眼を向ける。初午の当日、王子稲荷神社に立つ凧市で求めたものだ。この神社の凧は、火防の凧と呼ばれ、火事から守ってくれるという。その戻り道――。

「桜の時季になったら、京屋の皆を連れて、飛鳥山で花見をしよう」と、京伝がいった。

王子の飛鳥山は、有徳院（八代将軍吉宗）が、桜木を寄進した江戸名所のひとつだ。

「お店をお休みするんですか？」

「もちろん。仕出し屋に弁当を頼んで、酒も用意しよう。重蔵の下手な踊りが見られるよ」

まあ、楽しみ、とゆりは、いつもの厳しい顔で踊る重蔵の姿を想像して思わず噴き出した。

京伝は、土産に買った『扇屋』の玉子焼きをぶら下げて、にこりと笑いかけてくる。なんて穏やかな顔、優しい時だろう。この人と夫婦になってよかった。ゆりは急に気恥ずかしくなって、顔を伏せたことを思い出す。

「奉公人たちにも何かないかな？」

相四郎に問われ、ゆりははっとしてお仲を見る。すかさずお仲が答えた。

「みかんならありますけど」

「それを出してあげておくれ。お仲さんもお子に持っていってあげるといい」

ゆりは、そっと息を吐く。本当にこの兄弟は心根が優しい、と相四郎に眼を向けると、その視線に気づかれた。

「どうかしましたか？」

「ああ、いいえ。ほんに細やかな気配りをなさると感心してしまって。内儀のあたしが気づかねばならないのに、申し訳ございません」

ゆりが詫びると、相四郎が破顔した。

「まあ、ゆりさんよりは、この家にいた年月は長いのですから日常のことはわかります。年明けからしばらくは特に忙しい。皆、くたくたです。でも、客足が少し遠退くと、兄さんは、こうしてあらたな景物を摺る。すると、また客が押し寄せる。つまりずっと忙しない」

やれやれ、と肩をすくめ、身を翻した。

お仲が、漬物樽から沢庵を取り出し、切り始める。とんとんと軽やかな音が勝手内に響く。

すると、立ち去ったはずの相四郎が、再び急ぎ足で戻ってきた。

「そういえば、先日、馬琴さんと廊下で、何か話をされていましたが、意地悪はいわれませんでしたか？」

三日前のことだ。京伝が馬琴と鶴屋喜右衛門を家に招いた。京伝は読本『忠臣水滸伝』の後編を執筆中で、その版行時期を決めるためだ。

ゆりは詳しく聞かされてはいないが、馬琴と京伝は、蔦重と鶴喜が営む耕書堂と仙鶴堂、二つの版元のお抱え戯作者なのだそうだ。

耕書堂は、番頭が二代目を引き継いだ。手堅い商売をしているものの、かつての勢いはない。やはり、初代蔦屋重三郎の商売人としての才覚と手腕は並々ならぬものがあったのであろう。今はほとんど鶴喜がふたりの戯作を引き受けているらしい。

ゆりは、手水を済ませた馬琴とたまたま廊下で出くわした。そのことを相四郎はいったのだ。

相四郎の問いにゆりは言葉に詰まりながら答えた。

「ええ、別に」

「あのお方は他人から色々話を聞き出しては、戯作の種にしています。余計なことはいわないほうがいいですよ。ね、お仲さん」

沢庵を刻みながら、お仲が大きく頷いた。

「そうですよ、あたしなんて、米屋の饅頭が美味しかったといっただけなのに、一度に十も食べる大食い女だと触れ回って笑っていたのですから」

「まあ、ひどい」

ゆりが、眉をひそめると、「ですから、なるべくこれです」と、相四郎は、利かん坊の童のように唇を引き結んだ。

「わかりました」

ゆりが笑顔を向けると、相四郎は踵を返した。

さ、お酒の準備をしましょうか、とゆりがお仲の背に声を掛けようとすると、すでにまな板の

上には刻んだ沢庵が山盛りになっている。その仕事の早さに呆気に取られていると、

「お内儀さん、ご主人のお好みはこのくらいの大きさです。覚えておいてください」

包丁を軽やかに扱いながら、お仲が低い声でいった。見れば皆、小指の先より小さく刻まれていた。

「こんなに細かく刻むの？　あたしが前にお出ししたときには、ただ輪切りにしただけよ」

そう、まだ遊女と馴染みの間柄であったとき、京伝は台の物（料理）を頼む際、必ず沢庵をつけさせた。泊まった翌日の朝餉のときも、そうだった。きっと好物なのだと、沢庵はゆりが手ずから切って、器に載せた。それをとても喜んでくれていた。でも、切り方にこだわっていたなど、まったく知らなかった。京伝がそれを望んだこともない。この家に嫁いでからも、切り方に注文を付けられた覚えがなかった。

「旦那さまは、お優しい方ですから。ああ、もしかしたら、お内儀さんの包丁がおぼつかないのを見て、心配なさったからではありませんか」

「お仲さん、ひどい。あたしだって、娘時分はご飯の支度をしていたわよ。お魚だって、さばける……と思うわ」

「おや、それは失礼いたしました」

そういって少しだけ唇の端を上げると、

「もうずいぶん前になりますけど、この刻み沢庵は、先のお内儀さんが――」

お仲がいいかけ、慌てて言葉を切った。

「前のお内儀が？　いいのよ。教えて」

ゆりがいうと、お仲はきまり悪そうな表情をしながら続けた。

「細かく刻んで、ご飯に乗せて白湯をかけて旦那さまにお出ししたのです」

「それを、伝蔵さまは気に入ってしまったというわけね」

「白湯をかけたのは、そのときだけでしたが、それ以来、切り方はずっと」

「そう。ありがとう、教えてくれて」

「余計なことを申し上げました」

「いいえ。さ、早くお持ちしましょう。ええと、お銚子はどこだったかしら」

ゆりは大きな茶簞笥を見上げた。

「銚子と盃は上から三段目の左の棚にあります。お膳もお願いします」

「ねえ、お仲さん。この家で、あたしが一番の新参者。家内のことも伝蔵さまのことももっと知らなければいけないから。これからも色々教えてもらってもいいかしら」

お仲は顔を明るくして、はいと頷いた。

膳を整えると、ゆりが先に立ち、お仲とともに居間へ向かう廊下を歩いていた。

お内儀さんが沢庵を細かく刻んだのか。

切り方なんてたいしたことじゃない。けれど、隠し事をされていたようで、寂しかった。そうか。前のお仲はうっかり口を滑らせたのかもしれないが、やはり夫から聞きたかった。お仲
心の内で、きしっと音が鳴る。

何か知らないことを聞く都度、苛々したところで詮無いこととわかっている。だって、死んでしまった人に妬心を抱いたって、どうにもなりはしないのだもの。

仏壇には、昨年の十月に鬼籍に入った実父と、若くして亡くなった妹、そしてもちろん前の内儀の位牌が置かれていた。

姑はゆりを慮ってか、前妻がどんな女だったか、その名さえいわない。が、ゆりは戒名の中に菊の文字を見つけた。戒名に花の名は少し妙な気がし、似つかわしくないと思った。おそらく菊という名であったのだろうと思っている。

障子を通して、廊下がぼんやりと明るくなっていた。その向こうから、楽しげな話し声が洩れ聞こえてきた。

不意に、相四郎から問われた言葉が甦る。

ええ、別に――。

とっさに、そう答えたが、まことは違う。

三日前。

厠を済ませた馬琴と出くわしたゆりは会釈をして、行き過ぎようとするや、馬琴がその前に立ち塞がった。

「お内儀。身請け金が二十両だったのはまことかね？」

唐突にそういって、顔を寄せてきた。ゆりは後退りして、きつく眉をひそめた。

「ただの興味本位だ。そんな怖い目をせずともいいじゃないかね。部屋持ち女郎にしては安価だなと疑問に思ったのさ。元禄(げんろく)期だが、三浦屋(みうらや)の花魁は三百五十両だった。私は戯作者だから、まことが知りたくなる性分でね」

馬琴がにやにやしながら、ゆりの答えを待っている。安価といわれれば、そうかもしれないが、遊女の格で値は違う。ましてや人気の遊女であれば、見世も手放したくはない。楼主(ろうしゅ)の言い値だったりもする。ゆりの身請け金は確かに二十両だったが、それは年季証文(しょうもん)の値。その他、祝い金などを別に包むので、その倍ほどを京伝は負担したはずだ。

「戯作をお書きになるのは大変なのですね。身請け金まで知りたいなんて」

腹立たしい思いを懸命に抑え込んで、ゆりは精一杯の皮肉を投げつけた。

「そりゃあ、そうだ。私らは荒唐無稽(こうとうむけい)な作り話を書くが、嘘はつかぬようにしている。でも嘘と真実の塩梅(あんばい)が難しい。だからこそ、知っておかなきゃいけないことが沢山(たくさん)ある。流行(はや)り物、世間の噂、人の性とかだ。伝蔵さんだって物書きだから同じだよ」

馬琴はそれが当然だといわんばかりに鼻をうごめかせた。

「左様ですか、心掛(こころが)けておきます」とでも返せればまだ溜飲(りゅういん)が下がったのだろうが、生憎(あいにく)そんな気の利いた言葉は出てこなかった。それよりなにより、人の神経を逆撫(さかな)でするような口調が嫌で嫌で、嫌悪(けんお)のほうが先に立ってしまう。ともかくこの場から逃げなければ。

ゆりが口を噤んで頭を下げると、

「ところで、伝蔵さんは今も朱塗りの煙管を使っていなさるかね？　だとしたら、お内儀はそれをじっくり見たことがあるかい？」

馬琴は急に話を変えた。朱塗りの煙管？

煙管は刻みを入れる火皿、雁首と呼ばれるところ、吸い口、それを繋ぐ胴の部分を羅宇というが、その羅宇が朱色に塗られている。伝蔵がよく使っている煙管だ。

「それで煙草を服んでいますけど、じろじろ見たことはありません。それに、すぐ煙管入れにしまわれてしまうので」

「ふうん、やっぱり気を遣っているんだねぇ」

馬琴が小刻みに肩を揺らす。いやに勿体ぶった物言いだ。

たぶん、これが馬琴のやり方なのだと思った。こうして嫌みたらしく、持って回った言い方をして、人の気を引く。怒りに任せて、本音をいえば、してやったりというところだろう。意地が悪い性質というよりも、わざとやっているに違いない。けれど、ゆりもあの朱色の小振りな煙管のことは気になっていた。ちらりと見ただけでも所々塗りが剝げているのがわかるほど使い込まれている。なにより男が持つには華奢すぎるような気がしていた。京伝は、銀煙管など数本の煙管を所有しているが、あの煙管は自室でしか使わない。それも気になっていた。

「その煙管が何か？」

うっかり口をついて出た。馬琴の話に乗せられた、と思ったところで後の祭り。すると、馬琴は大仰に首を横に振った。

「いやいやいや、まだ大事に使っているのかと思っただけでね。もう十年ほども経っているかもしれないのでね」

十年。ゆりは眼をしばたたいた。それは確かに古い物だ。

「吸い口と雁首は長年使えるけれども、羅宇は変えたほうがいいかもしれないね。お内儀から、いってあげるといい。煙草入れや煙管入れを扱っている京屋の主人が古びた煙管をいつまでも使っているのはどうかとね」

人前で使うことはないにしろ、やはり誂え直したほうが見映えもよい。

ゆりが考え込んでいるのを見て、馬琴は満足そうに、眼を弓なりにして、ひとり頷いた。

「まあ、伝蔵さんは、昔からしわいところがあるからねえ。遊郭でも、奢りのときには湯水のように使うが、自分の懐から出すのは決まった分だけ。暮らし向きも質素だ。京屋だって、月に七、八十両ほどの稼ぎがあると聞いたがね。結構なお大尽のはずだが」

「お言葉ですが、伝蔵さまは戯作とお店で満足だと、吉原には今は足を向けておりません」

「ははは。それはそれは。使うところがなければ、ますます金が貯まる一方だ」

ようやく馬琴が脇に身を寄せた。

ゆりは、ほっとしながら会釈をし、馬琴の前を通り過ぎた。声を張り、剛気を装っていたが、「金が貯まる一方」といったとき、馬琴がちょっとだけ羨ましそうな顔をしたのをゆりは見逃さなかった。数年でも吉原に身を置いていたのだ。色々な男が入れ替わり立ち替わりやって来るのを見ている。言葉や仕草で、虚勢を張っているかどうかはある程度、感じ取れる。今の馬琴は、気の毒なほど、頑張っているように思えた。戯作者としての意地なのか、競っているのか真意はわからねど、その矛先をあたしに向けるのはとんだお門違いだ。

でも、やはり煙管のことは気に掛かる——。

「お待たせいたしました」

ゆりは膝をついて、障子を開ける。

京伝と相四郎、重蔵が顔を向ける。

「ほんとだよ、待ちくたびれた」

相四郎が素早く動いて、後ろに控えていたお仲から膳を受け取り、京伝と重蔵の前に据える。

あ。ゆりの眼が京伝の手元に張り付いた。

ゆったりと煙をくゆらしていた京伝がゆりの視線に気づく。

ゆりは這うように近づくと、煙管を注視した。京伝が身を仰け反らせて、怪訝な顔をする。

「その煙管、羅宇の塗りが剝げているな、と思いまして。ずいぶん古い物なのですね」

「藪から棒になにをいうかと思ったら。吸い口が合っているので手放せないのだよ」

京伝は、もうひと服みすると、慣れた手つきで、煙管を返して、煙草盆の灰吹きに刻みの灰を落とした。その刹那。ゆりの眼に映ったのは、小さく金で描かれた一輪の菊の花だ。朱色に塗られていただけじゃない。京伝の指で菊の花が隠されていたのだ。

もしかしたら、この煙管は。先のお内儀さんの物かもしれない——。

その夜は、夜具に入っても、なかなか寝つかれなかった。幾度も寝返りを打ったが、その度にあの朱塗りの煙管に描かれた菊の花が頭に浮かんでくる。

菊という名であるかもわからないのに。あたしの勘違いかもしれないのに。馬琴の言葉が浮かんできた。

やっぱり気を遣っているんだねぇ――。

あれは、そのままの意味だったに違いない。吸い口がどうのといっていたけれど、羅宇は替えることが出来る。それをしないということは、前のお内儀さんの物だったからだ。

亡くなって幾年経つの？　八年？　ずっと縁談を断っていたのは、前のお内儀さんが忘れられなかったから？　それなら、あたしと祝言を挙げたのはなぜ？　ああ、そうだ。前妻との間に子はいないから、子が出来ればいいと姑はいっていた。だったら、京屋の後継ぎを得るために、歳の離れたまだ若いあたしを迎えたのかもしれない。年季も長くないから、身請け金も安く済む。

見世に足繁く通ってくれたのも、身を重ね、耳元で囁いてくれた言葉も。戯作者なら、嘘もまこともない交ぜに出来る。

虚勢を張っているのも感じ取れる？　笑っちゃう。あたしはなにも見透かせやしない。

当代一の戯作者に惚れられているんだと、どこか舞い上がっていたのも否めない。見世の妓たちから羨望と嫉妬を受けた。身請けが決まったときには、着物や帯、簪や化粧道具まで毟り取られた。でも、なんとも思わなかった。ここから出られるのだという安堵と、互いに惚れ合っているという思いが勝っていたからだ。知らぬうちに気持ちが驕っていたのだ。眼も心も曇っていたのだろう。胸が潰れるほど苦しくて情けなくて。京伝の心を見なかった。知ろうともしなかった。

優しすぎるから余計に辛くなる。

半刻（約一時間）ほどもした頃か、静かに障子が開く音がした。

「ゆり、もう眠ってしまったかな」

京伝のひそやかな声音が暗い寝間に響いた。

「もし起きていたとしても、そのまま聞いておくれ。私の先の妻は、菊といってね、扇屋で菊園と名乗っていた新造だった。あの煙管は、菊が嫁いで来たとき、贈ったものだ」

京伝が夜具の上に座る。ゆりの胸が震えた。

第二章　扇屋の新造

一

時は遡り——天明六年（一七八六）、晩秋。

「女郎のまことと卵の四角ぅ、あれば晦日ぁに月が出るぅ、ああ〜しょんがいなぁ〜」

艶のある声とともに、撥に弾かれた弦が揺らいだ音を放つ。

浅草田圃の吉原遊郭。京町一丁目にある妓楼、『大文字屋』の座敷だ。妓も芸者も幇間も、のびやかで清廉な歌声に、うっとりと聞き惚れる。

ちん、とおおん。

余韻を残した音色が静かに消えていくと、

「どうもお粗末さまでした」

京伝は三味線を置き、指をついて頭を下げる。

齢二十六。若さに色気が加わった京伝を見つめる芸妓に、三味線を返しながら、「象牙の撥はいいねぇ」と、そっと囁いた。芸妓は耳まで染めて俯いた。

「やあやあ、伝蔵さん」

日本橋通油町の版元『耕書堂』を営む蔦屋重三郎が、上機嫌で手を叩く。

「まったく、いつ聴いてもいい声だねぇ。若くて風采もよくって、三弦まで玄人はだしとくれば、誰も敵うこっちゃない」

「いいえ。ほんの手慰みでお恥ずかしい」

そう返したものの、十四の頃から、長唄と三味線の稽古をしている。銭を取るほど秀でてないが、人前で披露するのは苦でもない。宴席でも親戚の集まりでも、時には妓にせがまれ、撥を弾くこともある。

「とんだ謙遜だ。少し自慢したって文句をいうものはいないよ。ねえ、師匠もそう思うでしょう?」

蔦重は、向かいに座る絵師、喜多川歌麿にいう。歌麿は今様の女を描く人気絵師だ。

「色男は何事もそつなくこなすもんさ」と、切れ長の眼を細めた歌麿が、言葉少なにそういって、くつくつ笑って肩を揺らした。

そういう歌麿本人もなかなかの色男。自らが描く女のような瓜実顔で色白で、目尻が上がった眼と高い鼻をしていた。

歌麿は、帯に挟んだ扇子をするりと取り出し、あおぎ始める。要を持つその指先に京伝は眼を留める。うっすら赤みを帯びた爪。歌麿は、紅を薄く伸ばして爪に塗っているのだ。遊女の爪紅は見慣れていたが、男のそれを初めて見たとき、京伝は思わず訊ねたのを思い出す。

「きれえなものを描く絵筆を執る指だ。きれえなほうがいっそ気持ちが高まるのさ」

歌麿はそううそぶいた。絵師とは、常にそういう意識を持って画に臨むものかと感心したが、蔦重の言葉を借りれば、それこそ敵うこっちゃないとそのとき感じた。

出で立ちにもつい眼が向く。黒地に赤い椿の花を描いた小袖に紫の半襟を覗かせ、帯は博多の市松模様ときている。ちょいとかぶいた風が、歌麿らしさ、か。

京伝より、ひと回り歳上の三十八。これから、ますます並居る絵師たちを尻目に、絵筆が冴え渡ると思っている。

今日の集まりは、吉原連という狂歌の会だ。蔦重は、蔦唐丸という狂名を持つ、会の中心人物で、大文字屋の主人もこの連に名を連ねている。歌麿も狂名を持っているが、この頃は画のほうが忙しくあまり詠んでいない。

狂歌は、五、七、五、七、七の三十一文字の形を踏まえて詠む短歌だ。古の和歌をもじったり、冗談や皮肉、風刺を盛り込む気ままさが、天明のこの頃、爆発的な広がりを見せた。そもそも滑稽物や戯れ事が大好きな江戸っ子は無論のこと、武士までもが夢中になった。

戯作者、大田南畝でも知られる四方赤良(大田直次郎)は御家人、戯作も狂歌も有名な恋川春町(倉橋格)は駿河国小島松平家の家臣だ。

黄表紙は、黄色の表紙の草子を指していうが、それを最初に始めたのが春町だったといわれている。江戸地本の礎を作ったひとりともいえる。

今年は、将軍の代替わりがあったが、徳川の世もすでに十一代目。戦など、時を遡ったご先祖の頃のことだから、武功を上げての立身出世は、いまや昔の夢物語。家禄は上がらず、役にも付けない。もはや頼りにならない刀の代わりに、筆を執った者が多い。大きな声ではいえないが、金はなくても暇と教養はたっぷりあるということだ。

さらにここ数年、出羽、陸奥が飢饉に見舞われ、江戸でも米を中心に物価が高騰している。加えて、ご公儀では公然と賄賂が飛び交う有様で、誰もが不満を抱えていたことも、狂歌が流行るきっかけになったのかもしれない。揶揄して、笑い飛ばす種がごろごろ転がっているからだ。

赤良も春町も、吉原連の一員だが、自らが主宰する連も持っている。役者たちや、商家の旦那衆など、一体どれだけ狂歌の会があるかしれない。

身分の垣根を超えて、吉原や料理屋に集い、ご政道に物申して鬱憤を晴らし、世間の風聞を笑い、面白おかしく語り合う。酒食をし、芸妓をあげて浮かれ騒いで、歌を詠む。元禄の昔が、太平の世を享受したものならば、今はさしずめ自棄のやんぱち、狂騒的な享楽だ。

こうした活況を版元の蔦重が見逃すはずがなかった。少々自家薬籠的ではあるが、狂歌本を多く版行し、その挿絵の絵師に歌麿などの人気絵師を起用して、売り上げを伸ばした。

京伝も今でこそ、黄表紙の創作が増えているが、他の狂歌師とともに自ら詠んだ歌も添え、挿絵も描き、蔦重の版行する狂歌本にかかわっていた。

おそらく今日の集まりで新しい狂歌本の話をされるであろうと思っている。少し前に、百人一首を模した狂歌本を出したいと蔦重がいっていたのだ。それにしても、次から次と新たな趣向を考えつくものだ。

やはり、元々の生まれが吉原であるという出自のせいかもしれない。蔦重の親は、吉原内の茶屋で働いていたという。そこで育ったのだから、幼い頃からつぶさに吉原に渦巻く欲も業も眺めていたに違いない。

堀に囲まれた廓という、夢と現の狭間にある場所で蠢く人間の愚かさとその輝き。それを見知っていたからこそ、なにが流行り、どうして廃れていくか、世の流れの半歩先が見えるのだろう。

大門の前に本屋を開いて、吉原の見世や遊女を記した案内書『吉原細見』を一手に引き受けたのが人生を大きく切り開くきっかけとなった。茶屋や、見世の格はもちろん、抱える遊女の名が網羅され、それがまた絵図になっているので、目当ての見世に迷わず行ける。吉原を知らない者にも至れり尽くせり、まさに細見。蔦屋重三郎は、この『吉原細見』の版行で、版元への道を切り開いたのだ。蔦重は、約十年前、大店が建ち並ぶ通油町に店を持った。

老舗の版元も追い越すほどの勢いで、版行を続けている。この頃は、同じ町内で店を営む『仙鶴堂』の鶴屋喜右衛門と仲がいい。

「もう一節、お願いしますよ。伝蔵さんの澄んだ歌声に濁った心が洗われる」

「蔦重さん、そんなに世辞を並べても私からは何も出ませんよ」

膳の上の盃を取って、渇いた喉を湿らせた。吉原連には幾度も足を運んでいるが、もとより吉原通いは十代の頃から日常に等しい京伝にとっては、『松葉屋』の馴染みに会う前の余興のようなもの。早いところお開きになってくれればいいと、胸の内でこそりと思う。

ははは、と蔦重が膝を打つ。

「心外だねえ、伝蔵さん。あたしは世辞と匙の山盛りは好みませんのでね。版元として売れない物と売れる物はきちりと線引きをする。そういう性分なのはお分かりでしょう？」

蔦重はむき玉子のようなつるんとした月代を撫でる。

「まあ、お前さんは北尾政演という絵師でもありながら筆も立つ。黄表紙だってひとりで作ってしまう。なんと才に溢れていることか。まるで菱川師宣の再来だと、もっぱらだ」

歌麿が切れ長の眼を向けつつ、煙草を服んだ。

「何をおっしゃいますやら。確かに、菱川翁は、画と詞書と、今ある絵本の元を作ったお方。そのうえ、浮世絵の祖とも称される。私など、とてもとても足元には及ばない。それどころか、菱川翁にはご迷惑。申し訳が立ちません」

京伝は恐縮しながら答える。

「それをいったら、歌麿師匠の画は、まったく緻密で、繊細で。女の姿は言うに及ばず、花はまるで匂い立つよう、魚の画など水面に浮かべたら、たちまちするりと紙面から抜けて、泳いでいくでしょう」

「よしなよ。それこそ、歯の浮くような世辞はいらないよ」

歌麿は顔を突き出し、かちかち歯を鳴らした。芸妓と幇間が眼を瞠り、身をよじって笑う。

いやいや、私は本音をいったのだ、と京伝は盃を取る。

十五のときに、北尾重政の門弟となって画を学び、浮世絵師として世に出た。しかし、絵師として身を立てようと思うほど、驕っていない。

吉原で遊んで、通と呼ばれてその気になって、たまさか文才も認められたにすぎない。戯作も画も、京伝にとっては遊興の一部。稼業をきちんと持ってこそ、続けていけるもの。それを生業だと胸を張っていうつもりはない。芸妓らをからかう歌麿を横目で見つつ、他の者がなかなか姿を見せないのが、気に掛かった。京伝は訝りながら、蔦重を問う。

「連の皆さんはどうしたので？」

するといきなり歌麿も身を乗り出した。

「それさ。妓も呼ぶなというのも興醒めだ」

まあまあ、と蔦重はふたりをなだめるようにいうと、言葉を継いだ。

「集まる刻をずらしたのだよ。皆が揃う前におふたりにお願いがあってね。歌麿さんには、これまでとは違う、もっと鮮烈な印象を残す女を描いてほしい。一枚摺りで、絵草紙屋の店先に花が咲くような、そんな画だ」

蔦重の柔和な表情が厳しいものに変わる。

「そして、伝蔵さん、お前さんには、人をもっともっと酔わせる物を書いてほしいのだよ」

京伝は思わず歌麿と顔を見合わせた。

「いまさらなんだえ、蔦重さん。今の私の画じゃ、足りないというのかい？」

歌麿がわずかに唇を曲げ、先に声を上げた。

「挿絵も錦絵も、あたしは十分だと思っている。八等身の美人は無論、男心をそそる色っぽさがある。あり得ない美しさに眼が釘付けになる。けれど、あたしはもっと満足したいのさ」

「はああ？　もっと満足したいって？　そんな曖昧な物言いじゃわからないねえ」

歌麿が呆れ顔をした。

「私だって困ります。人をもっと酔わせる物とは、どういう意味で？　趣向のことですか？」

京伝の言葉が聞こえなかったか、蔦重は答えることなく、ひと息ついて、ぽつんといった。

「艶二郎が、ね」

唐突な物言いに、京伝は面食らって蔦重をしげしげ見つめた。

艶二郎とは、蔦屋から昨年版行した黄表紙に登場する主役の名だ。

豪商の息子で、獅子鼻をした醜男。しかし、どうにも自惚れが強く、色恋に憧れ、世間に浮き名を流すと心に決めて、色男を気取るもことごとく不首尾に終わる。それでも銭だけはあるから、遊女を身請けして、ついには心中の真似事がしたいと思い立つ。恋の道行、死出の旅と、有頂天の艶二郎だったが、追い剝ぎに遭って絶体絶命。しかしてその追い剝ぎの正体は、遊蕩三昧の息子をたしなめに来た父と番頭。ようやく艶二郎の目が覚める。という戯作が、当たりに当たった。遊びのいろはも知らずに通人を装う滑稽さ、やがては自分の愚かさに気づいて改心する結末。自尊心が強く身勝手な男のことを「艶二郎」と喩えるほどに流行った。

そのうえ、挿絵の獅子鼻の遊蕩息子は京伝の自画像ではないかという噂まで立っている。

絵師、北尾政演としてもそこそこ名が通っていたが、戯作者、山東京伝を押し上げたのがこの黄表紙だった。

「あたしは、もういくつも伝蔵さんの本を出してきました」

「ありがとうございます。私も蔦重さんに足を向けては寝られません」

蔦屋は、よせよせとばかりに手を横に振る。

「そういうのはいりません。あたしは売れると踏んだ物を世に送り出す。だから伝蔵さんに眼をつけた。今じゃ、あたしが伝蔵さんを囲い者にしておりますからね。他の版元には手が出せない」

確かにその通りだと、京伝は苦笑する。

先の黄表紙の人気を受けて、今年はすでに六冊版行している。そのどれもが、評判を取った。これまで、他の版元からも挿絵などの仕事を得ていたが、蔦重と出会ってからは、耕書堂からの版行ばかり。囲い者とは言い得て妙だ。

「艶二郎はいまだに売れ続けておりますし、他の黄表紙も負けちゃおりません。あたしは、伝蔵さん、いやさ山東京伝を江戸一番の戯作者にしたい。そう、それは歌麿さん、お前さんも同様です。美人画で頂きを目指してもらいたい。これから、黄表紙ばかりでない、錦絵にも力を入れるつもりでおりますゆえ。おふたりには、その覚悟(かくご)をあたしとともにしていただきたいというお願いでございます」

蔦重が深々と頭を下げた。

「ちょ、ちょっと待ってください。歌麿さんは絵師だ。画料もある。しかし、戯作者には」

京伝は思わず口走った。

蔦重はがばと顔を上げ、にたあ、と笑みを浮かべた。

「ええ、ええ、承知しておりますとも」

笑みも不快だが、承知しているとは、と京伝は鼻白む。

戯作はあくまでも手慰みの趣味というのが、版元たちの認識だった。いくら戯作が当たろうと作者に銭は入らない。せいぜい、新年に進物が届くとか、売れれば、宴席を張るなど、その程度のものだ。

だから生業などになりようがないと、京伝は思い極めている。好きなことを続けるためには、きちんとした稼業が必要だと。だいたい、京伝の父は家主稼業で、お大尽とはほど遠い。吉原で遊べるのも――実は。

「吉原に通えるのは、大勢のお知り合いが遊び金を工面なさっているらしいですな」

げっ、と京伝は仰け反りそうになる。なぜそれを知っているのだ。世話になっている者たちの顔を思い浮かべたが、蔦重へ注進するような者はいない。

「おやおや、鳩が豆鉄砲を食らったようなお顔をしておりますな。忘れては困ります。あたしは廓で生まれたのですよ。義兄は引手茶屋の主人です。松葉屋の常得意が伝蔵さんと懇意にしていると聞きました。伝蔵さんの馴染みもたしか松葉屋。その常得意は日本橋の魚屋でしたか、それとも……」

「皆までいわずとも」

京伝は声を張り上げた。

そうだったそうだった。蔦重にとって吉原全体が実家のようなものだった。

隣に座る歌麿が口をぽかんと開けている。驚いているのか、呆れているのか、その両方か。

「三味線や長唄は玄人も驚くほどで、品もあって風采よく話も達者だ。座敷に呼べばきらりと光って様になる。誰もが、伝蔵さんを宴席に呼びたくなる。それだけ、お前さんに人を惹きつける魅力がおありだからだ。それが必ず戯作にも活きてくるはず。あたしはそれを買っている。ところで、ご自宅には、きちんと帰っていらっしゃいますか？　半月は家におられますかね」

うう、と京伝は口籠もり、

「十日あるかないか」

と、もそもそ答えた。

もちろん、吉原にずっといるわけではなく、友人知人の家に転がり込んでいることもある。

蔦重に問われて、あらためて自分の遊蕩振りに呆れた。時々、着替えを取りに家に戻ると、両親の冷たい視線が痛いことにも気づいていたし、十違いの一番下の妹からは、おじさん、と呼び掛けられたこともある。それでも、堂々と兄の名乗りを出来なかったのが情けない。

両親は絵師として、画料を少々得ているのは知っているが、戯作を書いていると告げていない。知られれば、放蕩息子がさらに飯の種にならないことを始めたと嘆くだろう。話したのは、弟の相四郎だけだ。こっそり黄表紙を貸本屋から借りているようだが、何かいってきたことはない。それはそれで少々寂しい。

「はっはっは。こいつは傑作だねぇ。艶二郎そのままじゃないか。容貌は雲泥の差だが」

歌麿が膝を叩いて、笑い始める。

京伝はあまりに楽しそうな歌麿へ恨みがましい眼を向ける。

「別に伝蔵さんを脅していているわけではありませんが」

蔦重はさらりといって、にやりとする。

「ご両親がご心配なさるので、ときにはきちんとお帰りになったほうがよろしいでしょうがね。あたしは、無茶はいいません。ただ、伝蔵さんの戯作は出せば必ず当たる。当たれば、この蔦重、吉原で宴席を張りましょう」

吉原をわざわざ強調していった。歌麿が、はっとして蔦重に詰め寄る。

「ということは、なにかい？　伝蔵さんは戯作を版行し続ければ、ずっと吉原にいられるってことじゃないか！　あはは。こいつはすごい。蔦重さんの銭で、居続け出来るってことだ。よかったなぁ、伝蔵さん」

何がおかしいのか、歌麿は顔には似つかないような笑い声を上げる。

そういうことなのか？　戯作を書けば吉原にいられるのか。なるほど。

松葉屋にも通えるって算段か。

「いやいやいや、居続けは困ります。銭が掛かりすぎますからね。ですが、版行が成れば、宴席は必ず開きます。その約定は交わします。ただし、他の版元から出したものは駄目ですよ。北尾政演でときには挿絵もお願いします。こちらは画料をお支払いいたしますのでね。小遣い程度にはなるでしょう。さ、よろしいですね。お願いはおしまいです。歌麿さん、ゲラゲラ笑っていないで。伝蔵さんも呑んでくださいよ。ほら、そろそろ、皆さんも顔を出す頃合いでしょう」

蔦重はご満悦で膳の料理を口に運ぶ。

これは、どうなのだ。なにやら、うまく丸め込まれた気分になる。狐に、いや蔦重の丸い顔は狸だ。私は狸に化かされたのか——。


蔦重と出会ったのは、四年前の真冬のことだった。

師匠の北尾重政と兄弟子が蔦重に招かれ、通油町の店を訪れた。店の奥、母屋の客間に吉原連の者たちがずらりと揃っていた。

まだ二十を二つ超えたばかりで、絵師として駆け出しの京伝は、年長の名だたる戯作者、狂歌師との対面に身が震えたのを覚えている。

中でも四方赤良を名乗る大田南畝は、武家というより、文人としての貫禄がすでにあった。

「お主が北尾政演か？　いや、京伝かな？」

南畝に問われたとき、心の臓が跳ねた。低い声が妙に耳に響いて、じわじわ身体を侵食してくるような感覚に襲われた。

私のことを知っている。その嬉しさもあった。

南畝は、その年の新物として版行した自画自作の黄表紙に眼を通してくれていたのだ。さらに、

「達者な筆に感心した」といってくれた。天にも昇る気分だった。それ以降、狂歌師たちとの交流が出来、蔦屋とも付き合うようになった。

後日、師匠から聞かされたのは、蔦重が世話になっている戯作者たちを慰労するために開いた宴だったが、南畝が、師匠に京伝をぜひとも連れて来てほしいといったという。京伝はおまけの付き添いだと思っていたが、まことは、そうではなかった。それがひどく誇らしかった。

人との繋がりは、運や偶然が重なりあったとき出来るのだ。なるべくしてなるものだと、はすに構えていう人もいるが、南畝が黄表紙をたまたま眼にしたこと、師匠が蔦重と仕事していたこと、それは誰が決めたわけではない、京伝が望んだわけでもない。

それでも、繋がることがある。

しかし、それを途切れさせないようにするには、期待に応え続けることも必要だ。

遊蕩に明け暮れ、通と呼ばれる自分を崩さずにいることだ。

無論、好きで遊んでいても、どこかで自分を装うときがある。山東京伝を演じている、そんな気がするのだ。

戯作を綴れば綴るほど、そう感じる。

京伝は、歌麿に注がれた酒を口に含んだ。

蔦重の強引な提案に腑に落ちないものを感じながらも、一方で、能天気な己がむくむく頭をもたげて囁きかけてきた。

戯作を書けば吉原で毎度宴席だ。悪い話じゃないぞ。稼業はおいおい考えればいい。いずれは家主稼業だっていいじゃないか。家主なら歳を食ってからでもやれる。まだ二十六。されど二十六。しかし、今しか出来ないこともある——。

しばらくは、京伝でいるべきだ、と。京伝を演じ続けろと。

芸妓が陽気な音を出し、幇間が滑稽に踊り出した。京伝は我に返る。松葉屋に通えるのだ。それだけでも御の字か。

「おう、蔦重、ずいぶん早いな。歌麿も京伝もか。三人で悪い相談でもしていたのかえ？」

座敷に入ってきたのは四方赤良こと大田南畝と恋川春町のふたりだ。

「滅相もございません。蔦屋がますます繁盛するよう、おふたりにお力添えをお願いしていたところで」

「調子がいいな、蔦重。私にもっと満足出来る女を描けといったくせに」

歌麿が皮肉っぽくいう。

「ほうほう、それは楽しみだ」

と、春町が蔦重の盃を受けながらいう。

南畝が京伝の隣に腰を下ろそうとしたが、

「四方さまと恋川さまは上座にどうぞ」

と、促した。

すると、不意に春町がにんまり笑って、京伝の耳元に口を寄せ、小声でいった。

「お主の相方、身請けされるらしいぞ。今夜は行ってやらんのか？」

京伝は耳を疑った。身請け？　松葉屋からも本人からもまったく聞かされていなかった。

弾かれるように立ち上がった京伝に、春町を除く皆が、呆気に取られた顔をした。

京伝はいきなり裾をからげて、脛を露わに座敷を飛び出した。が、くるりと振り返り、

「一大事が起きました。会は欠席いたします」

叫ぶようにいうや、音を立てて廊下を走り抜けた。

その勢いのまま松葉屋に駆け込み、妓楼の下働きの若い男の肩を揺さぶりながら、問い質す。

あまりの剣幕に「で、伝蔵さま、まことです」と、若い男がようやくいった。

相手は、そこそこの商家の主人。年季はまだ残っていたが、それも含めて、きっちり五十両を用意したという。

「なるほど、それはめでてえなぁ。祝いをいってやりてえなぁ、よしっ、揚がるぞ」

鼻息荒く京伝がいうと、松葉屋の主人が慌てて顔を出し、妓がもう客は取りたくないといっていると、告げてきた。

「今生の別れになるというのに、私とは会えないというのかい?」

「思いを残すのは、よくないからと。新造の優しさと思ってくださいませ。伝蔵さま」

妙に丁寧なお辞儀をされ、京伝の気がすうっと醒めた。

吉原はそういうところだ。

初会で顔を合わせ、裏を返して、二度目の逢瀬。三度でようやく馴染みとなる。そうした順序を踏むまでもない安女郎もいるが、京伝は吉原の決まり事が好きだった。銭を出せば手に入るわけじゃない。妓の心を蔑ろにすれば、まことの想いも届きはしない。そう思っていた。

世間の夫婦のほとんどが、仲人を立て、あるいは親同士が決めた相手と祝言を挙げる。互い

の性質どころか、顔も知らぬまま、祝言の夜に初顔合わせして、夫婦として暮らしていく。子を成し、家を存続させ、親戚の手前や周囲の信用を得るため、夫と妻の役割を演じる暮らし。年月を重ねるうちに思いやりでも生まれれば、いい相性だったのだと納得する。

けれど、吉原は違う。かりそめの夫婦ではあるが、互いに想い合う、色と恋から始まるのだ。

しかし、突然、こうして断ち切られることもある。それを恨んでも詮無いこと。

一度は情を交わした妓の行く末を思ってやらなければいけない。情より、実を選んだと責め立てるのは、野暮の骨頂。

見えが良いのと、金があるとて、惚れるは欲、とはいうけれど、所詮、男は甘い夢を見て、女は現を夢に見る。

「いい女だったなぁ」

京伝は松葉屋を出て、顎を上げた。

夜の帳が下り始めた空に、ひとつ輝く星を見て、ため息をついた。

そろそろ常夜灯が灯される頃だ。

大文字屋に戻るのも気が重い。さてさて、振られたついでだ。たまには冷やかしに妓楼を回ろうか。吉原を貫く仲之町の通りは、相変わらず素見の男たちがぞろぞろいた。

大門の手前まで来て、京伝は左に折れた。江戸町一丁目の表通りだ。

ここには『扇屋』という大見世がある。花扇という花魁がいる。その名は扇屋一番の遊女に代々受け継がれている。そのうち、歌麿が描くのだろうなぁ、と思いながら、前を通り過ぎようとしたときだ。

「ちょいと、旦那」

刺すような声が背に飛んできた。

二

驚いた京伝はすぐさま振り向き、声の主を見た。襟を大きく抜いて、白粉を首にもたっぷり掃いている妓だ。初めて見る顔だ、しかも美しい。どこの見世だろう、名はなんというのか。

女から声を掛けてきたのだ。何か気の利いた言葉を返さねばと、京伝は忙しく頭を巡らせた。

妓が、京伝の様子を見ながら、口元に指を当て、くすりと笑った。

「ねえ、ずいぶんぼんやり歩いていなさるが、懐はご無事かい」

懐？　京伝は訝りながら己の懐を探る。指先になにも触れない。うん？　おかしいぞ。ない。財布がない。あれ？　いつだ。いつ掏られたのだ。

慌てた京伝は、首を左右に振って、行き交う者たちを見やる。が、掏摸がそこらでもたもたしているはずもない。そういえば。仲之町から江戸町に通りを折れたとき、身を寄せて来た頰被りの男がいた。そいつか？　確かに妙な違和感を覚えたが。

妓は小首を傾げ、楽しそうに京伝の慌て振りを眺めている。

「これ、女。お前、掏摸を見たのかえ？」

京伝が詰め寄ると、妓は再びくすりと笑って、

「掏るのを見ていれば、声を上げているけど、なんとなくだから見ていないのかも」

と、答えた。

「ずいぶん、曖昧だ」

京伝は、むっとして語尾を強めた。

あら、怖いと妓は身を硬くしたが、その顔には恐れなど映していない。

「だって、この通りには旦那のような冷やかしが多いし、掏摸もそこらへんにいるからね。ただ、麻の葉模様の頰被りの男が仲之町通りを大門の方へ足早に去って行ったから」

「なに？　やっぱり頰被りの男か」

京伝はぱんと裾を捲って駆け出した。

再び仲之町通りに躍り出て、首を伸ばす。しかし、通りを埋め尽くす男たちに阻まれ、先が見通せない。素見千人、客百人、間夫が十人、色ひとりと口の端に上る吉原だ。要するに、金を落としていく者は限られた数しかいないという例えだが、夕から夜にかけて、仕事を終えた男たちがわらわら押し寄せ、張見世前は芋を洗うようでもある。

明かりが灯された吉原は、さらにきらびやかさと華やかさが増し、洩れ聞こえる音曲や人々の浮かれた声で一層、賑やかになるのだ。

そんな中から、人ひとり探し出せるものか。

ああ、くそ。もう大門から出ちまったか、と京伝は、ほぞを嚙む。

と、あたりがざわめき始めた。仲之町通りの人波が、まるで潮が引くように左右に分かれ、一本の道が姿を現す。

京伝は軽く首を後ろへ回した。

花魁道中だ。

男衆が提灯を下げ、先頭を歩く。提灯に記された紋は鶴。京町一丁目の大見世、『鶴屋』だ。その後ろに花魁が禿を左右に従え、さらに、新造ふたり、そして数人の男衆が後に続く。引手茶屋に客を迎えに行くのだろう。

蝶が羽を広げたような大きく張った横兵庫の結い髪に、べっこうの簪を幾本も挿し、緑地に亀甲模様の刺繍を施した帯を前に結んだまな板帯、纏った打掛けは、身体に巻きつくような松の木と、飛翔する番の鶴。なんとも縁起のよい贅沢な衣装だ。

通りに灯る明かりの中に、浮き上がるその姿は、まさに吉原の華。

高下駄で、地面を舐めるようにゆるりゆるりと、しかし花魁は切れ長の眼を前方に向けたままにこりともせず、凛とした佇まい。

沿道の男たちは気圧されたように声もなく、道中をうっとりした眼差しで見つめる。

「あれが、大淀だ。あの子も姐さん女郎を超えるだろうねえ、たいした道中だ」

初老の男が訳知り顔で呟き、腕組みをした。

あれが今売り出し中の花魁か。なるほど、きりと上がった眦と高い鼻が気性の強さを物語り、熟した木の実のようにぽてりと量感のある唇は情の深さを表している。相反する性質が男の欲を刺激する。高嶺の花と知りつつも。

いつの間にか、掏られた財布のことなど、すっかり忘れ、京伝もまた艶やかなこの吉原の名物を己の眼に焼き付けるように映す。これまで幾度も道中を見てきたが、同じものなどひとつもない。花魁それぞれの色があるからだ。だからこそ、価値がある。

花魁が近づいて来ると、風に乗ってか、なにやらいい香りが鼻先をくすぐった。衣装に香を焚き染めているのか。いや、違う。漂ってくるのは、横からだ。隣に立つ者から薫っているのだ。

京伝は横をそっと窺う。その刹那、心の臓が跳ねるほど仰天した。

左隣にいたのは、麻の葉模様の手拭いを被った男だ。違和感は、この香りのせいだったのか。なんと風流な掏摸であろう。いやいや、感心している場合ではない。だが、掏摸と思しき男も道中に見入っている。今、男を質せば騒ぎになる。それは出来ない。道中の最中だ。花魁の舞台と己の財布。どちらが重いか秤にかけるまでもない。野暮は嫌いだ。

花魁が引手茶屋に着くまで、この掏摸も動きはしまい。まるで魔物にでも魅入られたように身じろぎせずにいるのだ。

花魁が茶屋に入ったら、まずは手首を摑み、「こりゃ、掏り盗った物を差し出さんか」と、怒声を浴びせ——待て待て、ここは低めの声で凄みを利かせていうべきか、と余計な思案をしながら、ちらちらと男を見やる。

おや、と京伝は訝った。被った手拭いからわずかに覗くその横顔は、思いの外、若い。まだ十五、六といったところか。しかもかなり整った顔立ちではないか。これは、驚いた。

見た目で判断すべきじゃないが、この若い男がまことに掏摸なのか。扇屋の前で声を掛けてきた妓の言葉を鵜呑みにしたが、こちらも頭に血が上っていたから、致し方ない。掏摸の証はないし、麻の葉模様の手拭いなどいくらでも売られている。それに、香を焚き染めた手拭いを頬被りする小悪党がいるだろうか。

京伝は戸惑いながらも、この若い男に興味を抱き、さらに窺い見て、またまた驚いた。

男の瞳が潤んでいた。今にも頬を伝いそうに溢れているのだ。

視線の先にあるのは、当然、花魁の大淀。

あまりの壮麗さに感極まったとでもいうのだろうか。いまだ初々しい少年の面差しをしたこの男が、吉原の華やかさに慄いているのか？

いや、違う。初めて吉原に足を踏み入れた者の有様は嫌というほど見てきた。

ある者はのぼせて、やたら騒ぎまくり、ある者は、ぽかんと口を半開きにし、ある者はおどおど肩をすぼめて歩く。だが、涙を浮かべる奴などお目にかかったことがない。

しかも、大淀を見つめる眼差しは憂いに満ちているように思えた。

気になる、気になる。

掏摸だろうが、なんだろうが構わない。この男と話がしたい。だいたい、財布を掏り盗られたのは、私がぼんやりしていたからだ。番屋に訴え出たところで、その場で取り押さえなければ、疑いだけなら、後からお縄にすることは出来ない。

大淀が茶屋の前に立ち、中へと姿を消した。

隣の男がそれを見送り、大きく息を吐き身を翻したそのとき、京伝は素早く腕を取った。

「ちょいと、兄さん、訊きたいことがあるんだが」

男は一瞬、うろたえた様子を見せたが、どこをどうされたものか、摑んだはずの腕がスルッと外された。背を向け、駆け出しそうな若い男に、慌てたのは京伝だ。

「お前さん、涙を浮かべていらしたね。それがどうにも気になって。大淀花魁とは訳ありかえ?」

ふと男が足を止めた。京伝は、急ぎ正面に回って男の顔をとくと見る。横顔からも窺いしれたが、これはこれは。凄まじいほどの美貌じゃないかと、眼を瞠る。

驚く男を見て、むくむく持ち前の好奇心が湧き上がる。

「その前に聞いておきたいのだがね。私は、財布を掏り盗られた。掏摸を捜していたのだが、その手がかりは、お前さんが被っている麻の葉模様の手拭いなんですがね」

「掏摸?」

若い男は真っ直ぐに伸びた眉をしかめ、京伝を窺う。

「それは何かの間違いでしょう。私は、ここに人捜しに来たのです。お疑いなら、どうぞなんなりと衣装を探ってくださいませ。この場で脱いでも構いません」

若い男はきれいな顔貌をさらに険しくしていった。それがまた凄みがあってぞくぞくする。

花魁道中を終えた仲之町通りは、もとの人波に戻っている。幾人かが、京伝と男に向けて怪訝な表情を向けていた。京伝は声を低くした。

「騒ぎを大きくするのは、私の本意じゃございません。私は京町の伝蔵と申します」

「それがし、安東喜次郎と申す」

「おや、お武家さまで？」

「いかにも。安房の出でござるが、ゆえあって浪々の身となり」

なるほど、身なりは町人だが、手拭いで武家髷を隠していたというわけか。道理で、私の指など軽く外されるはずだ。

「掏摸などと、とんだ失礼をいたしました。人捜しとのお話だが、まさか大淀花魁のお身内？」

喜次郎は一瞬、厳しい視線を放ったが、すぐに顔を伏せた。

「ちょいと面差しも花魁に似ているような。もしや弟さまとかで？」

だとしたら、大淀は武家の娘？　これまで聞いたことはないが。

「お主に話すいわれはない」

喜次郎が色をなす。

「申し訳ございません。大淀とのご対面が果たせずにいらっしゃるのであれば、この伝蔵が手助けをさせていただいてもようございますよ」

と、京伝は喜次郎へ余裕の笑みを返す。武家とはいえ、まだ歳若。江戸にいつ出てきたものかは知れぬが、吉原には明るくなさそうなのはわかる。

京伝の言葉に考え込み始めた喜次郎を見て、もうひと押しと、

「あなたさまを掏摸だと疑ったお詫びと思ってくだされればようございます」

そういった刹那、

「あ、旦那、お財布戻ったの？」

先ほどの妓の声に京伝は振り返った。

「こら、お前。このお人は掏摸などではなかったぞ。まったく失礼なことをした」

「だって、そそくさと逃げるように走っていたから、わっちはてっきり」

悪びれたそぶりも見せず近づいて来ると、喜次郎の顔を覗き込むなり、

「あらあ、品のいいお顔立ちだこと。しかもいい香り。こんなお人が悪事をするはずないわ」

ちゃっかりしたことをいう。と、妓がいきなりぱちんと手を叩いた。

「ね、おふたりは、夕餉は済んでいるの？　これもなにかの縁だから、ね」

妓は、京伝と喜次郎の手首をいきなり摑むと、ほらほら早くと、目の前の茶屋、『松屋』へと引っ張る。

喜次郎が抗うと、腹の虫が鳴った。途端に顔を赤く染めて、俯いた。

「嫌だぁ、やっぱりお腹空いているんじゃないの。親爺さぁん、お客よ、お客」

妓は松屋に向かって、声を張る。

「おう、菊園姐さん、いつもありがとうよ」

暖簾を分けて、主人が顔を出す。菊園というのか、この妓。どこの見世かはわからんが、こうして茶店に客を引き込んで、いくばくか銭を得ているのだとしたら、なかなかしたたかだ。すると、主人が京伝の顔を見て、眼を剝いた。

「や！　これはこれは、京町の伝蔵さまじゃありませんか。うちのような小店にようこそおいで

くださいました」

主人は頭頂が地面につくかと思うほど腰を深く折る。菊園も驚いた顔をした。

「気を遣わないでくれ。まあ、色々あって、その菊園という妓に連れて来られた。何か食わせてくれるかな」

「それはもちろん。では、松葉屋に早速、声を――」

主人が顔中に笑みを広げた。むむ、と京伝は唇を曲げる。松葉屋の馴染みの妓は身請けが決まり、いまいま振られたばかり。けれど、惚れた女に感謝こそすれ、未練は残すべからずだ。京伝ははっきりいった。

「いや。妓は菊園だけでいい。こちらのお人にも妓は付けないでいい」

喜次郎は京伝をちらと見て、ほっとしたような顔をする。主人は幾分、がっかりしたようだが、すぐに愛想笑いを浮かべた。

「承知いたしました。では、お座敷にご案内いたします。おおい、伝蔵さまを二階に案内しておくれ」

妙な成り行きになってしまったが、この喜次郎がなぜか気になってならない。戯作者としての勘（かん）というものか。

階段を上がりながら、菊園の声が背に飛んできた。

「旦那があの京町の伝蔵さんだなんて仰天しちゃった。ねえ、お大尽なのでしょう？　なんでも頼んでもいい？」

京伝は呆れた。が、ケチなこともいえない。

「ああ、構わないよ」

そういってから、財布を掏られたことを思い出した。

座敷に入ると、喜次郎は観念したような顔をして、きちりと膝を揃えて座った。

菊園があれやこれやと注文して、酒はむろんのこと、膳には口取り、刺身、煮物、焼き物が並ぶ。おいおい、これは一分台じゃないか。三つで三分。酒を加えれば約一両だ。

いまさら文無しともいえず、ままよとばかりに、喜次郎に銚子を差し出すと、首を左右に振った。

「じゃあ、わっちがいただいちゃおう」

菊園が手酌で、ちゃっちゃと呑み始める。

まったく調子のいい妓だ。止めるのも馬鹿馬鹿しいと、

「さ、どうぞ箸をおつけください」

喜次郎を促すと、躊躇いながらも頬被りを取って、顔を晒した。月代も初々しい若侍の顔が現れた。疲れのせいか色白の肌が青みを帯び、ほつれた髪が一筋、顔の前に垂れているのが色っぽい。まさに菱川師宣が描いた美童のようだ。

喜次郎は遠慮がちに蒲鉾を口へ運んだ途端、堰を切ったように次々料理を食べ始めた。あっという間に台の物を平らげ、満足そうに息を吐いた。

京伝と菊園は、呆気に取られつつも、微笑ましくその様子を眺めていた。はっと喜次郎が我に

返った。

「まことにお恥ずかしいところをお見せいたしました。昨日から、水だけでしのいでまいりましたもので」

「お気になさらず。して、大淀花魁とのご対面をお望みですか？」

京伝が訊ねると、喜次郎は背筋を伸ばした。

「あの花魁は身内ではございません。私の許嫁(いいなずけ)によく似ていたのでございます。もう二年待たせておりますゆえ、つい」

腹が満たされ少し余裕が出たのか、喜次郎はとつとつと話した。

「夫婦約束をした方がいらっしゃるのに、どうして吉原などにいらしたのですか」

菊園が眉をひそめた。喜次郎が黙(だま)り込(こ)む。

「これ、喜次郎さまは遊びではなく、吉原に人捜しにいらしたのだ」

「あら、それならそうと」

今、いっただろう、と京伝がたしなめる。

「それにしても、大淀花魁とお顔立ちがそっくりでしたので、てっきり弟さまかと。そうですか許嫁に。まあ、人が強く引かれ合うのは、己と性質や容貌が異なるか、あるいはよく似ているかだと申しますゆえ。喜次郎さまと許嫁さまは、互いに似ているのでございますな。よいご夫婦となりましょう。と、しますと、その捜し人が吉原にいると小耳に挟んでということでしょうか？」

喜次郎は唇を噛む。

菊園が喜次郎の前に這いながら近寄ると、

「ねえ、喜次郎さま、話しておしまいよ。ここは、吉原。嘘もまこともごちゃ混ぜだけど、情けだけはたっぷりあるから」

ほう、なかなかいいことをいうじゃないかと感心していると、喜次郎が急に顔を歪めた。込み入った事情があるようだ。

「おおよそではありますが、ここは三町（約三百三十メートル）四方を堀で囲んだひとつの大きな町でございます。遊女屋は百以上、揚げ屋も二十あまり、その他にも湯屋や茶屋があるのです。そこに大門をくぐってくる客が日に千は下らない。そんな町から人ひとり探し出すのは、雪中で白兎を探すようなもの」

菊園は、うんうんともっともらしく頷いた。

「つまり町に詳しい人の手助けが必要だってことでしょう？　伝蔵さま」

「そうだね」と、伝蔵が答える。この妓は、なかなか察しがいいようだ。

「やはり、吉原に詳しい者がいたほうがいいと思います」

喜次郎は、口を引き結び沈思していたが、ようやく重い口を開いた。

「――実は、私の父と祖母を殺めた者を捜しております」

京伝と菊園は思わず顔を見合わせた。

なんと、仇討ちか！　こいつは大当たりだ、と京伝は心の内でほくそ笑む。

喜次郎は、吹っ切れたように語り始めた。

「私は幼き頃に母を亡くし、父と祖母に育てられました。安東家は浪人ではありましたが、武士として恥をかかぬよう武芸も学問も修めさせていただきました」

二年前、たまたま安房へ遊興に訪れた身分ある武家の娘に見染められ、ほどなく婚儀の予定が整い、安東の家も運が開けると皆で喜んだ。だが、数日後、喜次郎がいつものように日用稼ぎに出たときに、家が賊に襲われ、父と祖母が斬殺された。許嫁の親が祝言の準備にと置いていった十両の金も盗まれた。隣家の話では、近頃、この地に流れてきた浪人者が押し入ったのではないかと、その人相をつぶさに記し、許嫁とその両親にも背を押され、仇を追って出たという。

「身分ある家に婿入りが決まり、これから孝養を尽くそうと心に決めておりましたのに。口惜しゅうて、口惜しゅうて。この手拭いも許嫁が香木を包んで渡してくれた物。おかげでくじけず、力になっております」

菊園は話を聞きながら、「おいたわしや」と、はらはらと落涙する。

安房とはますます興味深い。菱川翁の生まれ故郷じゃあないか。

「仇の姓名は知れていらっしゃるのか？」

京伝は逸る気を抑えつつ訊ねた。

はい、と喜次郎は返答をした。

「安房保田にあります寺院で寝泊まりをしていた轟文平という者でございましたが、駆けつけたときには、すでに遅く」

と、喜次郎がぐいと身を乗り出した。膝に載せた拳に力が入っていた。

「この二年、捜し回りましたが、その者が吉原に出入りしているとようやく手がかりを得て。名を、名を聞いたことはございませぬか」

喜次郎は必死の形相だ。菊園が細い眉をひそめ、京伝にすがるような視線を向けた。

「浪々の身で、路銀もほぼ底をつき、ようやく仇の消息が知れたと、勇んで参りましたが、空腹にも耐えかね、吉原の賑わいにも目が眩み、お恥ずかしいやら、情けないやら」

「ねえ、喜次郎さま、お腰の物は？」

菊園の問いかけに、京伝もはっとした。喜次郎は申し訳程度の小刀をさしていただけだ。

「……それが、旅籠代が不足していたので、宿屋の主人が預かってくださると」

宿代の形に取られたのだ。しかし刀がなければ仇に遭っても返り討ちだ。

すると、菊園が不意に微笑んだ。

「吉原を舐めちゃいけない。人殺しの悪党ならきっと噂になる。わっちと伝蔵さまが必ず本懐を遂げさせてあげる」

おいおい、勝手なことを。京伝は慌てた振りをした。仇討ちの手助けなど、そうそう出来ることじゃない。喜次郎には申し訳ないが、ぞくぞくする。

「かたじけのう存じます」

喜次郎は菊園の言葉に力を得たのか、涙を流し、幾度も礼を述べていたが、そのうちうつらうつらとし始めた。腹一杯になり、抱えた心の内を吐き出して、急に眠気に襲われたのだろう。なんといっても二万坪以上の広さがある吉原で、仇を求め歩き回っていれば、身も心も疲れ果てる。

かくん、といきなり首を落としたときには、さすがに京伝も眼を見開いたが、

「張(は)り詰(つ)めていた糸が切れちゃったんだわね。あらあら、きれえな寝顔だ」

菊園は手慣れたように、喜次郎の身を支えて、横たえさせる。

「伝蔵さま、羽織をお貸しくださいましな。喜次郎さまに掛けてあげなきゃ」

返答もしないうちに、まるで赤子にするように伝蔵の羽織をふわりと喜次郎の身に掛けた。

京伝はそれを咎(とが)めず、菊園を問う。

「菊園姐さん。本気かえ？」

「仇討ちの助太刀(すけだち)？　うふふ、伝蔵さまだって、お顔に面白そうと書いてありますよ」

伝蔵は思わず自分の頬に手を当てたが、はっとして、

「何を面白がっているものか。轟文平とかいう浪人者の所在が知れたとしても、果たしてこの喜次郎さまが敵うのか、私は心配だよ」

険しい顔つきを造っていった。

喜次郎はすっかり安心しきって、気持ちよさそうに眠っている。その心根の素直さが伝わってくるようだ。額、鼻筋、唇の凹凸(おうとつ)がきれいな横顔を造っている。なんとまつ毛も女子(おなご)のように長い。よくよく見れば指も細くしなやかだ。仇討ちどころか、これで大刀(だいとう)がふるえるのかどうか。やれやれ、興味本位で楽しんでいる場合ではないかもしれん。これはまことに返り討ちも十分あり得る。

「じゃあ、伝蔵さまはどうするおつもりですか？　お武家のお知り合いも多いでしょうし、いざ

となれば」

京伝は顎を引いて、幾人かの顔を思い浮かべる。吉原連の四方赤良も恋川春町も武家だ。しかし、両人とも筆は立つが、剣の腕はいかほどか、訊ねたことはない。

「そっちは、あまりあてにならんなぁ」

「なぁんだ、残念」

「なによりまずは、どう仇を捜し出すかだ。菊園姐さんには何か妙案があるのかえ？」

京伝の問いに、菊園が鼻をうごめかす。

「吉原はひとつの町だから、見世の若い衆を使って、その仇の名を吉原中に広めて、見つかったら、扇屋に知らせるようにいえばいいのよ」

「それは悪手だ。自分を捜していると気づかれたら、逃げてしまう。二度と吉原には足を踏み入れなくなる」

「じゃあ、どうすればいいの？　吉原は、見世も茶屋もみんな繋がっているの。何か厄介（やっかい）事が起きればすぐに伝わる。それは使わない手はないと思うのよ」

そうだな。馴染み以外の妓を呼べば、たちまち噂が広がって、制裁を受ける、と京伝は苦笑する。吉原は堀に囲まれ、出入り口は大門だけの特別な場所なのだ。

それだけに、仲間意識は強い。厄介事も持ち込みたくない。

轟文平が名を偽（いつわ）っているとしても、浪人者風情（ふぜい）が、常連を伴（ともな）わずに大尽遊びをしていれば、吉原中が胡散臭（うさんくさ）く思い、姓名はもとより、その在所まで探る。今のところ、そうした噂がないのなら、小見世か切見世で遊んでいると考えられる。ともかく、轟ひとりを気づかれずにあぶり出す方策はないものか、と京伝は、くいと盃をあおった。

菊園は、黙って考え込み始めた京伝をちらちら窺いながら口を開いた。

「喜次郎さまはもちろんお辛いでしょうけれど、お父上とお祖母さまの悔しさを思うと、本当にお気の毒。婚礼の支度金を盗まれ、命まで取られて、そんなひどいことってあるかしら」

ああ、そうだったな。喜次郎の父親と祖母は暴漢によって、突然、命を断ち切られたのだ。その悔しさ、悲しさ、その苦痛はいかばかりか。京伝は、ふたりの怨嗟を自分の身に手繰り寄せるように、胸に手を当てた。

「喜次郎さまの許嫁の姫さまだっておかわいそう。仇討ちでもう二年も離れ離れ。わっちだったら生き霊になって憑き殺してやりたい」

憑き殺す？　京伝は菊園に眼を向ける。

「なぁに、わっちはおかしいことといってない。だって、そいつのせいでお若いふたりが苦しい思いをさせられているのだから。伝蔵さまも真面目に考えてくださいましな」

京伝は腕を組んで考え込んだ。

ふんふん、そうか。なるほど。憑き殺す、か。こいつはいいぞ。これだこれだ。

あれをこうして、こうすれば、轟を捜し出せる。いや、本人から姿を現すぞ。

菊園が、ぶつぶつ呟く京伝を薄気味悪げに見つめる。

「よしっ、これだ。なあ、菊園姐さん。轟文平は人を殺め、金を盗んだ大悪党。そうした輩は常に虚勢を張って、意気がっている。そこをちょいと突いてやろうと思うのだ」

京伝はにやりと笑った。

「だから幽霊さ」

「幽霊？」

菊園が、きょとんとした顔を返してくる。

「いま、お前さんがいったろう？　憑き殺してやりたいと。そう、吉原に幽霊話を流すのさ」

京伝は笑みを浮かべて、喜次郎の寝顔を見た。

「気味悪いわあ。幽霊話なんて」

「まあまあ、作り話はおれの得意とするところだ。ちょいと耳を貸しておくれ」

京伝は菊園を手招くと、その耳元で囁いた。菊園の顔から見る見るうちに血の気が引く。

「おやおや、肌が透けるようだ」

京伝がからかうと、

「もう！　嫌なお人だこと」

菊園が頬を膨らませて、ぷいと横を向いた。

「さてさて、面白くなってきたぞ」

「やっぱり面白がっているじゃない。喜次郎さまにとって生き死にかかわることなのに」

「そうじゃない。京町の伝蔵の嘘話が、どう通用するかが楽しみなのさ」

京伝は煙管を取り出し、刻みを詰めた。

三

喜次郎は菊園の計らいで、扇屋に寝泊まりすることになった。主は仇討ちの助太刀ならば、喜んで力を貸しましょうと請け負ってくれた。ただし、「本懐を遂げた暁には、伝蔵さまの筆でうちを喧伝してくださいまし」と、抜け抜けといった。さすがは、忘八。仁・義・礼・智・忠・信・孝・悌、八つの徳目を忘れた者として、廓の主を指す呼び名がぴたりとはまる。

喜次郎は、生来、真面目な性質なのだろう。ただ世話になるわけにはいかないと、掃除をしたり、膳を運んだり、牛太郎（若い衆の異名）よろしく尽くしている。

主人はそんな働き者の喜次郎に「ずっとうちにいないか」と誘いをかけて、

「大事を控えたお武家さまなのよ」

と、菊園にたしなめられた。

風采もよく、真面目な喜次郎は、妓たちにもたちまち気に入られ、菊園は、近寄ってくる妓を追い払うのに四苦八苦しているようだった。

京伝のほうは、扇屋の若い衆をひとり連れて、連日、夜見世の始まった暮れ六ツ（午後六時頃）になると、揚屋町の湯屋へと赴いていた。

今、馴染みがいない京伝は、どこに出入りをしようと勝手気ままな身。扇屋に通い詰めても、咎められることもない。しかし、蔦重に怪しまれ、実はかくかくしかじかと話をすると、それはあっぱれ、美青年の仇討ちはきっと画になるし、売れるに違いないと色気を出した。

「絵師、北尾政演の一枚絵でいきましょう」

と、こちらもいい気なものだと、呆れ返った。

とはいえ、すでに幽霊話を流して十日。菊園を名指しで来た客は五人。いずれも、武家ではなかったため、お茶を濁して早々に引き上げてもらった。それ以降、いまだ、轟文平と思しき男は現れてはいなかった。

礼金が三両では駄目か。

もっと上げてみることにしよう、と京伝は洗い場から腰を屈めて、柘榴口をくぐり、湯殿へと入る。冷えた身体を湯に沈めると、その気持ちよさに、思わず声を洩らした。

出入り口の柘榴口から灯りがわずかに差し込むくらいで、湯殿は薄暗い。湯気もこもっているので、浸かっている者の顔もよくわからないが、人の気配からすると、五、六人はいそうだ。

「旦那、扇屋の幽霊話ですがね」

隣で湯に浸かる扇屋の若い衆が口火を切る。

「ああ、菊園とかいう新造のもとに夜な夜な通ってくるという男の幽霊か。あんなものは眉唾だ。そんな噂を流してまで客を集めたいのかえ？　扇屋さんも焼きが回ったねえ」

「冗談じゃねえよ。旦那、その逆だ。幽霊が出るってんで、扇屋は閑古鳥がないてらぁ」

「おや、それは気の毒だ。あはは。幽霊なんぞ信じる奴らがいるんだねえ。私は詳しいことは知らないが、その新造が取り憑かれるような訳があるのかい」

「それが、あるんでさぁ」

と、怖々した声でいった。

自分の作った話を自分で語るのがなんとも滑稽で、白々しい。が、この若い衆はなかなか芝居っ気がある。

幽霊は、菊園に惚れていた大部屋役者の女形。三日にあげず通い詰め、とうとう銭が尽きて、菊園に愛想尽かしをされたという。

「扇屋の前で、菊園姐さんがその役者の頬を張ったんでさ。その男が激怒しましてね」

「そりゃあ、そうだ。大部屋でも役者は役者。それはその新造が悪いな」

「けど、揚代を貸してくれとしつこかったそうでね。まあ、それから顔を見せなくなったものの、実は借金がかさんで大川に身を投げたとか」

「なんだよ、それは逆恨みだろう?」

京伝は憮然と答える。

「そんな話が吉原に流れて、少しした頃ですよ。菊園姐さんが夜な夜なうなされるようになって――」

ついには客のいない夜、枕が蹴り飛ばされ、身体にのしかかられ、首を締められたらしい。

「姐さんの首元には今もくっきり痕が付いているんですよ。おれも見ました。恨みがましい赤い指の痕が――」

「ひえええ」

湯殿の中に声が響いた。湯に浸かっていた者らが皆、耳をそばだてていたのだろう。

「菊園姐さんは首に晒しを巻いて隠しておりますが、余計に目立っちまって。客も取れねえ」

と、

「くだらねえ。足のねえ幽霊に枕を蹴飛ばされるはずがねえじゃねえか。馬鹿馬鹿しい。その菊園って新造が、客の取れない言い訳をしているんだよ」

だみ声が響いた。

「でも、恐ろしいじゃありませんか、首に痕が付いているなんて。幽霊の仕業だったら、ああ、まことに恐ろしい」

京伝はすかさず声を震わせながら返した。

周りの者たちも、よほど恨みが深いに違いないと口々にいう。

「けっ。どいつもこいつも意気地のねえことだ。その役者が死んだのも偽りに決まっておる。女形だというなら、そいつは化け物じゃなく、女に化けて扇屋に出入りしているに違いなかろう」

「やあ、それは気づきませせなんだ」

京伝が持ち上げると、

「幽霊や化け物よりも、本当に怖いのは人だ」

と、だみ声がうそぶく。

「では、お前さまが、助けてあげてはいかがでしょう。お声からしてかなりお強いお方だと。お武家さまでございますか？」

「ああ、そうよ。役者のひとりやふたり、おれが叩っ斬ってやるわ」

「そんな物騒な。妓楼に揚がる際にはお刀は見世で預かりますゆえ」

若い衆が声を震わせた。

「うるさい、承知しておる」

「ともかく扇屋ではその正体を確かめてくださったお方に礼金を払うといっております。三両でしたが、今は十両出すと」

若い衆がいうや、湯殿がざわめく。

「なんと、礼金が十両とは、扇屋も思い切ったものよ。よほど困っていると見える。で、その新造はいい女なのか？」

再びだみ声だ。

「人によっては花魁よりも華があると評判で」

「ふうん、扇屋からは十両もらって、その新造には恩返しにおれの馴染みになってもらうか、一石二鳥だ。わははは」

下卑た笑い声を上げ、だみ声の男が湯から立ち上がった気配がした。

京伝は、若い衆の肩を摑んだ。

きっと、奴は扇屋に姿を見せる。あやつが喜次郎の仇であれば。あとは——仕上げを御覧じろ、だ。

京伝は両の掌で、パンと顔を叩いて、気合いを入れた。

菊園と京伝は、喜次郎が記した轟文平の人相書きの写しを襟元に潜ませていた。それらしい者が現れたなら、すぐに人相を確かめるためだ。

吉原を貫く仲之町の通りは、夜見世が始まると、半刻（約一時間）も経たぬうちに、人で溢れる。賑やかな笑い声、張見世で客を待つ妓たちが艶笑しながら、男たちを誘う。首に晒しを巻いた菊園も他の妓とともに張見世に出ていた。扇屋の入り口脇の縁台に頬被りした男がひとり座っている。見世は次第に賑やかになり、幾人かの客が、馴染みの妓とともに、二階へと上がっていく。

と、扇屋の暖簾を乱暴に撥ね上げて、目付きの鋭いふたりの男が入ってきた。片方は町人だが、もうひとりは着流しで、月代も剃らず、大刀を落とし差しにした、いかにも浪人者の風体をしている。京伝は帳場に腰を据えて、男をそっと窺った。

「お客さま、あのう」

ともに湯屋へ行った若い衆が素早く前に立つと、男がにやにやしながら、

「首に晒しを巻いた女が菊園という新造だな。確かに、なかなか見目よい妓だ。すぐに呼べ」

聞き覚えのあるだみ声が飛んだ。

湯屋で会った男だ。やはり来た。

京伝は人相書きの文言を素早く目で追う。中肉中背、肌浅黒く、眉は横一文字に黒々と太く、鷲鼻に厚い唇――。手が思わず震えた。人相書きと男を幾度も見比べた。どう見てもそのままだ。

まことに喜次郎の仇、轟文平が現れた。

　こざっぱりした小袖を身につけているが、その身や面から溢れる禍々しさは隠しきれない。

　悪い奴は二種類いる。人当たりがよくて、誠実そうに見えるが、その心根が酷薄な者。そして相手を威圧し、強さをひけらかす、見たままの悪党だ。こいつは、まさに後者だ。

　喜次郎は果たして勝てるのか？　相手を討ち果たせるか？　いいや、必ず本懐を遂げさせてやるぞ、と京伝は身を奮い立たせ、若い衆に目配せする。それに応えて、若い衆が頷いた。

「早うせい。おれが幽霊を生け捕ってやるわ。いや、まずは主に挨拶をするか。十両揃えてもらわねばならんからな」

　轟は懐手をして、機嫌よくいった。

「へい、ただいま。旦那、菊園姐さんのお客さまです」

　若い衆が声を張ると、帳場の京伝がすくっと立ち上がる。

「これはこれは、お武家さま」

　土間に立つ浪人者へ笑みを向けた。

「ほう、ずいぶん若い主だな。喜べ、菊園に取り憑いた幽霊をおれが退治してやるぞ」

「それは、かたじけのうございます」

　眼を開き、これでもかというほどの大声でいった。

「それでは早速、菊園を――いえ、その前にお腰の物をお預かりしとう存じます」

　なに？　と、轟であろう浪人者が厚い唇を曲げた。

「吉原の決まりでございますれば。それに相手は幽霊ですよ。刀では斬り殺すことは出来ませんでしょう」

するると、轟の背後にいた町人がせせら笑った。

「そうですよ、兄貴。どうせ、人が化けているんだ。間抜け面をひょっこり出したら、ぶん殴ってやればいい」

「うむ、それもそうだな」

轟は大刀を腰から抜くと、若い衆がうやうやしく捧げ持ち、身を翻すやいなや、刀を抱え表へと走り出た。

「なんだ。なんの真似だ！」

轟が顔色を変え、怒鳴り声を上げた。後を追おうとするのを、小上がりから土間に下りた京伝が制止して、睨めつけた。

「こら、貴様、おれの差し料を返せ。おい、そこを退け」

轟は、連れの町人とともに足早に見世から出た。

「喜次郎さま！　その者こそ、轟文平でございます」

京伝は暖簾を分けて、叫んだ。入り口の脇の縁台に座っていた男が弾かれたように立ち上がる。

「轟文平！　貴様の手にかかりし、安東畿内が息、喜次郎。父、祖母の仇と二年の月日を流れし、今ここに相見える。いざすみやかに勝負せよ」

喜次郎の大音声に吉原中が震えた。

「仇討ちか？」

「それそれ、見ものだ、大事だ」

たちまちあたりが騒然として、人だかりが出来た。

扇屋のある江戸町一丁目を冷やかして歩く者はむろん、吉原を貫く大通りである仲之町通りからも、わらわら人が集まって来る。

喜次郎は名乗りを上げると、中段に刀を構える。仇の轟文平は、刀を取られ、慌てふためくかと思いきや、そこは幾多の悪事を繰り返してきた悪党のふてぶてしさ。

「やい、若造。このおれを仇呼ばわりしておるが、この通りの丸腰じゃ。勝負せよとは、なんとも間抜けな物言いだ。この卑怯者。勝てぬとわかって、おれの刀を取り上げるとは」

戯ける轟を喜次郎が、きっと睨めつけた。

「卑怯はどちらか。我が父は刀を帯びてはおらなんだ。手向かい出来ぬ祖母までも無残に切り刻んだのは、誰か。忘れたとはいわさぬ」

「ああ、安房の浪人か。顔を見られちゃ殺すより他にねえだろう。親子で冥土に送ってやったのだ。ありがたく思うがいい」

喜次郎の唇がわなわなと震え出した。

なんて奴だ。喜次郎の心を慮ると、胸が締め付けられそうだ。こうした者を鬼畜というのだろう。扇屋から様子を窺っていた京伝も憤る。しかし、ここで血を昇らせれば、すべてが水の泡。堪えてくれよ、喜次郎、と京伝も轟への怒りの気持ちを懸命に抑え込む。

「左五郎、おれの差し料を抱えて逃げた牛太郎を追え」

轟が声を張る。

「おう。任せろ、兄貴。くそう、どこへ逃げやがった」

左五郎と呼ばれた町人は、「どけ、どきやがれ」と、野次馬を蹴散らし、駆け出して行く。兼ねての手筈通りであれば、若い衆は刀を抱えたまま、大門の外へ出ているはずだ。

「若侍さんよ、相手は得物を持ってねえぞぉ。それで仇討ちってのはどうなんだい」

「そうだぞ。いざ尋常に勝負っていうのじゃねえのかい？」

「刀を返してやれよ」

喜次郎と轟を取り囲んだ野次馬がさらに増え、ああだこうだと囃し立てる。

轟がせせら笑った。

「それ見ろ。者どものほうが正しいことをいうておる」

「それになぁ、皆の衆、扇屋の幽霊話も出まかせの嘘八百。どうやらおれをおびき出すためのほら話。うっかり引っかかったおれも間抜けだが。こら、張見世の妓ぁ、お前もこやつの仲間であろうが。すまして座っていねえで、出て来い」

首に晒しを巻いた菊園に、歯を剝いて凄んだ。

と、菊園が腰を上げ、格子に張り付いた。

「銭欲しさに、人を幾人殺めたのさ。本当に、取り憑かれているのはあんたのほうだ」

「喚くな、女郎！　扇屋の主も出て来い。忘八風情が舐めた真似をしおって」

轟が怒鳴る。

「あれあれ、気づいていないのかえ。あんたの後ろにほれ、恨めしい顔をした女の幽霊が立ってるよ」

菊園が再び声を上げたとき、店の中の明かりが、ふっと消えた。扇屋は江戸町で、間口十間（約十八メートル）以上を誇る大見世だ。その明かりが消えたのだ。

一瞬、あたりが暗く沈み込む。

ふたりを囲んでいた野次馬たちも何事かとどよめき、眼を凝らす。

途端、おう。げえ。うわあ、と妙な声が次々上がった。

訝った轟が振り返ると、扇屋の暖簾から老婆が姿を現した。青白く血の気のない顔の半分を乱れた髪が覆い、唇の端からはひと筋、赤いものが垂れている。白装束の胸のあたりは真っ赤に染まっていた。

轟の眼が大きく開かれ、喉の奥から妙な音がした。

「──安房の屋敷をお忘れか。ああ、うらめしい、うらめしい」

老婆の口からしわがれた声が洩れるや、その唇から赤い液体がどっと流れ落ちた。

暗がりからいきなり現れたその姿に野次馬が悲鳴を上げる。

「このいかさま者めが」

轟が老婆に襲い掛かろうと身を翻した刹那。

今だ、喜次郎。

京伝が薄暗い見世から外を窺いながら、拳を握(にぎ)った。

「やあ！」

気合一閃(いっせん)、喜次郎が大刀を横なぎに払った。

鋭いその一刀に、ぽとりと何かが地面に落ちる。轟が、がくりと膝を落とした。

「うわあああ」

仇討ち見物と洒落込(しゃれこ)んでいた者たちから、悲鳴が上がる。

「お見事！」

京伝は、思わず見世から走り出た。


「そこまで、そこまでだ」

奉行所(ぶぎょうしょ)の役人がふたり大声を出しながら、幾重にも集まった人々を掻(か)き分(わ)けて来る。

喜次郎は大刀を手に提(さ)げたまま、呆然(ぼうぜん)と立ち尽くしていた。

「まずは刀を納めよ」

役人のひとりが、厳しい表情で、喜次郎に向かっていった。もうひとりが轟に近づく。

「なんと見事な一刀よ。感服した」

役人は、地面に視線を落とし、感嘆(かんたん)した。

野次馬たちが固唾(かたず)を呑(の)む中、喜次郎は大きく息を吐き、静かに刀を戻した。

「安東織内が息、喜次郎、轟文平を討(う)ち取(と)ったり！」

その大音声に静寂が破れ、野次馬たちが、一斉に喜次郎を褒めそやした。

それは、半刻（約一時間）ほども吉原中に響き渡った。

明朝。

上座についた喜次郎は、扇屋の主、京伝、菊園らを前に、涙を流した。

衣服を旅姿に整え、髷をきれいに結い直した喜次郎は清々しくも、凜々しい若侍姿で皆の前に現れた。

「もともと、おきれいなお方だけれど、今朝はさらに輝いていらっしゃる」

菊園がうっとりと眺めた。

「まことにかたじけのうございました。父と祖母の墓前に、ようやく、ようやく報告することが出来まする」

「許嫁のお姫さまに、すぐにも文をしたためたらいいわ。本懐を遂げられたのですもの、堂々と安房へと帰れますね」

「はい」と、喜次郎は目元を拭い、背筋を正した。長い睫毛が涙で濡れ濡れと光っている。

「まことに、まことに、伝蔵さまをはじめ、菊園さま、扇屋の主さま、皆さまのお助けがなければ本懐を遂げることは叶いませなんだ。相見える日が訪れたときには、相討ちになろうとも、構わぬと思うておりました。皆々さまにはどれほどの言葉を尽くしても、尽くしきれません」

と、喜次郎は上座から、皆の背後に控えて座る、若い衆と遣り手に、膝を回し、頭を下げた。

「若い衆さま、遣り手さまも大事な役目を」

「いいってことよ、喜次郎さま。おれたちが役に立ったとしたら、嬉しいよ」

若い衆が大門の外に出たのは、番屋に駆け込み、役人を連れて来るためだった。

幕府公許の吉原を管轄しているのは、町奉行所であり、吉原の番屋では、凶状持ちの出入りや、遊郭通いを禁止されている坊主などの監視をしている。むろん、事故や事件にも出張る。

「さま、だなんて照れちまいますよう。扇屋の妓たちは、皆、喜次郎さま贔屓でございましたから。幽霊の格好だって、誰がするか取り合いだったのでござんすよ」

ま、私が一番歳上だったから決まったようなものですけどね、と笑った。

「それにしても、伝蔵さまの仕掛けが面白いようにはまったねえ」

扇屋の主人の声が高い。仇討ちの助太刀をした扇屋の評判が上がると、昨夜からご満悦なのだ。

「ですが、お武家のしきたりを曲げてまで、よく堪えてくださった。伝蔵、お礼を申し上げます」

京伝は深々と頭を下げた。喜次郎が慌てる。

「どうぞ、お手を上げてください」

「いえ。喜次郎さま、私の筋書きをようも受け入れてくれたものだと、感謝しております。しかもあの太刀捌き。お役人さまも舌を巻いておりましたが――」

喜次郎は、轟の背後から、頭の皮すれすれに刃を振るったのだ。つまり、喜次郎が落としたのは、首でなく、轟の髷だ。

「轟の命を断てなかったこと、さぞ悔しい思いをなさったことでしょう」

「いいえ。それはありませぬ。私は幼少の頃より、剣術を修めてまいりました。必ず本懐をとその一念でおりましたが、私の恨みだけではありませぬ。あの者が犯した旧悪をすべて白日のもとにさらし、償わせることが必要だと思いました。なにより――」

喜次郎はそこで言葉を切った。そして京伝を真っ直ぐに見つめると、

「吉原で血を流してくださるな、という伝蔵さまのお言葉に、はっといたしました」

そういった。

「仇討ちと聞き、不謹慎ながら心弾ませ、お手伝いを買って出ましたが、生意気なことを申し上げました。吉原は、大門の内と外ではまるで世界が異なります。外から現世をそっくり持ち込むのは野暮の骨頂、けれど、夢だけ抱いていては、また勘違いだらけの野暮天です。現と夢が混ざる場所。もちろん嘘とまことが混ざる場所でもあります。だからこそ、芝居仕立てに事を運んだのも、夢と現の間で収めたく思った次第で」

人の性である喜怒哀楽に酔いしれるのが、吉原でございますゆえ、と京伝は言葉を継いだ。

「現世の悪党に吉原を汚されたくはなかった。それが本音でございます」

湯屋で、まだ幽霊の噂を撒いていたとき、京伝は喜次郎に、

「轟文平が現れたなら、私どもが刀を取り上げます。妓楼では刀はご法度ですから、納得いたしましょう。吉原に詰めるお役人に引き渡します」

そう告げた。そのときの喜次郎の驚愕と憤りが混ざった表情はいまだに忘れられない。なんとも酷なことをいったものだと、その胸中を慮ると、京伝は心が痛んだ。

けれど、相手は人殺しをなんとも思わない、武士の魂（たましい）をもとうに捨て去った輩。本懐は遂げさせたいが、喜次郎の身にひとつも傷はつけたくはない。無事に相思相愛の姫のもとに戻すのも、京伝の望みであったから、考え抜いた末の苦肉の策だった。

喜次郎はぎゅうっと目蓋（まぶた）を閉じ、沈思した。

しばしの時が流れ、眼を開き、曇（くも）りのない眼を向けた。そして、その形の良い唇から洩れた言葉に、今度は京伝が驚いた。

「承知いたしました。それでは、せめて轟の髷を落とさせてください。それだけは」

ああ、なんてことだ。

このお方の覚悟を知ったつもりになって、勝手な筋書きを作った自分の甘さを京伝は恥じ入った。女性（にょしょう）と見紛（みまが）う美貌の優男（やさおとこ）と侮（あなど）っていた。降って湧（わ）いた仇討ちという不幸に慄き、それでも懸命に我が身を奮い立たせているだけだと。しかし、違っていた。喜次郎の覚悟を知った以上は、こちらも正直にいうべきだと思った。そうして、京伝は、吉原を汚したくないと、自分の本心を吐露（とろ）したのだ。

大仰（おおぎょう）な芝居仕立てにと目論（もくろ）んだのも、芝居は虚構（きょこう）と現実が入り交じる物だからと説いた。野次馬が多ければ多いほど、轟は顔を晒され、逃走もままならなくなる。けれど、血飛沫（ちしぶき）が飛べば、あたりは阿鼻叫喚（あびきょうかん）の渦（うず）となる。

それは力を貸してくれた扇屋にも迷惑がかかると。

喜次郎は幾度も頷きながら、

「すべてお任せいたします」

と、京伝の手を握り締めたのだ。

だとしても、ここまでうまく事が運ぶとは、神仏の加護かと天を仰いだが、ともかく喜次郎の手並みには仰天させられた。

轟文平は扇屋の前で縄を打たれ、兄弟分であった左五郎は、それを見て逃げ出そうとしたが、大門で見咎められて、やはり捕縛された。

喜次郎の望み通り旧悪を暴かれ、厳しい御沙汰が下されるだろう。

「さあさあ」

と、扇屋の主が手を打った。

それを合図に、若い衆や遣り手が膳と銚子を運んで来る。昨夜も宴を張ったではないか、と京伝は呆れ返る。そのうえ、どこでどう聞きつけて来たのか、吉原は恐ろしい。蔦屋重三郎や、大田南畝や恋川春町、喜多川歌麿らが扇屋にわらわらやって来た。喜次郎を質問責めにし、歌麿は筆を執って、絵姿を描き始める。肝心要の主役の喜次郎は、緊張の糸が切れ、早々に寝入ってしまった。が、そのあとが本番だった。芸妓に幇間、扇屋一番の花魁、花扇までが姿を見せての大騒ぎ。夜が白々と明け始めた頃、ようやくお開きになり、ほとんど眠らないまま、皆で水盃を交わし、別れを惜しんだ。

京伝は、扇屋を出る間際の喜次郎に近寄り、そっとその耳に囁いた。

「そんなことが可能なのですか？」

喜次郎は、京伝の顔をまじまじ見つめていたが、やや間を置いてから破顔した。

「ええ。必ずや、私が。すぐのお約束は出来ませんが」

「いえ、楽しみにしております」

喜次郎は、軽く一礼して歩き出した。

扇屋の店先には、喜次郎をひと目見ようと集まった他の見世の妓たちも待ち構えていた。

喜次郎が姿を現すと、

「よ、日本一！」

若い衆が声を掛けた。喜次郎が恥ずかしげに笠の縁を下げて顔を隠すと、その様子が可愛らしいと、妓たちが嬌声を上げる。

江戸町の通りから、仲之町の通りまで列が出来ていた。喜次郎は驚きつつも、しっかりした足取りで進む。

「まるでお練りだ」

仲之町の通りに出て、喜次郎の背を見送っていた京伝が呟くと、隣を歩く菊園が微笑んだ。

「伝蔵さま、ここは吉原でござんすよ。お練りではなく道中でござんす」

京伝は、ほっ、と眼を見開いた。

「そうだな。見事な道中だ」

「わっちはなにより、伝蔵さまが吉原を案じてくれたお気持ちが嬉しゅうござんした」

菊園が小声でいった。

え？　と京伝は菊園を見つめる。

「伝蔵さまは名高い方々とお付き合いして、通人ともてはやされて、もっと偉ぶったお方だと思っておりました。でも、わっちらの吉原を心底思ってくれていると知れて。ありがたかった」

京伝は少しばかりこそばゆかった。長いこと通っているが、こんなにも素直な感謝を妓から聞かされたことがなかった。

「でもね、わっちも早く大手を振ってこの大門をくぐりたいけれど、まだまだ先だなぁ」

伸びをするように両腕を上げて、菊園が大声でいった。すぐ前に扇屋の主が歩いているのに、なんて大胆なのだ。この妓はまったく面白い。京伝が苦笑すると、主が突然振り向いた。

「菊園。もう年季は明けているんだ。借金だってとうに返せるほど蓄えがあるのじゃないか？私だって、血も涙もない忘八じゃあない。早いところ銭を返して、出てってもらいたいと願っているんだがね」

菊園は番新、番頭新造だったのか。年季も明けているので、客も取らなくてもいい。主な仕事は、客の好みを聞いて、花魁と引き合わせたり、若い妓に手練手管を伝授したりすることだ。道理で、好き勝手に茶屋の出入りをしていたのだ。しかし、番頭新造は、大抵は、三十過ぎの女が務めていることが多い。けれど、菊園はまだ若い。

「ここから出たって待ってる人もいないし、帰るところもない。当面の暮らしが出来るように、もっとお金を貯めなきゃ。ねえ、親爺さま、花魁と新しいお客の仲立ちをしたときの、わっちへの祝儀をもっと増やしておくれな」

「遠慮がないねえ、お前は。わかったよ。此度の仇討ちの助太刀も頑張ったからね、ご褒美もあげよう」

主が笑うと、菊園は腕にかじりついて、「まことのまこと?」と主を問う。

「ああ、まことのまことだよ」

主も楽しそうに答える。

なにやら仲の良い父娘のようにも見えるが、要は銭の話だ。

菊園は明るく物怖じしない女子だ。そんな性質も、主に気に入られているのだろう。

扇屋に戻ると、蔦重が渋面で待ち構えていた。

「伝蔵さん、喜次郎さまが今日、お帰りになるなんて、あたしは聞いちゃおりませんでしたよ」

「そんなことをいわれましてもね」

「じゃあ、仇討ちの顚末をきちんとお話ししてもらわないといけません」

蔦重は鼻息荒くいい放った。はあ、と京伝は息を吐く。

「昨夜、喜次郎さまを根掘り葉掘り質していたじゃないですか。歌麿さんも調子に乗って、筆を執るし。一枚摺りでも出そうって魂胆ですか?」

「いいえ。すでに、読売になっておりますよ。悔しいったらありゃしない」

と、蔦重がくしゃくしゃに丸めた読売を袂から取り出した。

第三章　押しかけ女房

一

「店先では困りますよ」

扇屋の主が、睨み合っている京伝と蔦重を自分の居室に通してくれた。

仏頂面をしている蔦屋からひったくった読売は五枚もあった。京伝は丸められた読売を一枚一枚開いて眼を通す。

「ああ、まったくいい加減だねぇ、轟文平が実は大名家のご落胤だって？　それを喜次郎さんが密命を受けて葬ったたぁ？　いやはや、でたらめもここまでくると感心するよ。こっちは許嫁を殺められた報復だって？　とんでもない。種取りもろくにしちゃいない。これじゃ鼻紙にもなりゃしませんよ」

「ええ、ええ、いい加減でも、鼻紙にもならなくてもよござんす。嘘でもまことでも、要するに、売れるか売れないか、先を越すか、後追いになるか」

蔦重は扇子で埃が立つほど、ぱんぱん畳を叩く。京伝はわざとらしく咳をした。

「そうかりかりしないでくださいよ。読売なんぞは、そのときだけのもの。私は、ちゃんと考えていますから」

喜次郎さんとの約束もあるしな、と京伝がぼそりと呟くや、

「なんです？ 約定ですって？」

蔦重が耳に手をあて、聞き返してきた。なんとまあ、耳聡い親爺だと呆れながら、

「仇討ちなんて、最初のうちはもてはやされても、そのうち忘れられてしまう。私はね、ずっと残る物がやりたいのですよ」

京伝はいった。

ほうほう、と蔦重が頷きながら、眉をきりりと引き絞る。

「あたしが前にいったことですかね。人をもっともっと酔わせる物ってことですな？ それはいい。でしたら、お得意の教訓を交えた仇討ち物語ですかね？」

その返事を待たず蔦重が、ポンと膝を打った。

「うん。艶二郎を主役に据えればいい」

艶二郎は、京伝の名を世間に広めた出世作の主人公だ。

「吉原遊びをしている艶二郎が、仇討ちの助太刀をする。いいでしょう？ これで決まりだ。『江戸生艶気仇討』で、どうです？ さあ、今から書きましょう」

『江戸生艶気樺焼』のもじりにしても出来が悪すぎる。蔦重ともあろうものが、つまらなすぎ

てあくびも出ない。よほど、読売が悔しかったと見える。京伝は首を横に振り、ひとりごちる。

「そうじゃないんだなぁ」

「そうじゃないとは、どういう意味です？」と、蔦重が訝る。

「実は、私にもわからないんだ。でも今じゃない。きっと私にはこの仇討ちを描く技量がまだ備わっていないのだろう。だから、もう少し時が欲しいのだ」

「いや、でもね、伝蔵さん。江戸が盛り上がっているうちに版行しなきゃ。だいたい、種取りしていないと文句をつけているが、助太刀しているお前さん自身が書けばいいことなんだよ。幽霊で仇をおびき寄せたり、髷だけ飛ばしたり、まことを描いても十分面白い」

「駄目です」

「お書きなさい」

「いいえ、書きません」

と、互いに引かずにいい合っていると、障子がするりと開いて、扇屋の主が顔を出した。

ふたりのいまだに続く剣呑な様子を感じ取ったのか、

「これはどうも、お邪魔でしたかね」

と、退散しようとしたが、京伝は押し留めた。

「話は終わっていますよ。ちょうど出るところでしたので」

「さようでしたか。実は、うちの花扇がぜひとも伝蔵さまと、もう一度宴を囲みたいと申しておりましてね」

「なに？　花扇が？　今一度とな」

勢い込んで訊ねたのは、蔦重だ。京伝も眼をぱちくりさせる。

「ええ、伝蔵さまが喜次郎さまに語ったことを花扇に伝えましたらな、吉原を思ってくださるそのお気持ちが嬉しいと、涙をはらはらこぼしまして。出来れば、盃を交わしたいとまで」

わわわ、と蔦重が頓狂な声を上げるや、

「仇討ちの最後の最後、まさに物語に花を添えるようなものだ。やはり艶二郎で洒落本を」

唾を飛ばした。

「それはお断りしますが、花扇からの申し出とは、いやはや――ま、ことにありがたく」

自分でも声がうわずっているのがわかる。扇屋の主が、大口を開けて笑った。

「そうでしょう、そうでしょう。吉原で一、二を争う花魁から惚れられたのですからなぁ。心ここにあらずというお顔をしていらっしゃる」

お恥ずかしい、と京伝は、空笑いして盆の窪に手を当てた。とはいえなぜか胸の奥がモヤモヤとしていた。その訳に、なんとなくだが気づいていた。


京伝は文机に向かい走らせていた筆を止め、団扇を手に取る。暦の上では秋に入るも、残暑が続いていた。

風鈴の音色と妓たちの笑い声が二階の座敷まで上がってくる。泊まり客を明け六ツ（午前六時頃）に追い出すと、見世が始まる九ツ（正午頃）まで、遊女たちは、仮眠したり、通りを流す物売りから菓子を買ったり、客に文をしたためたり、と束の間の休息を楽しむ。

元号が天明から寛政に変わり、早七月。

天明の八年間は災いが多かった。天候が乱れ、浅間山の噴火などで飢饉が起き、特に出羽、陸奥では飢え死にした者が多く出た。各地で一揆が頻発し、一方で商業を優先した政では賄賂が飛び交う有り様で、老中の田沼意次が罷免に追い込まれた。幕政を正し、乱れた世の引き締めを目指すため、新たに老中となったのは白河藩主の松平定信だ――。

団扇をあおぎながら、京伝は息を吐く。

田沼老中の頃よりも出板物の取締りが厳しくなるという噂があった。それが見事に的中した。

今年、春浅い頃、京伝が、絵師北尾政演として絵筆を執った黄表紙が絶板の上、画工の京伝も過料（罰金）という憂き目にあったのだ。確かに、江戸城内での刃傷沙汰を題材にした物だったため、公儀も見逃すはずはないだろうが、御番所から召し出しを受けたときには、正直、身が震えた。

「別の版元で仕事をするからですよ」

先日、戯作の催促に扇屋にやって来た蔦重に事の次第を告げると、嫌味たらしくそういった。

「お前さんだって、過料を受けたじゃないか。そのうえ、絶板だったろう？」

「ええ、仕方ありません。政をからかっちゃったんですから。戯作者は久保田佐竹家のご家中でしたので、殿様からお叱りを受けて筆を折りました。残念でなりません。ああ、為政者に才能が潰されていくのはたまりませんなあ」

と、肩を落とした。何を聞いた風なことを、と京伝は苦笑する。

「でもね、伝蔵さん。奉行所だって困っていますよ。なんたって、狂歌師もそうですが、戯作者はお武家が多い。直参はまだしも、他藩のお方になるとお裁きが出来ませんのでね。お殿様に伝えて、そちらのご家中で処分いただくしかないのです」

そうか。大田南畝は直参の幕臣だが、恋川春町は、駿河小島藩の藩士。主君がいるのだから、町奉行では勝手に裁けない。

「まったく、嫌なご改革です。江戸が栄えているのは、何も物流だけじゃないっていうのに。伝蔵さんの黄表紙も絶板は当然です。それでも、手鎖の上、江戸払いの戯作者に比べれば、過料で済んでよかったといえますが、これまで絵師は訓諭程度でしたからねえ。画が、世間にもたらす力が思いの外あると、ご公儀も警戒し始めたのでしょうな。今度のご老中は、朱子学好きの、堅物ですからね。文武奨励、質素倹約をうたっております。あたしら版元も気をつけなきゃいけません。政を揶揄する物はむろん、好色物など、一切合切禁止となるといわれておりますから」

つまり、伝蔵さんが、書くような吉原の手引書などもそうした類に含まれます、と蔦重はあっさりいいのけた。

「しかし、締め付けられれば、それを逆手に取るってやり方もあります。禁じられれば、禁じられるほど、欲するのが人というものです」

そういって、蔦重がにやりと笑う。京伝は憮然とした。過料で落ち込んでいた自分が馬鹿馬鹿しく思えるほど、版元というのは性根が据わっているものだと、このときは本気で感心した。

「というわけで、京伝先生の玉稿を賜りたく存じます」

まだ、半分も出来ていないというや、

「はあ？　幾日、日延べすればよろしいんですかね。まったくもう」

ぷりぷりして帰って行った。

それにしても、と京伝は顎を上げて、開け放った窓から、空を眺めた。扇屋の二階にあるこの座敷がすっかり仕事場になってしまった。

文机は家から持ってきた。京伝が九つのとき、父から贈られた物だ。もう二十年使っている。所々に墨が付き、皮脂やらなんやらで黒ずんだり光ったりしているが、長年使用しているため、木が滑らかで、柔らかく感じる。新たな物を買おうとも思ったが、新品は木が尖っているような気がして馴染めない。

これを愛着というのだろう。

文机をここに落ち着かせてしまったせいもあるが、ほとんど京橋の家には帰っていない。むろん、こうした勝手が出来るのも、京橋で町屋敷の家主を務めている父が壮健だからだ。

とはいえ、自分もすでに二十九だ。家に戻れば、身を固めろと父母に詰め寄られる。それも鬱陶しいから、どうしても家には寄りつかなくなる。

昨年、妹のよねが病で逝ってしまったことも、その理由になっていた。

よねは、狂歌の会にも顔を出し、黒鳶式部の名で戯作も書く、才に溢れた女子だった。まだ十八の若さで死んだのだ。嘆かずにはいられなかった。

よねが戯作を書き、自分は絵師としてその挿絵をやろうと、兄妹で楽しみにしていたのだが、もはや叶わぬ望みとなってしまった。家では、母が泣き暮らしていて、どうにも居づらい。だからといって親より先に逝った妹を責めるわけにもいかず、母への慰めの言葉も見当たらない。それもあって、家からさらに遠ざかっているともいえる。

吉原のほうが気楽でいい。嘘とまこと、夢と現。その狭間で揺れる虚飾の町は、家の煩わしさや、妹の死の悲しみからも、いっとき引き離してくれる。考えなくて済むからだ。

結局、私は先も考えない放埒息子で、子を亡くして悲しむ母を見捨てる卑怯者で、妹の死から眼をそらす臆病者なのかもしれない。

そんなふうだから、戯作に逃げるのだろうか。ありもしない話を面白おかしく書いているときは、我を忘れて夢想に耽り、もっともらしく教訓を垂れていればよいのだから。

ここ数年の内に、黄表紙と洒落本の版行は十五作ほどにもなっている。版元はほとんどが蔦重だが、他からの依頼も増えていた。人気戯作者としての自覚があるかないかといわれれば、まあ、なんとなくという具合だ。

ただ、綴れば綴るほど、人の世の移ろいを感じる。喜次郎の仇討ち騒ぎとて、ひとしきり盛り上がった後、雪がちらちら降る頃には、誰の口の端にも上らなくなった。

轟文平とその兄弟分の左五郎が千住の小塚原で仕置きされたと耳にして、ひとり足を運んだ。三尺高い木の上に晒された悪党ふたりの首は、無精髭のざんばら髪、轟に至っては苦悶の表情だ。まったく醜悪なもので、見物に訪れた者たちもすぐに眼をそらして足早に立ち去った。

けれど、こうして処刑されてしまえば、人々の脳裏からは、あっという間に消えていく。

人の噂も七十五日というが、まさしくその通りだと、京伝は思う。それは戯作とて、変わりがない。面白いと、いっとき世間で騒がれたところで、すぐに新たな物を求められる。次々版行が重なれば、以前の物など、それこそ忘却の彼方だ。

それなら、なぜ書くか——。

戯作で得られる銭など、雀の涙というのに。

やはり画も戯作も性に合っているからだろうし、筆を執ることに苦がないからだ。なにより好きなのだ。それに勝るものはない。しかし、いつかはけじめを付けねばならないとも思っている。どれだけ人気があろうと、注文があろうと、戯作など、ただの道楽にすぎない。生業にはならない。父の後を継いで家主となれば、十分食っていける。大田南畝や恋川春町にしても、武家として禄を食んでいるからこそ、戯作や狂歌で遊ぶことが出来るのだ。私も同じだ。家主を引き継いで、時々戯作を綴る。それでいい——。

陽射しを避けるため、すだれを下ろそうと立ち上がりかけたとき、足下に盆が置かれた。視線を落とすと、茶と甘露梅が載っている。甘露梅は、遊女たちが手ずからつける紫蘇を巻いた甘酸っぱい梅干しで、正月には年玉として客に配られる吉原の名物だ。

「まだ、残っていたのかい？　これは嬉しいな」

「ええ。わっちのところにあと少しだけ。伝蔵さま、あまり根を詰めると身体に障りますよ。昨夜もほとんど寝ていないのでしょう」

「ああ、お前さんのいびきが凄かったからな」

もう嫌い！　と、小さな拳で背中を幾度も叩かれ、京伝は呻いた。

「人が心配していっているのに、ひどいったら」

「すまねえ、許しておくれよ、菊園」

京伝が首を回して、背後に座った菊園に手を伸ばしたが、菊園は、ぷいと横を向いて、立ち上がった。

「わっちは湯屋に行ってきますから」

「ちょっと待てよ」

菊園は聞こえぬ振りをして、座敷を出て行った。なんだ、あれくらいの軽口で、と京伝は苦笑いしながら、甘露梅をつまみ、ひと口かじった。カリッと音がして、紫蘇の風味と果肉の甘酸っぱさが口中に広がる。何度食べても美味い。遊女たちが丹精込めて作るからさらに美味に感じると、歌麿がいっていたが、あながち間違っていないような気がする。

菊園の馴染みになって、もう三年だ。

あの日の宴を思い出すと、今も汗が出る。

喜次郎の仇討ちの顚末に感じ入った花扇が盃まで交わしたいといってくれ、男冥利に尽きると舞い上がったのは確かだ。早速、開かれた宴席で、花扇のしっとりした色気と黒目がちの瞳に見つめられた途端、ポーッとなった。だが、盃を取ったとき、花扇の脇にいた禿の世話をする菊園が眼に入った。変わらぬ笑顔を禿に向けている。思わず手が震えた。

そうだったのだ。

京伝は慌てて盃を伏せ、花扇に頭を下げた。

ああ――花魁に恥をかかせた。寒いのに、汗が噴き出した。

常世の夢を見つつ、かりそめの恋に身を焦がす、などと吉原を舞台にした戯作を幾本も綴っていた私が。知らぬ間に菊園へ思いを寄せていたとは。いやそんな、馬鹿な。違う、違う。こっちが、まことの心だ。本心なのだ。

京伝は全身汗まみれになりながら、幾重にも花扇に詫びを入れた。眉をひそめ、じっと聞いていた花扇が、いきなりぷっと噴き出し、身を折って笑い出した。

「正直なお方。本日、禿に姐さんを付けたのは、そのお心を試したかったからでありんすえ」

「そ、それは」

「仇討ちすぐの宴席で、ちっともわっちを見てくださらなかった。菊園姐さんばかりに眼を向けて。だから、ちょいと意地悪をしたくなったのでありいす」

「じゃあ、盃を交わしたいといったのは」

花扇が紅で光る唇で怪しく微笑む。

「もちろん嘘。さ、姐さんが三三九度の盃を受けてくんなまし。承知してくださいますな、親爺さま。伝蔵さまと姐さんと」

「もちろんだよ。菊園は番頭新造だが、花魁がいいというのなら」

扇屋の主は、思いもよらぬ成り行きに呆気に取られつつも頷いた。

「花魁、わっちのために……」

菊園が、唇を震わせた。

「じゃあ、姐さん。伝蔵さまを譲ってあげたのだから、わっち付きの番頭になって、上客と取り持ってくんなまし」

そう悪戯っぽくいった。通と粋がったところで、吉原を生き抜く女たちは、一枚も二枚も上手だ。とても太刀打ち出来ない。

清々しい騙しに、感嘆しか出なかった。

けれど、菊園と居ると、装わずにすむ。吉原に精通した通人でもなく、絵師の北尾政演でもなく、戯作者の山東京伝でもない。ただの伝蔵でいられるのが楽だった。

さあ、あと少しと茶をすすり、筆を執ったとき、廊下を踏みしだく音がして、障子が勢いよく開けられた。

二

顔を出したのは蔦重だったが、その顔にはまるで生気がなかった。すっかり血の気が失われて青白い。

「少し前に来たばかりじゃないですか。まだ出来ていませんよ」

「そうじゃあない！　倉橋さまが――」

ああ、恋川春町の本姓だ。と蔦屋がその場にくずおれ、座り込んだ。

様子がただ事じゃない。京伝は黙して、蔦屋の次の言葉を待った。

「く、倉橋さまが、腹を、腹をお召しに——ああ、いや病だ。ああ、そうだ、病で、その……」

「腹？　病？　何をいっているんです？　ですから、春町さまがどうしたというのです？」

肩を震わせる蔦重に京伝は聞き返した。

「お亡くなりになったんだよ。それだけは確かなんだ」

蔦重の声が上ずっていた。

京伝は、火鉢の鉄瓶から白湯を注ぐ。思わず知らず手が震える。切腹？　病？　どっちなんだ。

蔦重は差し出した白湯をひと息で飲み干すと、幾分落ち着きを取り戻したのか、大きく息をついた。

「あれだよ、今年の初めの新物だ。大当たりを取った黄表紙のことは知っているよね？」

あっと京伝は声を洩らした。

恋川春町が先般版行した黄表紙が老中の文武奨励と武士を皮肉ったとして、召し出しを受けた。評判になった黄表紙だ。版元は蔦重。絵師はたしか北尾政美。師を同じくする弟弟子だ。入門の一年後には、小咄集の挿絵を描いていた。筆遣いの達者な奴だ。蔦重と政美は召し出しに従ったが、春町はそれには応じなかった。小島藩には、病を理由に四月にお役御免を申し出た。それから三月後、亡くなったという。つまりこの七月だ。

その報が蔦重のもとに届いたのが、昨日の夜。

「それで、ここのところ、吉原連にお顔を出さなかったのですか？」

「ああ、そうだよ。南畝さまは、お武家同士、そのあたりの事情をご存じのようだが、あたしは遠慮して、お訊ねしていなかったんだ」

京伝は眉をひそめた。

「蔦重さん、これは私の想像だが、春町さまは小島松平家のご家中。殿様に累が及ばぬよう、自ら命を絶ったけれども、公には病死とされたということですか」

「南畝さまは言葉を濁しておられたが――。無念のご表情からおそらくは」

蔦重が唇を嚙み締め、俯いた。

「まことに……あたしが……版行を止めていたらと思うとね。申し訳なくてね。本には蔦に山形の印は入れたけれど、堂々とうちの名は入れないほうがいいだろうとまで、倉橋さまは、おっしゃってくれてね。ご老中の政をこっぴどく風刺していたから。改革の嵐が吹き荒れているのに、あえて、政を茶化したんだからね。差し違えてもいいというお覚悟があったのじゃないかと」

呻くようにいった。

違う違う。恋川春町はそんなお人じゃない。

さりげなく奉公人に心付けを渡し、酔っても決して乱れず、画も能くして、文才に溢れ、豊富な知識、洒脱な会話で皆を喜ばせる、そういう人物だった。身分なども気にしなかった。武家がどうのというより、人として好ましかった。そしてなにより創作が好きだった。皆と競いながら狂歌を詠み、音曲を楽しみ、芸妓たちと笑い合った。そういう粋な華を心から楽しんでいた人だ。

けれど、小島藩では、有能で多くの役職を歴任した者であるとも聞いていた。そのうちのひとつが、江戸留守居役だ。留守居役は、他藩の動向に眼を配り、盆暮れ正月の付け届けは言うに及ばず、慶弔の情報は怠りなく得る。他藩の同役とは密に付き合う。留守居役たちが料理屋で会合を開き、情報交換を行うのは有名な話だ。つまりは、他藩との外交を担うお役。そんなお役をこなしてきた春町だ。差し違えても、なんて物騒な考えに至るはずがない。

なのになぜ。自害などしたのか。

苛立ちと同時に怒りが湧き上がってくる。

京伝は背筋を正して、蔦重を見据えた。

「顔を上げてください、蔦重さん。春町さまは憤死です。お家のため？　まさか。殿様のためなんていまさら忠臣ぶるのも大概にしてほしい」

声を荒らげた京伝を蔦重が驚いた顔で見つめる。

「春町さまは吉原で遊んで、戯作者で絵師で狂歌師ですよ。江戸の文化を謳歌していた、そんな方がいまさら武士らしいことをなさいますか？　違いますよ。死を以て、くだらぬ文武奨励と質素倹約を諫めたのです」

そうじゃなきゃ、恋川春町が浮かばれません、と京伝はいい放った。

けれど、と京伝は疑問を抱きながらも、言葉を継いだ。

「幕府は戦のない泰平の世を望んでいたのではないですか？　確かにここ数年は、飢饉で大変な目に遭った。米は不足し、諸色は高騰している。だから、贅沢はするな？　質素に暮らせ？　政を批判するな？　苦しい思いをしているのに、さらに苦しい思いをさせてどうするんです？　春町さんは、謀反を起こそうとしたわけじゃない。庶民が疑問に思うこと、おかしいと首を捻ることを戯作の中で代弁しただけだ。そうして、庶民の溜飲を下げて、息抜きをさせている。それがわからない幕府も老中も大馬鹿だ」

「伝蔵さん、でもね、あたしが止めれば、春町さんは死なずに済んだのだよ。あたしのせいなんだ。窮屈な世の中になったと、嘆いていても始まらない。だったら、ご政道を面白おかしく批判して、茶化してやろうと。それに乗っかったのは、あたしですよ。ああ、こんなことで長い付き合いの倉橋さまを亡くすなんて、悔しいったら」

　蔦重が自らを責め立てるようにいった。

　しかし、戯作に命までも懸けるのか。たかが道楽じゃないか――京伝は慄然とした。

　恋川春町の死は、色に溢れた吉原をも灰色に変えた。

　他方、老中の改革はますます熱を帯び、日本橋や筋違橋など江戸市中に設けられている高札場には、無粋な町触れが賑やかに立ち並んでいる。

　武家は文武に励み、政を担う者としての規範を示すべしとし、農民は暮らしを引き締め、出費を抑え、本来の仕事に精を出し、庶民は衣食住の贅沢を慎むようにと、分相応の暮らしをすることを求めた。

　武家の借金を棒引きにするだの、出稼ぎの農民は国許に返すだの、むろん、飢饉に備えての備蓄米、諸色高騰を抑えるなど悪いことばかりではなかった。が、風俗の取締りは厳しくなる一方で、版元たちは一様に頭を抱えた。

新規の好色本は禁止、これまでの物はおいおい絶板。虚実入り交じる物、一枚絵などで話題を撒くことも禁止。作者のわからない物は売り買い禁止。徳川家康、徳川家にまつわる書物は禁止などなど。ともかく禁止だらけだ。これらは、老中松平定信の祖父である八代将軍徳川吉宗の享保の改革にならった再度の引き締めでもあった。それに加えて定信は、黄表紙全盛の今に、昔を装い不謹慎な内容を綴った草双紙の類は取締りの対象とする、としたのである。

京伝は絵師北尾政演として、過料を受けたが、平安の昔を舞台として、定信と思しき官吏があれやこれやと奮闘する姿を冷やかす春町の戯作はまさに、ど真ん中だったといえる。

質素倹約、奢侈禁止、出版統制——。

まったくもって、此度のご老中は、楽しむことをまるで悪のように思っているらしい。

四角四面なのは、豆腐だけで十分だ。

「ねえ、伝蔵さま、景気づけにちょいと一節唄ってくださいな」

江戸町一丁目、扇屋の座敷。菊園が三味線を手にしていった。

通りに面した窓と開け放った廊下の障子を抜け、冷たい風が通り過ぎる。秋の風情は残っているが、風がすでに季節の移ろいを告げている。

「そんな気分になれるものか。まったく吉原も落ちたものだ。花魁の揚代を安くして、足が遠のいた客を呼び戻そうなど、一時しのぎの愚策だよ」

湯屋から戻ったばかりの京伝は、ため息をついて、湯冷めをしないよう綿入れを羽織る。相変わらずの居続け暮らし。だからこそ、吉原の景気の悪さも肌で感じた。

吉原を貫く大通り、仲之町も昼見世は人影が連日まばらだ。今日も夜見世が始まったが、煌々とともされる明かりもどこか空々しく眼に映る。

こんな状況がもう三月以上続いている。

「仕方がないわよ。岡場所が取締りにあって、そこで働いていた妓の子は皆、吉原に押し込まれた上に、お客が減ったんだもの」

妓の子や奉公人たちのご飯代だのなんだの掛かりもあるから、楼主さんたちは揚代を下げてでも、お客に戻ってきてもらうしかなかったんじゃないのかしら、と菊園は、ふと眼を伏せて、三味線を抱えると、糸巻きを調整し始めた。

「わからなくはないがね。吉原のしきたりを知らない妓たちが増えたから、客あしらいも粗雑になったといっている旦那衆がいるのは確かだ」

「それも、だんだんに覚えていってもらうしかないのよ。まあ、札差の旦那方が来なくなったのは困りもの。どこの花魁も文を出したり、一所懸命だけれど、とんと梨のつぶてと、聞こえてくるのはため息ばかり」

「札差の旦那衆は銭を落とす上客だからなぁ」

札差は、換金業を営んでいる。米で俸禄を受ける幕臣たちに代わって、米を銭に替え、手数料を得る商売だ。それ以外にも内証が厳しい旗本、御家人には米を担保に借金させる貸付業も認められている。しかし、この改革で五年以上前の借金は帳消しになった。札差によっては、八万両もの損失があったというから、改革への恨みは相当なものだろう。札差も吉原で銭を使っている場合じゃないのだ。そのうち幕臣に金を貸さないといい出すかもしれない。今は借金返済がなくなったと喜んでいても、札差から金が借りられなくなれば、結局困るのは武家だ。

堂々巡りとはこのことだ。

「おやおや、しけた面だね、京橋の伝蔵さん」

と、座敷に遠慮なく入ってきたのは、絵師の歌麿だ。眼に鮮やかな紫の綿入れは蝙蝠の意匠。真っ赤なしごきを無造作に締めて、ぞろりと長い羽織を着け、右耳には銀煙管を挟んでいる。相変わらず派手な装いだ。一町先からでもきっと歌麿だと知れるだろう。

「いくら開け放っているとはいえ、遣り手を通して来てくださいよ。だいたい、歌麿さんの馴染みは松葉屋さんで、扇屋ではないでしょう？」

京伝は、ちゃっかり菊園の隣に座る歌麿を睨めつける。

「堅いこというなって。おいおい蔦重と鶴喜もやって来る。菊園姐さん、台の物を四つ頼むよ」

「あい、ただいま」

菊園は微笑み、三味線を置いて立ち上がる。歌麿が座敷を出る菊園を眼で追った。

「菊園姐さん、どうしたんだえ？　いつもより元気がないようだが。喧嘩でもしたかい？」

「まさか」

「笑みにも屈託があったような。夫婦暮らし同然になってしまうと、気づかないもんかね」

歌麿が、からかうような物言いをする。

「ここは吉原。かりそめの夫婦ではありますが。おそらく客足が落ちているせいでしょう。今の今、そんな話をしておりましたので」

ふうん、と歌麿は頷いた。

「では、これで気が紛れるかな。伝蔵さんから頼まれていたものだ」

「あ、それは嬉しい」

歌麿は懐(ふところ)からたたんだ手拭(てぬぐ)いを取り出し、開いて見せた。

菊の意匠が入った朱塗(しゅぬ)りの煙管。京伝が頼んで誂(あつら)えさせた物だ。

「どうだい？　思った通りかえ？　私の知り合いの煙管師も納得の出来映(できば)えだといっていたが」

京伝は手を伸ばして、煙管を取った。指にしっくりと馴染む。長さも、太さもちょうどいい。

菊園によく似合いそうだ。

「かたじけのうございます。菊園も喜ぶでしょう。もう煙管が古かったので、新しい物を買ってやりたかったんですが、これはいい」

京伝は指先で煙管をくるりと回し、自分の手拭いを出して丁寧(ていねい)に包んだ。

「いつ渡すのだね？」

「ええ、そのうち、吉日(きちじつ)を選びまして」と、京伝は曖昧(あいまい)な返答をして、ぎこちなく笑う。

「なんだいそりゃ」

と、歌麿が呆れて笑った。

来年は、三十路だ。娘に先立たれてからというもの実家のふた親は少々気弱になっているのか、この頃、惣領息子の京伝に身を固めろとうるさくいってくる。これまで、縁談話がいくつあったかしれないが、ずっとほったらかしにしてきた。

おれが歳を取れば、親とて歳を重ねる。先の不安を親のほうが強く感じるのは当然だろう。

まあ、嫁を貰えば家業にも精を出さねばならぬし、吉原にもそうそう顔を出せなくなる。居続けなどもっての外だ。

このような勝手暮らしがいつまでも続けられるはずはない。いつかは踏ん切りをつけねばと考えているのだが――。

放蕩息子が親に懇願され、心根を入れ替え、真面目に働くなんていうのは、まるで自分の戯作を地でいくようなもの。

なにやら、釈然としない思いもあるが、菊園にどう告げようかと悩んでもいる。卑怯な真似かもしれないが、この煙管を別れのきっかけにしようかとも考えていた。

吉原は夢と現の狭間。互いに想い想われたとしても、大門を一歩出れば、互いのかかわりは霧散する。

でも、菊園とは――。

「おいおい、どうした？　お前さんも訳あり顔だな」

え？　ああ、いやいや、と京伝はごまかしながら、懐に納めた煙管に手を当てる。

「ところで、蔦重さんと鶴喜さんは、なに用ですかね。歌麿さんまで同席させるということは」

「おれも聞かされていないがね。版元ふたりのことだから、おそらく来年の仕事の話だろうが」

京伝は歌麿を見つめる。

「けれど、こうした時世だからね。おれも黄表紙の挿絵の仕事が減ってしまって、そろそろ米櫃の底が見えそうだ」

とはいえ、その表情はまったく困ったふうでないのが歌麿らしい。

「吉原は幕府公許の遊郭。さすがのご老中も縮小出来ないようだがね。でも吉原の中身を描くのはどうもいけないようだよ。遊女の絵姿も駄目だろうねぇ」

歌麿は菊園の三味線を手に取って、戯れに爪弾く。弾けた糸がピンと鳴る。

「だったら私の戯作はことごとく絶板の憂き目に遭うでしょう。教訓めいた事柄を交えておりましても、舞台は吉原ですから。ご公儀にすぐ眼をつけられます。もう召し出しは懲り懲りです」

京伝が眉をひそめると、歌麿が噴き出した。

「笑い事じゃありませんよ。私は挿絵で過料。戯作者は、手鎖五十日のうえ、江戸払い」

「ほお、それは手厳しい」

「手首に鉄の輪っかをはめられたら、飯も食うのも、厠へ行くのもひと苦労。そのうえ、江戸払いって、ひどいじゃないですか。私は江戸を離れたら生きてはいけませんよ」

歌麿が呆れた顔をする。

「そもそも戯作者など、まっとうな生業じゃありません。それで罰を受けてはたまりません。春町さんの死は藪の中ですが、私は戯作と心中なんてお断りだ」

京伝はいささか声を高くした。歌麿が口をへの字に曲げ、

「それは絵師も一緒だ。とかなんとかいってるくせに、書いてるんじゃないのかい？」

と、文机の上に眼を向ける。

机上には、草稿が載せてある。外題は『傾城買四十八手』。吉原の大見世から小見世まで、遊女と客の恋模様、駆け引きを描いたものだ。

「蔦重さんからせっつかれていますので。仕方なくですよ。そもそも吉原物ですから、版行出来るのかどうかもわかりません。おふたりはその話じゃないですかね。少しの間、版行を控えるか、時代や舞台を変えるとか」

ふん、と歌麿が鼻で笑う。

「どうかね。あの蔦重がご公儀に憚るようなことを考えるかねぇ。弔い合戦とばかりに、蔦重は今、黄表紙をなくすものかと躍起になっている。今をときめく戯作者山東京伝で一矢報いようと考えているかもしれないね」

まさか、と京伝は眼を見開く。

「あり得ないことじゃないよ。ご公儀相手に真っ向勝負を挑めば、勝ち目がないのは眼に見えている。締め付けがもっときつくなるかもしれない。絶板だらけになるかもしれない。けどね、蔦重だよ。禁止尽くしのご改革に、はいそうですかと素直に従うとは思えないんだな」

それに、と歌麿が声を落とし、三味線を抱えたまま、身を乗り出してきた。

「春町さんが亡くなってこっち、蔦重は改革を眼の仇にしているようだ。しかし、お武家の文人

たちは腰が引けて頼りにならない」

　老中がうたっている文武の文は、冗談や皮肉を盛り込む狂歌でも、滑稽話でもない。確かに、武家が主宰、参加している狂歌連も今は静まり返っている。吉原連もしばらく開かれていない。もちろん、春町がいないからというのもあるが。

　これまで文人としてもてはやされていたお武家は、皆、鳴りを潜めてしまった。大田南畝を筆頭にして、戯作者、狂歌師、絵師と。

「皆さん、保身のためか。直参だって禄を失う真似はしたくはないですよね」

「それを考えれば、蔦重が誰に書かせたいかわかるってもんじゃないか。今、お武家はあてにはならないからねぇ。この改革が転換期、いや交代の時期かもしれないねぇ」

「それは、武家から町人にと？」

「そんな大袈裟なものかは別にしても、黄表紙を最初に始めた春町さんだって、伝蔵さんならと草葉の陰で思っているはずだ」

　京伝は、首を横に振る。

　春町の死を告げに来たときの蔦重の口惜しげな様子が浮かんできた。春町にもっと強く版行を止めていれば、と自分のせいだと責めていた。

　庶民が面白おかしくご政道を腐すのとは違う。武家身分の者がご公儀を揶揄すれば、罪ははるかに重いだろう。けれど、それがわかっていて版行した。その気概が、おれにはあるか？

　そんなものを背負わされたなら、本当に戯作から足抜けが出来なくなる。

「私は、素町人ですよ。春町さんのような力量と度胸なぞありはしませんよ。先ほどもいいました通り、戯作はまっとうな生業にはなり得ません。そのような道楽でご政道を腐してお裁きを受けるのは真っ平御免です」

「だからさ、絵師もそうだって」

歌麿は、三味線をそっと置き、煙草盆を引き寄せた。

「いいえ。絵師には画料がありますから立派な稼業です。けれど、春町さんも南畝さんも加わっていた狂歌連は数限りなくありますが、そもそも狂歌はその席で、皆で詠んで笑ってお開きになる趣味の会。それを蔦重さんが絵入りの狂歌本に仕立てたから、狂歌が江戸中で流行り出した。狂歌を流行らせたのは蔦重さんの力だといってもいい。でも狂歌師たちは銭など一文ももらっていない。それが目的ではないからです。自分の歌が本になって、自分の狂名が市中に広まり、人々の口の端に上れば嬉しい。知識人、文人として認知されること。特に下級武士は、銭金じゃない。それは戯作も同じようなものです」

歌麿が煙草を服みつつ、肩を揺らした。

「それじゃあ、なにかい？　戯作者は、いかに己が通か粋かを世に知らしめて、嬉しいということかえ？」

「虚栄心に似ていますが、自分の居場所とか、他人から認められたいとか。子ども心というか」

火皿に煙草をつめ、火をつけると、京伝もひと口服んだ。煙を吐き、再び言葉を継いだ。

「たとえば、他人より独楽回しが上手だと自慢したくなる。皆の前で回して見せたくなる。そうして、他人に認められたいと思う。それに近いです。遊里での遊びや花魁たちとの駆け引き。自分が楽しんでいることを物語にする。書けば人に見せたくなる。面白いと他人が認めてくれればさらに嬉しい。要するに遊び、道楽なんです。だから、戯作は銭にならなくても構わない。自分が満たされればよいのですから」

「絵師はどうだろうねえ。伝蔵さんは画も描く。今、書いてる戯作の挿絵も自分で描くのだろう？」

「そのつもりです。じゃあ、お訊ねしますが、歌麿さんは、なぜ描くのですか？」

ああ、そうだねえ、と歌麿は天井を見上げた。

「女が好きだからさ。あ、女好きってことじゃない。おれは男だ。男とは別の、顔形、肌、髪の艶、身体のたおやかさが女にはある。そこが好きだ。男にも女にも、美しさはあるが、おれは女の美しさが好きなんだな。それをきれいに描けりゃ嬉しいし、描きたいと心が躍る女に出会えれば、さらに筆が乗る。おれの描いた女を皆が見て、おれと同じ気持ちになってくれたらなおいいと思うよ。ははは、それも子ども心ってやつだな。伝蔵さんが戯作を書くのを独楽にたとえたが、おれは、色々な形や大小様々な大きさの独楽を回して、皆で楽しもうぜという性質だな」

銀煙管の灰を落とした歌麿は、ふっとひと息、煙管を吹き抜いてから、再び耳に挟んだ。

「だからさ、どうにも困るんだよ。困りものなのさ」

端正な顔を歪ませ、鬢を掻く。

「困るというのはどうしてですか？」

「わからないかい、伝蔵さん。ここに来れば、描きたいと思う女がわんさかいる。町を流して、茶屋に入れば、愛らしい娘が茶を運んでくる。どうにも腕が疼いちまう」

描きたいものが、世の中にはありすぎるのさ、と笑った。

「伝蔵さんだって、そうじゃないかい？　書きたいものはたくさん転がっていると思うんだがなぁ。それに、さっき書くことが嬉しくてたまらない、といったろう？」

「あれは、私ではなく、戯作を綴る者はそうしたもんだという意味ですよ」

「なんだ、ごまかすなよ。お前さんだって、嬉しいのだろうが」

歌麿はごろりと横になり、腕枕をして、京伝をからかうような笑みを浮かべる。

「じゃあ、どっちが好きだい？　戯作と画と。二足の草鞋を履いてる伝蔵さん」

歌麿が眼を細めた。

「意地悪な問いかけですね。考えたこともなかった。自分の戯作に挿絵を描くのは、物語をよりわかりやすくするためでもありますが――ただ、私は絵師一本で食っていけると思うほど驕ってはいませんよ。かといって戯作は稼業になりませんし――はてさて」

京伝は明言を避けた。

なんて意気地がないのだろう。どちらも好きだし、どちらも続けていたい、となぜいえないのだろう。

やはり、戯作や画は道楽で、きちんと暮らしが立てられる生業があってこそ楽しめるものであると思っているからかもしれない。

待てよ――これは何かに似ている。そうだ。恋だ。けれど、おれは、叶わぬ想いに身悶えしつつ、恋し、焦がれて、生きるの死ぬのと叫んでも、結局、生きるほうを選ぶのだろう。歌麿なら、悶え死んでも満足だというのではなかろうか。おそらく春町もそうだったのだ。

それは、覚悟の違いか。

自分には、父親の家主業を継げばいいという甘えもある。吉原では名の通った通人だろうが、現の暮らしがかかれば、ただの人だ。

それとも、受けた過料や春町の死がさほどに迷いを生じさせているのだろうか。

いずれにしても情けない。

けれど、自分の戯作を心待ちにしてくれている人々は確かにいる。吉原の湯屋でも、戯作を読み、惚れた妓と馴染みになれたといっている者がいた。

嬉しくはなかったか？　心は躍らなかったか？　ご公儀にとっては、公序良俗を乱す無用な物であるとしても、どこかで誰かが必要だと思ってくれているのではないか？

誰かが強く背を押してくれることを望んでいるのではないか？

ああ、やっぱり、情けない。

「お待たせいたしました」

菊園と若い衆が膳を手に戻ってきた。

「蔦屋さまと鶴屋さまがお見えになりました。今、親爺さまがご挨拶をしております」

歌麿がにやりと笑って、身を起こした。

「蔦重と鶴喜は、伝蔵さんがどんなに抗（あらが）おうと書かせるんじゃないかなぁ。菊園姐さん、窓を閉めておくれ。それから若い衆、手あぶりだ、手あぶり」

「はい、ただいま、お持ちいたします」

菊園は膳を据えると窓辺に寄って障子を閉め、若い衆は身を翻（ひるがえ）し、階下に下りて行った。

と、蔦重と鶴喜が顔を出した。

「歌麿さん、伝蔵さん、急な押しかけで申し訳ない」

蔦重はそういいながら鶴喜とともに膳の前に座ると、早速銚子（ちょうし）を取る。

「構いませんが、何か急ぎのご用事で？」

京伝が探るような眼を向けると、

「そりゃあ、玉稿を賜りたいのは常のことではございますが、今日は来年の新物と、此度のご改革に対して、打つ手はないものかと、お知恵を拝借に」

蔦重が盃をとるよう、歌麿を促（うなが）した。

「お知恵？　ははは、そんなことかと思ったが、それは版元が考えろよ。おれたちは使われる側の人間だ。なあ、伝蔵さん」

「なにをおっしゃいますやら。此度の改革は、いっそ手厳しい。春町さんのようなお方を二度と出さないためにも、版元、戯作者、絵師が総出で知恵を絞（しぼ）らねばなりません」

鶴喜が力を込める。

「まあまあ鶴喜さん。歌麿さんのいうことももっともですよ。もちろん、ご公儀にあからさまに楯突くわけにも参りません」

が、と蔦重が鶴喜を見る。

「まあ、それは後に回して、先に菊園さんのお話をしたいと」

菊園の話？　京伝は隣に座った菊園の顔をそっと窺った。

菊園は、その視線に気づいたのか、すっと腰を上げて、座敷を出て行った。訝る京伝に蔦重が声を掛けた。

「伝蔵さん、いまさら回りくどいことはいわないよ。菊園さんと一緒になったらどうだい」

は？　なんと。菊園を妻に迎える？　あまりに唐突すぎて京伝は眼をぱちくりさせ、口をあんぐり開けた。いまどれほど間抜け面をしているのか。

「おやおや、どうにも驚いていなさる。良い話でしょう」

「そいつはいいね」

歌麿がいきなり割って入ってきた。鶴喜までもが、大きく頷きながら口を開いた。

「菊園さんは、伝蔵さんの生業も吉原での遊びも承知している。これからどんどん戯作を書いていただかなきゃならない。そのことを考えても、これほどいい女房はいないと思ったんだよ」

「そうそう」

蔦重も歌麿も相槌を打つ。

「だいたい、ここでは、もう夫婦も同然なんだ。あとは、ご実家が菊園さんを受け入れるだけでいい。不肖、この蔦屋重三郎がご両親にお話しさせていただいても――」

「よっ、蔦屋！」

歌麿が大向こうよろしく声を張る。

「ちょ、ちょっと待ってくれませんか。これは、菊園も承知している話なのですか？」

すっかり乗り気な三人の様子に、京伝はやっとのことで言葉を発した。

「菊園さんも扇屋の主からいわれているはずだよ。主はね、菊園さんをここから出そうとしているのさ」

どういうことだ？　吉原を出るというのか？　菊園はなにもいってなかったぞ。ますます京伝は困惑する。

「菊園さんは番頭新造だ。すでに年季も明けている。花魁のはからいで、伝蔵さんと盃を交わしたが――」

つまり、吉原を出される菊園をおれに嫁がせれば扇屋の主も安心という、手っ取り早くいえばそういうことか。そういえば、菊園は、自分には戻る家もないといっていた。行くところがないから、番頭新造として、ここにいると聞いた。

「知っての通り、此度のご改革でね、岡場所の妓たちが吉原に押し込められただろう。急に妓の数が増えた上に、改革の煽りを受けて客足は鈍っている。これは扇屋だけじゃなくてね、松葉屋も玉屋も同じでね」

しかし、いつからそうした話が出ていたのか、菊園はおくびにも出さず、普段と同じ振る舞いをしていた。それなのに、おれときたら――なんてことだ。家業を継ぐから吉原とは少し距離を置くと、切り出すつもりでいたのだ。それは、菊園がずっと扇屋にいると思い込んでのことだ。時折、顔を出せば、自分を迎え入れてくれる、そんな甘い考えもあった。京伝は、懐に納めた朱塗りの煙管に思わず手を当てた。

指先が心なし冷たい。動揺しているのが自分でもわかる。

「進めていいよね、伝蔵さん」

蔦重が身を乗り出したとき、

「お待ちくださいませ」

凛とした声が響いて座敷を出たはずの菊園が飛び込んできた。廊下で聞いていたのだろう。

「伝蔵さまと盃を交わしたのは、吉原でのこと。大門の外では通用いたしません。お心遣いはありがたくって涙が出ますが、わっちは町場の女房の柄じゃござんせん。親爺さまにも幾度も申し上げたというに。余計なことをなさいますな」

いつもは柔らかな顔をきりりと引き締めいい放った。

面食らったのは、蔦重と鶴喜だ。

「姐さん。そうきりきりしないでさ。めでたい話じゃないか、なあ、伝蔵さん」

とりなすような歌麿の言葉に、京伝は押し黙る。

「おいおい、なんだえ。当の伝蔵さんがだんまりを決め込んじゃいけねえよ。え？　姐さんじゃ不服とでもいうのかい？」

違う、違うんだ、歌麿さん。口籠もる京伝に、菊園が眉根を寄せさらにいった。

「お調子はおやめくださいな、歌麿さま。伝蔵さまが困っていらっしゃる。要するに、伝蔵さまはそのおつもりでなかったってことでござんしょう。決して恨み言ではありりんせん。夢と現の狭間が吉原。現に転ぶか、夢と消えるか、わっちら遊女はいつ何時もそう考えておりいす。結句、どちらになろうとも、遺恨など残しません。それがわっちらの矜持でござんす。それにわっちは、小金も貯めてありますゆえ、心配していただかなくて結構でござんす。情けはいりりんせん」

菊園は素早く身を翻し、再び座敷を出て行く。蔦重と鶴喜は呆気に取られた顔で見送る。

「お見事！　見上げた姐さんだ」

歌麿は手を叩いて大喜びだ。

待て、と腰を上げることも出来なかった。座敷を出て行く菊園の瞳が潤んで見えたのは気のせいか。それでも、京伝は菊園を追えずにいた。なんとも身勝手な己に呆れてもいたからだ。

けれど、追わなかったことが、後悔に繋がった。翌朝、湯屋に行った菊園は、そのまま戻ってこなかった。

ついさっきまで一緒にいた。ふたり目覚めたときは四半刻ほども夜具の上でごろごろ転がり、戯れた。蔦重と鶴喜からもたらされた話にもまったく触れず菊園は笑っていた。まだ、この手は菊園の温もりを残しているというのに。

なんの予感も感じさせず、少しも感情を崩さず。もそも起き上がってから、桶に水を汲み、髭をあたってくれ、髷を整えてくれた。朝食は手ずから作ったかゆとしじみの味噌汁、そして沢庵。

「湯屋に行ってきますね、伝蔵さま」

菊園は小さく手を振って、仔兎のように弾みながら出て行ったのだ。

どういうことかと、扇屋の主人に嚙みついた。

が、行き先は知らないの一点張りだった。つい頭に血が上り、胸ぐらを摑んで揺さぶり続け、若い衆に引き離された。

「妓の働きがあっての吉原であろうが。見世の主と妓は、かりそめの父娘ではなかったか。情けどころか、やはり八つの徳を忘れた忘八だったか！」

京伝は若い衆に羽交い締めにされながら怒鳴り散らした。

主は三和土に尻餅をついて喉元を押さえ、ごほごほ咳をしながら、

「そこまでいうなら、伝蔵さま。なにゆえ間夫のお前さまが菊園に訊ねなかったか。蔦屋さま方がお帰りになった後で、いくらでも訊けたはずじゃあ、ありませんか。ごまかしていたのは、伝蔵さま、お前さまではありませんか。それを私のせいにされても。とんだもらい火だ」

といい放った。なにを、と京伝は若い衆の腕を振り払い、主を睨めつけた。

主が上目に京伝を見返してくる。

「菊園はね、伝蔵さまが吉原から足が遠のくのではないかと思っていたようです。戯作は続けても、きちんとした生業を持ちたいという考えがあるといっておりました」

近頃、筆を進めていてもふとしたときに、別の思案をしている。話しかけてもうわの空。過料を受けたり、妹さまを失くしたり。きっと傷心のふた親のことも気に掛けて、長男として家を支

えたいと思っているのではなかろうか、とも。

あはは、たいしたものだな、菊園は。おれの心が透けて見えているようだ。

主人は、ぐうの音も出ない京伝を見据える。

「あの妓は、まるで陽だまりのようでした。客に裏切られても、他の妓たちから意地悪をされても、愚痴ひとつこぼさなかった。むしろ、ぎすぎすしていたら、遊びに来るお客に迷惑と笑顔を絶やさなかった。あたしらにだって憎まれ口などたたくことは一度もない。今朝、ここを出るとき、菊園はなんといったと思います？」

わかろうはずがない。京伝は首を横に振る。

「あたしがちょいと眼を潤ませたのを見逃さず、けらけら笑って忘八の眼にも涙、だとそういったのですよ。なんとも愛らしい妓でした」

いいながら、主人の鼻先が赤くなる。

ああ、菊園。なんてお前は馬鹿なのだ。いいや、馬鹿はおれだなぁ。

「どうしてだろうなぁ。私は菊園がずっとそばにいてくれると思っていた。扇屋に来れば、いつでも会えるものと思っていたのだ。まったく愚かだな」

京伝はひとりごちると力なく笑った。主がのろのろ立ち上がる。

「伝蔵さま、菊園はこうもいっておりました。吉原の女郎が女房では、長屋を預かる大家に差し障りもございましょう、と」

そして主人は、

「あたしら、花扇花魁や同輩の妓たちも菊園の行方はまことに知りません」

厳しくいった。

それでも、扇屋の奉公人に菊園の行方を訊き回った。けれど、誰もが首を横に振った。

とうとう朱塗りの煙管を菊園に渡すことが出来なかった。

君を捜すか、諦め取るか、なんの諦め、君捜そ――少し前に流行った唄をもじりながら、京伝は歩く。なあ、菊園、どこにいるんだ。

ふと首を回すと、絵草紙屋があった。店先には、『山東京伝新物』と大きく張り紙がしてあるのに苦笑する。吊るされている錦絵を何気なく、京伝は眺めた。人気の絵師が揃い踏みだ。

ああ、歌麿さんもあるじゃないか。

へえ、花扇の立ち姿か。

やはり、歌麿の描く女は艶っぽい。

以後、菊園のいない扇屋に足を運ぶのも億劫になった京伝は、文机を実家に移した。

三

寛政二年（一七九〇）、妹よねの喪が明け、京伝は、京橋の実家で正月を祝った。

京伝の新物は、飛ぶように売れた。しかし、心が浮き立つことはなかった。蔦重と鶴喜、そしてなぜか歌麿までが、いいと断ったにもかかわらず、角樽を手に家にまでやって来て、歯の浮くような世辞をふた親にいい、畳に額がつくほど頭を下げ、礼を述べた。むろん、歌麿はその様子をにやにやしながら眺めていた。

母が酒肴を用意すると、三人は恐縮しながらも、持参した角樽まで開けた。

京伝の自室で結局は宴になった。

「おかげさまで正月の新物の出だしは睨んだ通りになりました。ご改革で世間も、ちいっと暗かったが、やはり皆さん、伝蔵さんの戯作を心待ちにしていたってことです。黄表紙は、ひと月売れればそれで終いではありますが、再版も検討しております」

蔦重が相好を崩した。

とはいえね、と後を続ける。

「再版すれば、残念ながら伝蔵さんの戯作は間違いなく、お上に眼をつけられますでしょう」といった。

「それでなくとも、画のほうで過料を受けていますからね。戯作だって当然、警戒されているはず。黄表紙は売る時期が短いので、見逃されるところもあります。けどね、版元の私らの本音は長く売りたいんです。だって売れるんですから。儲けられるなら儲けたいんですよ。ただし、ご公儀は人気者に殊更厳しい。見せしめにすることで、周りを萎縮させている。さらにこの先、行事改により新版は厳しく調べられるという噂も流れていますからね」

蔦重の表情がいつにも増して深刻だ。とはいえ、京伝はどこかうわの空だった。この三人が集まれば、自ずと思い出すのは吉原だ。どうしたって菊園の顔も浮かんでくる。

逢えないと思うと、想いが募るというのはまことであったのだ。

「おい、伝蔵さん」

歌麿が肩に触れた。

「蔦重の話を聞いているかえ？」

「あ、ああ、もちろん。それで、いま、私が書いているものはどうなるのでしょうかね？」

我に返った京伝が曖昧に問いかけると、幸い的を射ていたようで、蔦重が「それさ」と大きく首肯した。

「要するに、春町さんの戯作がそうであったように、歴史に舞台を置いて、当世の政を批判する、揶揄するのがいけない。御家紋の梅鉢紋を調度品に記した挿絵を描くとか。そんなことをすれば、誰を描いたかすぐにわかってしまう。だけどね、今のご老中さまはなんたって学問好きだ。そこを逆手に取る」

なるほど、と歌麿が膝を打った。

「ということはだ、伝蔵さんの戯作は吉原遊びを書いてはいるが、遊蕩息子が心を入れ替えて真面目に家業に精を出す、なんて筋書きはいいってことじゃあないか」

「そういうことです」

蔦重はにこりと笑った。

「ご公儀は、昔っから芝居小屋と吉原は悪所と決めつけておりますからね。ですから、遊び呆けていた自分は愚かだった、と心を入れ替える舞台として吉原はうってつけでしょう？　もちろん、吉原で育ち、吉原で儲けさせてもらった私は悪所だなどとはこれっぽっちも思っちゃおりません。不本意ではありますが、ここしばらくは辛抱いたしましょう」

　蔦重は膳に箸を伸ばすと、

「そもそも今のご老中だって、いつまで保つかわかりませんからねぇ」

　蒲鉾を口に放り込んだ。

「あぶねえ、あぶねえ。そんなのが役人の耳に入ったら、お縄になっちまう」

　歌麿が仰け反って笑いながら、銚子を手に取る。

　蔦重こと蔦屋重三郎は、吉原の案内書である『吉原細見』で頭角を現し、寺子屋で使用される学問帳である往来物、浄瑠璃の富本節の稽古本など、必ず売れる物を扱ってきた。そして、黄表紙、洒落本は絵草紙屋でこぞって買い求められ、髪結床や湯屋の二階のたまり場で、皆の話題に上る江戸の地本で一躍名を上げた男だ。

　蔦重は、生まれ育った吉原という場所を細見で世間に周知させ、さらにそこでの遊びに長けた通になることが、粋であると、吉原遊びを描いた洒落本を版行した。それには当然、京伝も一役買ったのだが、これまで吉原の花魁はもとより遊びに縁がなかった、あるいは銭がなくて通えない者らが、飛びついた。

　画を眺め、詞書を読み、いっぱしの通人になった気分も味わえる。手の届かない憧れが本に詰まっている。興味を促し、知識欲をくすぐる。

　物語を読み、画を楽しむことを、蔦屋は庶民の中にしっかり浸透させたのだ。

これまでも、浄瑠璃本や説教本といった物も人気があった。しかし、蔦重は挿絵に人気の絵師を用いて、人々の気を引いた。蔦重が「これ」と思ったものは必ず売れた。

常に世の流れを見て、利用出来るものは利用する。そして半歩先を行くのが、江戸の版元『耕書堂』蔦屋重三郎だ。

とはいえ、豪気なことをいってはいるが蔦重の顔色はすぐれない。武家を中心とした狂歌連もすっかり下火になり、春町の抜けた穴も大きい。行事改がどのように出版にかかわるのか、まだ読めない。戯作の内容についての検閲がさらに厳しくなるのは違いないようだが。

気掛かりだらけの蔦重に、戯作を控え、家業を継ぐため父の助けをしようと考えていると告げたら、どんな顔をするだろうか。

いやいや、それより菊園だ。ああ、私も色々悩ましい。

「まあ、ともかく腐っていても仕方がないからね。私ら版元は、新物を出さねば、口が干上がってしまう」

「そうだよ、蔦重さん。おれだって注文がなけりゃおまんまの食い上げだ」

歌麿が蔦重に盃を取らせて、酒を注いだ。

「とりあえず、伝蔵さん。ご公儀の顔色を窺うばかりじゃいられませんのでね、正月の新版は無事版行出来ましたし、売れ行きも評判も上々でありますから。今年もどうぞよろしくお願いします」

蔦重は一旦、盃を膳に戻し、指をつくと丁寧に頭を下げる。

京伝も慌てて、頭を垂れる。

「ところで、やっぱり行方は知れねえのかい？」

歌麿の問い掛けに京伝が頷くと、

「いらぬお節介だったのかねぇ、菊園さんには」

鶴喜も盃をあおって、ふうと息を吐いた。

「鶴喜さん、そうじゃない。煮え切らない伝蔵さんの態度が悪かったんだよ——ってことは、例の物も無駄になっちまったんじゃ……？」

煙管のことだ。

「お察しの通りです」

「はあーん、なるほどね」

歌麿は得心したように呟いた。

蔦重と鶴喜はなんのことやらと、不思議そうに顔を見合わせる。

歌麿は、場を和ますように声を張った。

「まあまあ、縁があったかなかったか、そいつをいっても詮無いことよ。外からやいのやいのいうのは愚の骨頂、野暮もいいところだ」

「けれど、伝蔵さんも身を固めてもいい歳どころか、遅いくらいなんだよ。この先、戯作を続けていくためにも、ねえ」

と、鶴喜が蔦重を窺う。

「まあまあ、鶴喜さん。でもねえ、南畝さんもそうだが、吉原連のお武家だって、松葉屋の妓を身請けしているからね。菊園さんと伝蔵さんはいい夫婦になると思ったのだが」

「伝蔵さんは自分の筆で自分の面を丸顔で獅子鼻、細い眼にして描いているが、まことは色男。それを知ったら、世間の男どもが文句を垂れそうだが、愛らしい菊園姐さんとはいい取り合わせだったんだがなあ」

ぼやいた歌麿が文机に眼を向けた。

「おや、正月から新しい戯作かい——おや？」

「あー、歌麿さん！　それは」

京伝が慌てたが、遅かった。

「この似顔は、菊園姐さんじゃないかえ？」

半紙を手にした歌麿が、にまあと笑った。

なんだい、おや、本当だ、と蔦重と鶴喜も覗き込む。戯作を綴った反故についつい菊園を描いてしまったのだ。

「さすがは、北尾政演の筆だね。どうだい？　いっそ自分と菊園を描いてみたら？」

「色男と色女をかい？　いやいや、伝蔵さんは獅子鼻の醜男だから人気があるんだ。そうした男が吉原で通人となって遊んで、戯作を書くから面白い。町人の夢を壊しちゃいけないよ。伝蔵さんが色男だと知れたら、興醒めだ」

鶴喜がぶんぶんと首を横に振る。

「そんなもの、どうだっていいじゃないか。なんならおれが描いてもいい」

歌麿が赤い爪紅を塗った指先をひらひらさせる。描く？　おれと菊園を。歌麿さんが？

京伝の頭に突然雷鳴が轟いた。絵草紙屋の店先に翻る錦絵。これだ！

「歌麿さん、おれと菊園を描いてくれ。京伝とわかるように名を入れてくれて構わない。菊園と一緒に描いてくれっ」


梅の香りが、そこここに漂い始めた春――。

「兄さん、兄さん、一大事」

廊下を走る音が響いて、弟の相四郎が乱暴に障子を開けて飛び込んできた。

文机で戯作を綴っていた京伝が振り返り、ったく思い付いたことがすっ飛んでしまったじゃないか、とあからさまにため息をついて見せた。だが、相四郎はそんな様子も構わず早口で捲し立てた。

「来た来た来た、ほんとに来た」

ああ？　何が来たって？

「早く、兄さん。玄関に出てくれよ。一輪の花が咲いたようだ。まるで芙蓉だ。いや」

相四郎が興奮気味に、手招く。

うるさいな、と京伝はゆっくりと立ち上がる。

「ほらほら、早く」

相四郎は誘うように、京伝の背を押す。

「お前、何を。ひとりで歩けるぞ」

京伝は怒ったようにいいながらも、相四郎にいわれるがまま、廊下を歩き——三和土に佇む女子の姿をみとめて、目の玉が飛び出るほど、見開いた。

どくん、と心の臓が張り裂けそうになるほど鼓動した。たちまち身体中に血が巡り、熱くなるのがわかった。こんなにも、こんなにも焦がれていたのだ。求めていたのだ。

言葉より先に身体が動いていた。京伝は両腕を広げて三和土に飛んで下りるや、その女子を抱きしめた。恋しいよ。まことだよ。嬉しくて胸が一杯だ。私はどんな顔をしてる？　気が高ぶりすぎて獅子鼻の艶二郎になっちゃいないか。

「苦しい。伝蔵さま、息が出来ませんよう」

待っていた。待っていたんだ、菊園。

京伝はさらに腕に力を込める。

「もういなくならないでくれ。ずっと側にいておくれ」

ああ、なんて陳腐な台詞だろう。江戸で人気の戯作者が、気の利いた言葉ひとつもいえやしない。

歌麿に、三枚続きの錦絵を描いてくれるよう頼み込んだのが、正月明けてすぐのこと。蔦重も面白がって歌麿の筆での三枚続き、扇屋の情景を版行した。三枚続きというのは、一枚でも画として成立しているが、三枚並べれば、大きな一枚の画になるという趣向のものだ。宴席を楽しむ客と、舞い踊る芸者、そして扇屋の売れっ妓花魁、花扇を中心に、遊女たちが勢揃いした豪華な錦絵となった。

「人捜しに錦絵使うたぁ、伝蔵さんもやるねえ」

歌麿は摺り上がった錦絵を見ながら、満足そうに煙草を服んだ。

三枚の内の一枚。衝立の陰にいる男女。男の羽織には、「京」と「傳」の紋が散らしてある。男の肩にしなだれかかっている遊女の衣装は菊模様。見る者が見れば、京伝と菊園のふたりとすぐに膝を打つ。当の本人であれば、なおさらだ。

行方知れずの菊園になんとか思いを伝えるための苦肉の策。あの京町の伝蔵が、未練がましい真似を、と笑われるのも承知の上。つまらない面目にこだわるほうが、いっそ野暮というもの。どこかの絵草紙屋で眼にしてくれたら御の字と思っていたが、ひと月あまりで、菊園が訪ねてきてくれるとは。歌麿さんに礼をいわねばいけない。

「伝蔵さま、もうお離しくださいましな」

「いやいや、なにゆえ私の前から突然消えたのか、それを聞くまでは離すものか」

京伝は菊園の髪油の香を胸一杯に吸い込んだ。衣装の上からでも、柔らかな肌が、そのぬくもりが伝わる。

「歌麿さんの錦絵を見てくれたんだな？」

菊園がこくっと頷く。

「あれが私の答えだ。何をためらっていたのか、まるでわからない。惚れる女と女房にする女は別だと、世間のならいを気にするほうがどうかしていた。惚れた女と女房が一緒でどこが悪い。ああ、菊園、なぜおれの元から消えたのだ」

菊園は、京伝に抱きすくめられながら、

「ちょっと長風呂だっただけでござんす」

苦しそうに応えた。


その後、ふた親に会わせると大層驚いたが、吉原の芸妓であるのも咎めず、詮索もせず、身寄りのない菊園を嫁として受け入れた。菊園は、その場ではらはら涙を流し、幾度も礼をいった。とんとん拍子に話がまとまり、京伝は菊園と祝言を挙げた。

父が町屋敷の家主を務める京伝の家には、町役人や店子からの祝いの品が山のように積み上げられ、京伝も加わっている狂歌の会である吉原連や、蔦重、鶴喜をはじめとする版元からも祝儀が届いた。

両国の料理屋での婚礼の宴には、親戚縁者はもとより、友人知人が多数集まり、仲人は名主の夫婦だ。

隣に座した菊園あらため、菊は、練絹の白小袖に、白地の帯、菱模様を織り込んだ白打掛け。白絹の綿帽子に隠れた顔は、緊張か高揚か、はたまた紅の赤みが頬に映ったものか、紅潮している。見慣れた顔であるはずなのに、なんとも清らかで美しい。

「めでたや、めでたや、現の夫婦」と、鶴喜が妙な節回しでうたいだすと、調子に乗った歌麿が踊りだす。

次々酒を注がれ、たらふく飲んだ京伝は、床につくなり、大いびきをかいて眠ってしまった。

陽の眩しさに、唸りながら薄目を開けたとき、飛び込んできたのは、夜具の上にきちりとかしこまる菊の姿だった。

「押しかけ女房でございます。伝蔵さま、末長くお願い申し上げます」

菊がふわりと微笑んだ。これまで見た中で一番美しく愛らしかった。

第四章　京蔵慟哭

一

「冗談ではないよ、蔦重さん、鶴喜さん」

京伝は、自室でふたりと向かい合いながら、大声を出した。

「さらに、戯作を書けというのかい？　私もね、親父の後を継ぐために、店子の顔も覚えなきゃいけないしね。町役人との付き合いやら、他の町の大家との寄り合いやらで、このところ、へとへとなのだよ」

鶴喜が苦虫を嚙み潰したような顔で茶をすすると、口を開いた。

「でもね、伝蔵さん。ご改革の嵐が吹き荒れて筆を執ってくれる人がめっきり減ってね。お武家は特に腰が引けている。南畝さんがようやく一冊版行してくれたけれど、やはり伝蔵さんの人気には、とてもとても及ばない。黄表紙、洒落本はお前さんしかいないのだよ」

いやいや、と京伝は首を横に振る。

蔦重が京伝をしかと見据える。

「考えたこともない。そもそも戯作はいくら書いても銭が出ない。稼業になりようはずがないのは、ご両人が一番よく知っているでしょう」

「ええ、まったくその通り。書と画には潤筆料というものがございます。ですから、絵師北尾政演でもある京伝さんにはきちんと画料が支払われております。けれど、戯作にはございません。なぜでしょう？　それは、どこかで戯作をお書きになる作者のほうに、版行してもらっているという遠慮があるからだとあたしは思うのです」

まあ、それもなくはない――。

京伝は訝しみつつ、蔦屋の言葉を待った。

「そして、そうしたものが通例だと、あたしら版元にも驕りがあった」

つまり、と京伝は蔦重を見つめる。

「本来は、注文と受注の関係だと」

「そうです。それが当たり前なのです」

蔦重が大きく頷いた。

と、鶴喜が身を乗り出した。

「伝蔵さんの黄表紙は、出せば必ず評判になる。獅子鼻の道楽息子、吉原の通人、山東京伝は、もはや庶民の憧れなのでございます。もっとも、先般の歌麿さんの錦絵で、京伝が色男だったのではと、騒いでいる者もおりますが。黄表紙、洒落本と江戸の地本もようやく定着しつつありますのに、お偉い堅物ひとりのせいで、そのいい流れを潰されるのはなんとも口惜しい」

「鶴喜さんのおっしゃる通り、あたしら版元は、面白くてためになること、世を沸かすことがなにより好きなのでございます。皆の驚く顔、笑い顔を見るのが嬉しいのです。伝蔵さんの吉原物は、廓の歩き方と恋愛指南、なにより、生きる上で、人が人と交わることの難しさ、大切さが書かれております。それをみだらだ、いかがわしいと思うお方こそが、一番の助平です」

ご老中が助平とは、京伝は噴き出しそうになるのを懸命に堪えた。

「改革前は、仲間内で楽しみながら、互いに認め合う知的な遊びで満足していました。読み手に対してもわかる者だけがわかればいいという驕りがありました、乱暴にいえば内輪受け、楽屋落ち。ですが、これからは違います。万人が楽しめる物を、あたしたちが提供するのです。そして、万人が望む物をあたしたちは開版し続けるのです」

そこで、と蔦重はやや間を置き、ふたりはかったように頷き合うと、懐に手を差し入れ、同時に袱紗包みを京伝の前に置いた。

京伝は思わず眼をしばたたく。これは？　この形は、金子ではないか？

「この蔦重と鶴喜、戯作者、山東京伝の才を向後末長く買わせていただきとうございます」

合わせて二十両ございます、お受け取りを、と鶴喜が、京伝の前にすっと差し出した。

おれの才を買う？　どういうことだ？

「潤筆料は都度お支払いいたします。その代わり、あたしの耕書堂、鶴喜さんの仙鶴堂以外の版元の注文は受けないようお願いいいたします」

囲い込みか？　京伝は啞然とした。

秋の陽が畳の上に落ちる。庭の百日紅が濃い桃色の花を咲かせ、通りからは季節外れのすだれ売りの声がする。秋とはいえ、今年はまだまだ暑さが続いているせいだ。

お菊は、くすくす笑って、朱塗りの煙管を煙草盆に置くと、団扇を手に取る。文机に向かって筆を走らせる京伝に風を送り始める。

「ああ、結局、こうして戯作を綴っている。潤筆料が出るとなれば、立派な戯作稼業になってしまうよ。私はねえ、お菊。親父の後を――」

よしなさいな、とお菊が身をよじる。

「さっきからぼやいてばかり。それだけ、おふたりは伝蔵さまに期待しているんでしょ。あ、違う違う。頼りにしているのよ。だって、人気者だもの。戯作界を背負って立っているんだから」

「ははは、そいつは大袈裟だ。まあ銭が入るようにはなったけれどねぇ」

ううん、とお菊が首を横に振る。

「伝蔵さんは、お義父さんの後を継いでも戯作をやめなかったと思う。好きなことだもの。銭金じゃない。あたしを女房にしたのだって、好きだからでしょ？　同じことよ。そういう伝蔵さまにあたしは惚れているんだもの」

お菊が送ってくれる風と同じくらいに、その言葉が心地よく京伝の耳をくすぐる。

「そうかぁ、好き、か。そういうものかもしれないな。けれど、耕書堂と仙鶴堂でしか書いちゃいけないってのは、いささか気に染まないが」

「まるで、妾奉公のようだって、いっていたものねぇ」

ああ、と京伝が唇を突き出すと、お菊が楽しそうに笑う。

「しかし、これまでは好き勝手に書かせてくれたが、銭を払うとなると、これからは、多少口を出させてもらうと、こうだ。まったく版元は怖いねえ。今書いている物も、深川の遊里を描いているが、舞台は江戸ではなく大磯だ」

「そんな遠くのお話？　それは、こんなご時世だから？」

「そうだよ。苦し紛れのごまかしだ。幕府の統制の網の目を、なんとかかいくぐって版行しようとしている。せっかくともった黄表紙や洒落本の灯を消しちゃいけないと蔦重と鶴喜は、自分たちの役目のように考えている。こんな窮屈な時代は長くは続かないと、蔦重はいうが、ご老中はますます暮らしの締め付けに精を出しているようだがね」

「ああ、そういえば、湯屋の混浴が禁じられるって噂を聞いたけど。本当かしら？」

まあ、湯屋の湯殿は暗いから、良からぬことをする男がいるからというのがその理由だそうだ。

蔦重が思わず口走った助平を思い出す。

「男女が同じ湯船に浸かっておるとは、なんといかがわしいことか。禁止じゃ！」

ご老中が額に血の管を浮かせて怒鳴っている姿が目に浮かび、京伝はついつい笑みをこぼした。

細かなことによく気のつくお方だとは思うが、そういう細やかさは、庶民の暮らしやすさにも向けてほしいものだと思う。米の値を上げたり下げたり忙しいことこの上ない。

襟をくつろげるお菊の肌に汗が滲んでいる。京伝はそろそろと指を伸ばし、団扇を使うお菊の手を握る。お菊が、はっとして頬を赤らめる。

「お菊ぅ。灸をお願いしたいのだけど」

居間から母の声が聞こえ、京伝は慌てて指を引いた。

「はーい、ただいま参ります」

返事をしながら、お菊も残念そうな顔をする。

「義姉さん、おれの紺の小袖、知りませんか？」

弟の相四郎が遠慮なく障子を開けてきた。

「こら、声を掛けてから開けろ」

「あ、そいつは失礼」

「紺の小袖？　弁慶格子の柄なら、相四郎さんのお部屋の行李に入れましたけど」

お菊が素早く腰を上げる。

「おーい、お菊や、濯ぎを持ってきてくれんか」

今度は親父が玄関で叫んでいた。

「もう、いい加減にしろ！」

京伝は声を張って、すくっと立ち上がった。

座敷を出ようとしていたお菊と、廊下にいた相四郎が眼を見開いた。

祝言を挙げて半年。すっかりこの家に馴染んでくれたのはいいが、皆がお菊、お菊と何かと用事をいいつける。

「文句をいってやる。お菊はおれの女房だ。やい、相四郎、小袖など自分で探せ。お菊もお菊だ。皆のいうことなど、すべて聞くことなんかないのだぞ」

「でも、楽しい。あたしは、親兄弟の顔を覚えていないから、こうして皆のために動くのは、苦どころか、ほんに嬉しい」

振り向いたお菊が、柔らかく微笑んだ。あ、と京伝の苛立ちがすうっと落ちていく。

「義姉さんもそういっているんだ。もう家族なんだから、兄さんもうるさいことはいいっこなしだ」

「お前は調子に乗るな」

京伝がむすっとしたとき、

「おおーい、伝蔵。お前にお客だぞ。お客」

父が大声を出した。

おれに客？　京伝は面倒とばかりに、息をついた。

すでに客間に通され、かしこまっていたのは、滝沢という見るからにうらぶれた武家だった。羽織も袴もよれよれ。傍らに置いた大刀の鞘も塗りが剝げて、少々情けない。よもや竹光ではあるまいかと疑ってしまったくらいだ。顎が尖った細面で、眉が薄く眼が細い。細かいことにうるさそうな気性に見える。見た目は三十ほどだが、その物腰や声の張りから、二十五、六と思われる。

「初めてお目にかかります。深川に居しております滝沢左七郎と申します。まずは、不調法ではございますが、お口汚しの手土産をば」

滝沢は背筋を伸ばし、そろそろと大徳利を差し出し、頭を下げた。

「なんの不調法。なによりでございます」

京伝はすぐに、お菊を呼ぶと、

「御酒を頂戴した。盃を。それと肴を見繕ってくれるか」

あ、いや、滅相もない、と滝沢が廊下に控えたお菊に顔を向けた。

「私は、下戸でございまして。酒は呑めませぬ。さすれば、肴で飯を」

「まあ」と、お菊が唖然として、口をぽかんと開けた。いきなりの訪問で、ただ名乗っただけの男が飯を所望するとは、お菊はもとより京伝も仰天して、「冷や飯でよければ」と、いうや、

「ならば、湯漬けで」

すかさず滝沢が返してきた。筋金入りの図々しさだ、と呆れるよりも感心した。

「承知しました。お菊、私には盃を、滝沢さまには湯漬けと茶を」

お菊はその場から離れ、廊下を小走りに行く。その後、笑い声が聞こえてきた。お菊のやつ。おれも懸命に堪えているのに、と京伝が、きまり悪い顔をすると、滝沢が口の端を上げた。

「なんのなんの。朗らかなご新造さまでござる」

京伝は恐縮しつつ訊ねた。

「深川にお住まいだそうで。私は木場生まれでしてね。十三の頃まであちらにおりました」

「そうでございましたか。これは奇遇。だからでしょうか、京伝先生の御作は――」

滝沢は、京伝がこれまで版行した戯作、さらに北尾政演として筆を執った錦絵、挿絵も、すらすら挙げて、

「恥ずかしながら、私も物を書いております。まだまだ修業の身ではありますが。しかし、先生の御作にはなんといいますか、血が通っております。まるで息遣いが聞こえてくるようでございます。樺焼は誰もが認める面白さですが、やはり昨年の四十八手は素晴らしかった」

滝沢は歯の浮くような世辞を並べ立てる。京伝は顔に笑みを浮かべながらも、その実、この訪問はこれだけではあるまいと感じていた。

何か頼み事か？　滝沢も物を書いているというから、版元への仲介か？

だとしても、もう自分が忘れかけていた物まで、読んでいるとは驚きだ。

「それで御用の向きは？」

京伝は訊ねた。

ああ、と滝沢は額をぴしりと叩き、さっと居住いを正すと真剣な眼差しを向けた。

「失礼いたした。それがし、京伝先生の弟子にしていただきたくまかり越した次第で」

おや、そうきたかと、京伝は別段驚きもせずに口を開いた。そうした者はこれで幾人目か。

「弟子？　それはいかがなものかと」

「なにゆえでしょうや」

「滝沢さまはお武家でいらっしゃる。町人風情の弟子になどなってはいけませんよ」

いやいやいや、と滝沢が大きく首を横に振る。

「山東京伝ともあろうお方が、なんと情けない。物を書くのに、身分など必要でありましょうか？　教えを請うのに、身分が邪魔をするとでも？　私は、今の黄表紙のあり方にいささか食傷気味なのですよ」

絶望したような顔でいい捨てた。

なんと、食傷気味ときた。一体、何をいわんとしているのか。おれの戯作への批判か。いや、でも面白い。このままお説を拝聴するとしよう。京伝はほくそ笑み、言葉を待った。滝沢が大きくひと息つくと、早口で話し始めた。

「ずっと変わらず滑稽さを求められ、猥雑さが喜ばれる。違う違う。芝居を考えてください。心中物がどうして胸を打つか、仇討ち物がなぜ喝采を浴びるか、英雄譚がなぜもてはやされるか。それが、どうして戯作では出来ないのか、常々頭を捻っているのですよ」

滝沢の眼が爛々と輝き始めた。薄い眉を寄せ、視線は京伝をしっかり捉えている。

「そうは思いませぬか、京伝先生。歌舞伎や人形浄瑠璃など芝居の世界では、豪華な衣装をまとった演者がおります。音曲があり、台詞があります。そして小屋には客がおります。その息遣いや感情の高ぶりが演者に伝わり、演者がそれに呼応する。眼と耳で楽しみ、肌で感じる。舞台にともされる蠟燭の匂い、幕間の弁当。小屋はそうして非日常となる。五感のすべてで楽しめる。ですが、戯作ではそうはいきません。文字と挿絵のみでありますから――いいや、そうではない」

滝沢は激しく首を横に振る。

「黄表紙も洒落本も、文字など添え物。町人どもは挿絵に喜び、物語の味わいなど二の次。悔しくてなりませぬ。私は、それがなんとも歯痒いのでございますよ。文字だけでも人の心を揺さぶり、奮い立たせることが出来ると信じているのです」

人の心を揺さぶる、奮い立たせる――蔦重なら聞いて喜びそうだ。おそらく滝沢の手をしかと握って、互いに新風を巻き起こし、戯作界の改革をいたしましょう、などというに違いない。

「滝沢さま、ということは、今の黄表紙や洒落本では、とてもとても物足りないということでしょうね。先ほどは、私の戯作を褒めてくださいましたが、私の書く洒落本などはその極みでございましょう。吉原での遊び方しか書いてない。艶っぽい挿絵に眼が奪われる。黄表紙とて、遊び人が、親などに諭され改心するだけですから、まったく捻りがない代物でお恥ずかしい限り。それに私は、絵師として挿絵もいたしますゆえ、耳が痛い」

「いや、先生を批難するつもりは毛頭ございません。失礼があったなら平にご容赦ください」

滝沢の顔にみるみる血が上る。言葉が過ぎたことに気づいたのだろう。だが――。

「読み書きもようやく出来るぐらいで、そもそも学のない者、日頃、人の道とはなんたるかなど微塵も考えず、日々をただただ無為に過ごす者たちが楽しむには、ちょうどよい、通俗的な読み物でございますからな」

そういって滝沢はにこりと笑った。

やや。なんとも図太い心根をしている。先ほど一瞬、「しまった」という顔をしたはずではないか？　しかし、その言い訳をするどころか、継いだ言葉がさらに人を腐している。そのことにまったくこの滝沢は気づいていないようだ。

「その証に、先生の御作は、とても売れている。江戸随一の人気戯作者と問えば、裏店のろくでなしでも山東京伝と答える」

な、なんと！　京伝もさすがにあんぐりと口を開けた。

要するに、私の戯作など、読み書きがようやく出来る裏店のろくでなしが読んで楽しむのにいい塩梅な類であるが、人気戯作者だというのは確かだということか。

盛大に貶されているようでもあるが、妙なところで褒められた。

ここは烈火の如く怒るべきか。とっとと帰れと怒鳴るべきか。

しかし、なんであろう。

この偏屈な理屈をもっと聞きたいという気分にもなる。妙に惹きつけられる御仁だ。

「なるほど面白い」

ふと呟いた京伝に、滝沢は気をよくしたのか、それとも京伝が得心したと思ったのか、鼻から、ふうん、と息を抜く。

「ですが、私は思うのですよ。京伝先生は当たり前の教訓話が書きたいのではない」

「ほう」

「通人の先生がいかに遊び上手なのかを書きたいわけで、それ以上でもそれ以下でもない。もちろん、通俗的な物を書く者が俗物だといっているのではありませんよ。先生は、知識、教養があるからこそ、その筆が活かせるのですから」

いやはや。

もはや京伝は噴き出すのを懸命に堪えていた。まあ、言い返す気にもならないが、蔦重や鶴喜でさえも、このようにあからさまな物言いをしたことがない。

おそらく、この滝沢という武家は、必死に虚勢を張っているか、あるいは相当、自信があるかだろう。

とはいえ、いわれっぱなしも少々悔しい。京伝は、笑みをたたえて、「滝沢さま」と、まだ何かいいたげなところを遮った。

「戯作のあり方について、一家言をお持ちのようだが、戯作など世を渡るための稼業の傍らの手慰み。これが生業だと世間で大威張り出来るものではないのです。それはもう、今ある戯作者は皆、そうです。きちんと別の仕事を持っておいでだ。商家の旦那しかり、文人として活躍されているお武家もしかり。まあ、お武家は禄を食んでおられなければ、とてもじゃあないが、戯作者などやっていけません。遊興、道楽なのです。通俗的であることは皆さま、承知の上です」

と、皮肉の針をちくりと刺した。

その途端、滝沢の神経質そうな顔が歪み、こめかみがぴくりと震えた。

京伝は、構わず続ける。

「滝沢さまは、いずれのご家中でございましょうや。私の弟子になりたい、などと訪ねていらしたのですから、戯作者として身を立てたい希望はお持ちなのでしょう。だとすれば、暮らしのほうにも多少、余裕がおありなのかと――」

思うはずもないのは、ひと目で知れる。貧乏が衣をまとっているような有様なのだ。背丈がずいぶんありそうなので、通りを歩いていたら余計に目立ちそうだ。

「はばかりながら、私も人気戯作者などと世間でいわれておりますが、先日、版元の耕書堂さんにお渡しした来年の新物の潤筆料は、一作二両にもなりませなんだ。戯作の種を探し、草案を経て、文机にしがみついて数ヶ月、懸命に筆を進めても、大工のひと月の賃金ほど。戯作業は損得で申せば損なだけ。苦労が報われるのは、面白かった、楽しかったというご贔屓さまの声だけでございます。それでもなお書きたいと思うのは、かなり奇特なお方と思いますが」

京伝は、滝沢がどう返してくるかと、心を躍らせる。どんな理屈をこねてくるか期待が募る。

すると、滝沢が顔を伏せ、むむむ、ぐぐぐ、と妙な唸り声を洩らした。

おやおや、嫌味がすぎたか、と京伝はちょっとばかり気の毒になる。けれど、これが現実なのだ。蔦重と鶴喜から二十両受け取ったが、それもこれまでの慰労と貢献を含め、両版元との専属契約料のようなものだ。専属といえば聞こえはいいが、要はふたりの囲われ者。吉原の妓たちの心持ちがわずかにわかったような気がするのは思い上がりだろうか。なんにせよ、父の手伝いをしながらの戯作稼業も楽ではない。滝沢に向けた言葉は、皮肉でも嫌味でもなく、親切心だ。

滝沢は顔を伏せたまま、何事かをぶつぶつ呟いた。

京伝は幾分身体を前に傾けて、耳を澄ませる。

「二両、二作で四両――三作で」

指まで折り始める。

「あの、滝沢さま？」

京伝が窺いつつ、呼び掛けると、滝沢が顔を上げ、眼を輝かせた。

「一作二両近いのなら、十もかけば二十両。書けば書くほど銭になるということではありませんか、ねえ、京伝先生」

「いや、そう容易いことでは。潤筆料が出るのも限られた戯作者でありますから。一作二両というのも実績があっての」

京伝は慌てていったものの、滝沢はまるで聞いていない。欲しかった玩具を手に入れた童のように、嬉しそうに身体を揺する。

「それにね、滝沢さま。この改革で、私も過料の処分を受けております。戯作ではなく、挿絵ではありましたが。御番所の召し出しを受けた際には、肝が縮み上がりました。なにより厄介なのは——滝沢さまはお武家さまだ」

恋川春町のことが脳裏を過ぎる。病だったのか自死だったのか、その真相はわからないにしても、この改革の犠牲者であることは確かなのだ。

滝沢がにっと歯を見せた。

「黄表紙、洒落本がこれまで以上に、お上から締め付けを食らい、武家はすっかり及び腰。私はね、それも我慢出来ない。物を書くならば、書き手も覚悟をすべきです。それを、ああしろ、これはいけないなどといわれて、筆を執らぬのは本末転倒。面白い戯作を世に出せるでしょうか。

とはいえ、私はまだまだ学ばねばなりません。だからこそ、京伝先生に弟子入り志願を、と」

「まあまあ、滝沢さま。最前も申し上げた通り、私は、弟子を取りません。戯作などは師として教えるものでなく、教えられるものでもありません」

「私から、一方的に師匠と呼ばせていただきます」

滝沢は細い眼をさらに細くして、京伝を睨めつける。これはどうにも引き下がらないようだ。

ただ、面白い男ではある。

「では、どうでしょう、気軽にうちに出入りしていただき、様々これからの戯作のことなど話をいたしましょう。お書きになった物があれば、もちろん見させていただきたいと思いますし、僭越ながら、ご助言も出来るやもしれません」

京伝がいうや、滝沢は一瞬顔を歪めたが、すぐさま、ははあ、と大袈裟に返答して、平伏した。

「そうした真似は困ります。同じ戯作を書く者同士、親しくお付き合いいただければ」

「なんとも、恐れ多いお言葉。京伝先生が弟子と思わずとも、私は、やはり師匠と思うて」

と、滝沢は、額を畳に押し付けた。

「ですから、そういう真似はいけません」

京伝が声を上げると、

「あら、ごめんなさい」

お菊が、誂えた膳を手に姿を現した。

「ああ、お菊、よかった。待ちくたびれた」

京伝はついつい本音を洩らした。お菊は、怪訝な表情をしながらも、座敷に足を踏み入れる。

「ささ、滝沢さま、気の利かないことではございますが」

京伝はお菊を手招いた。

滝沢は手をついたまま、鼻先をひくひくさせた。

「この香りは、なんとなんと、鰻の蒲焼きでございますかな」

急に声を張って、口元を緩めた。

「ええ、近くの鰻屋さんがとても美味しいので」

答えたお菊が膳を据えるやいなや、滝沢は早速箸を取る。

失礼ながら、とお菊がいう。

「冷やご飯でございますので、そちらの小鉢のお漬物を載せ、お好みで出汁をかけて、お召し上がりくださいまし」

滝沢は蒲焼きにかぶりつく寸前に、眼をまん丸くした。

「湯でもなく、茶でもなく、出し汁をかけると。いやはや洒落た物でございますなぁ。吉原では、冷や飯をそうして食うのでしょうか」

お菊が、あら、と眉間に皺を寄せる。

「や、お気を悪くなされましたか？　しかし京伝先生が吉原の遊女を嫁に迎えたというのは、世間に広く知られておりますゆえ。まさか、遊女を、と私も驚きましたが」

蒲焼きを頬張りつつ、滝沢が上目にお菊を見つめる。お菊はその視線をそらさず、

「広く知られているとは。知らぬは当人ばかりなり、とはよくいったものでございますねぇ。番頭新造のあたしが、吉原通の京伝さまの女房になれましたのも、世間よりも広いお心のおかげ。押しかけた甲斐があったというものです」

膝を揃え、涼やかな声でいうと、滝沢に丁寧に辞儀をした。

むぐっと、滝沢が眼を白黒させた。

「あらあら、大変。鰻の骨が喉に刺さりましたか？」

お菊は、滝沢の背をとんとん叩く。滝沢は、ごほがほと咳込んだ。

「ご、ご新造さま、恐れ入りまする。もう、大丈夫。大事ござらん」

と、顔を真っ赤にしていった。

京伝は肩を小刻みに揺らした。

まさか、お菊に切り返されるとは思いもよらなかったのだろう。

さすがは、吉原の妓だ。嫌な客でも機嫌を損ねず、やんわり拒むことなどお手の物。ちょっとやそっとの嫌味など、どうということもない。なんとも、頼りがいがあるものだ。

しかし、お菊に返されて、あたふたする滝沢は意外と初心なのだと、楽しくなった。

「お菊、私の膳はまだかな」

「ただいま、お持ちいたしますね」

お菊はすっと腰を上げ、滝沢のそばを離れた。

「よく嚙んで食べないと駄目ですよ」

うふふ、と笑みを洩らして、童に言い聞かせるようにいって座敷を出る。

滝沢が唇を尖らせ、お菊の背を悔しそうに眼で追っていた。


「お厄払いいたしましょう〜」

煤竹売りの売り声が聞こえてきた。師走もすでに十日過ぎだ。

十三日は、武士も町人も一年の埃を落とす煤払いだ。今年はお菊という新たな家族を得ての大掃除。それも楽しかろう。

それにしても、今日は綿入れを重ねても冷える。手あぶりに、手をかざすと冷えた指先に血が通い、じんわりと温かくなる。

今朝方のことを思い出し、京伝は、ふと笑う。

顔を洗おうと勝手に向かい、水桶に柄杓を入れようとしたら、カツンと音を立てた。薄氷が張っていたのだ。途端に、寒さが背筋を駆け上がって、ぶるっと全身が震えた。その様子をたまたま見ていたお菊がけらけら笑う。

「お菊、お菊、湯をおくれ」

「伝蔵さま。ここは、吉原じゃあござんせん。まだ夢心地かしら?」

そういって笑いながら身を翻した。

京伝は、むむと唸って、柄杓で氷を割ると桶に水を汲み入れ、しぶきを飛ばしながら顔を洗った。吉原では、寒い時期には妓が湯を入れた桶を、枕元まで運んで来たものだ。房楊枝も用意して、歯を磨き終えると、髷に櫛を入れてくれた。

もうすっかりお菊は町場の女房なのだ。それが嬉しいやら、寂しいやら。

男というものは勝手なものだ。

京伝は、ひとり呟き、わずかに腰を上げて、窓を少し開けた。庭の白い椿が鮮やかに咲いている。厳しい寒さの中で、花弁の色が美しい。

空がどんよりとしていた。

今日は、雪になるかもしれない。雪の中で咲く椿はまた一層、艶やかに眼に映るだろう、と再び腰を下ろして、筆を執る。と、

「兄さん、酒屋の隠居と鶴喜さんのところからの小僧が来ているよ。鶴喜さんは、先日の文の返事が欲しいそうだ。どうする？」

弟の相四郎が廊下から声を掛けてきた。

京伝は筆を止め「またか」と、呟いた。

障子を開けた相四郎は、さも困ったというような顔をしている。

お菊を娶ってから、吉原への足が遠のき、家にいることが多くなっていた。が、その代わり訪ねて来る者がやたらと増えた。近所の隠居や旦那衆が、戯作の話を聞きたいとやって来る、狂歌の会を催すから出席してくれと頼みに来る。

滝沢左七郎など、あの日を境に、三日にあげず訪れるようになっていた。昨日も午後早くに来て、戯作について熱く語り、夕餉をしっかり食っていった。

とはいえ、滝沢には驚かされた。幼い頃から書物に親しみ、浄瑠璃本や、清国の古い時代に書かれた物語を読み耽っていたというのだ。その知識の豊富さと博識ぶりに京伝は舌を巻いた。それらを、京伝に自慢げに語って聞かせるのである。

遊びに通じ、洒脱で品のある会話を楽しむ南畝や春町とはまったく人物が異なる。

己を、これでもかというくらいに出してくる。その押しの強さには感心する。

もちろん、南畝と春町ふたりに比べれば、歳が二十も違う歳若な滝沢だ。若いゆえに、自分がいかに優れているかを誇示したいのだろうし、自分を大きく見せたいとも思っているのだろう。

京伝とて、吉原の妓にこっぴどく振られても、平気の平左という顔をして、おれを袖にするなど、あの妓はもったいないことをしたな、などと二十歳そこその頃はうそぶいていた。

けれど、面白いことに滝沢は、戯作のなんたるかをとうとうと語るくせに、京伝に版元の仲立ちをしてくれとはひと言もいわない。

戯作者になりたいのならば、書いた物を持ってくるなり、京伝と深い付き合いのある耕書堂の蔦屋重三郎、仙鶴堂の鶴屋喜右衛門を紹介してくれといってもいいはずだ。

版元の「は」の字も口にしないのは、いかにも不思議ではある。

少しばかり偏屈のきらいがある男だ。あからさまに頼み事をするのは、見苦しいと思っているのかもしれないが、昼食、夕餉まで食っていく図々しさはある。

厚かましいのか、妙なところで慎みがあるのか、なんともわからぬ。

ひとつ気づいたことがある。自分が武家身分であることをことさら強調するも、あまり必死さは見せない。

野心があっても、それを相手に気取られるのは悔しいのだろう。つまりは、武家の痩せ我慢だ。

やはり興味深い男だ、と思う。が、気軽に出入りしてもいいといった手前来るなともいえないが、むろん滝沢ばかりでなく、こうも頻繁に誰かしらに訪問されると、筆を進める暇がない。

「相四郎、おれはいないといってくれ」

「また、居留守を使うのかい？　ここのところ多すぎやしないかい」

京伝は腕を組んだ。

「まあ、そう思わなくもないが、訪ねて来る人の相手をいちいちしていては、筆がちっとも捗らないのだ。鶴喜はどうせ催促に違いない。酒屋の隠居には——これを渡してやってくれ」

京伝は、さらさらと遊女の絵姿を描くと、北尾政演の名を入れて、手渡した。

「これで喜んで帰ってくれるはずだ。鶴喜のところの小僧には饅頭でもやって、京伝は承知しているようですといっておけばいい」

「わかった」

絵姿を受け取り身を翻しかけた相四郎に声を掛けた。

「そういえば、お菊はどうした？　朝餉の後から姿が見えないんだが」

「ああ、義姉さんなら、おっ母さんとお父っつぁんと三人で中村座へ行ったよ」

「芝居見物かい？」

京伝は呆れた。おれに何もいわずに？　ふた親と仲良くやってくれるのはありがたいが、なぜに亭主はほったらかしなのか。

「なんだいなんだい。じゃあ、おれたちも外出をして、たまには兄弟で酒でも飲むか」

「兄さんとかい？　ぞっとしないなぁ。それに、兄さん、居留守を使っているんだろう」

相四郎が鬢を掻きながら、口元を歪める。

「嘘から出たまこと。本当の留守にしてしまえばいい。そうと決まれば、支度だ。浅草寺あたりまで行こう」

そういうや相四郎がぴくんと跳ねた。

「それなら奥山で遊ぼうよ。なんとかって矢場にいい女がいるらしい。ああ、いっそ歌麿さんも誘いたいよ。あの人がいるだけで、周りが華やかになる」

歌麿さんか。お菊との祝言以来、会っていない。絵草紙屋で、錦絵も挿絵も見かけるので仕事は順調ではあるのだろう。改革の波は、当然絵師にも及んでいる。遊女や芸者など、美人画にその女の名を入れてはいけないらしい。男たちが、そうした女たちをもてはやし、吉原や料理屋などに群がれば風紀が乱れるというのだ。芝居も豪華な衣装は控えろといわれている。つまらぬことを気にしているものだ。江戸の町がどんどん暗い色だけになっていく。

二

寛政三年の年が明けてすぐ、蔦屋重三郎が営む耕書堂から京伝の洒落本が版行された。『仕懸文庫』『錦之裏』『手段詰物娼妓絹籭』の三冊だ。店先には、待ちに待った客が押し寄せ、飛ぶように売れた。

蔦重は、早速、奉公人に角樽を持たせ、京伝の家に恵比寿顔でやって来た。

迎え出た京伝とお菊に、新年の挨拶もそこそこに、

「もてなしなんぞはいりませんよ。お節はもうたらふく食いましたからね。肴は、するめでもあぶってくだされば十分。追っつけ、鶴喜さんもお祝いに参りますから。ははは、めでたいめでたい」

奉公人に駄賃を渡して帰すと、弾むように廊下を歩き、客間に入る。

「蔦重さん、するめをあぶれとは、まだ儲けるおつもりで？　イカは足が多い。つまりはお足、銭が多いですからねえ」

京伝が向かいに腰を下ろしながらいうや、蔦重は身を仰け反らせて笑った。

「これは一本取られましたなぁ」

「伝蔵さま、頂戴した角樽を開けましょう。肴はするめと煮昆布と、縁起物を取り揃えましょうね」

お菊が笑いながら身を翻した。その背中を蔦重が見送りながら、眼を細めた。

「それにしても、菊園姐さん、いやお菊さんもすっかり町場の女房ですなぁ。扇屋の頃はもっとおきゃんなふうでもありましたが、すっかり落ち着いて。なによりとても幸せそうだ」

「おかげさまで。父母にも可愛がってもらっていますし、頼りにもされていますよ。相四郎まで、

義姉さん、義姉さん、と」

「それはいい。手練手管といってはなんだがこれまでいろんな人間を相手にしてきたでしょうからねえ。これで、お子でも出来れば万々歳。さらに筆も進みましょう、ねえ、伝蔵さん」

そうですねえ、と京伝は曖昧な返答をした。

廓での経験が活きたんじゃあない。お菊の性質がもともといいのだ、といってやりたかったが、いえばのろけと茶化されるので、抑えた。

子は、むろん互いに望んではいる。けれど、吉原や岡場所などで働いていた女は、子が出来にくいといわれる。身体を酷使しているからともいえるが、春をひさぐ女たちを貶めるつまらぬ風評だと京伝は取り合わない。お菊は、月の障りを見ると、大きなため息をつき、「ごめんなさい」と詫びるのだ。そうして気に病むことがいけないのだといって聞かせるが、やはりどこかで信じ込んでいる節がある。

「まあ、子は授かりものですから」

「そのうち吉報が届きましょう。しかし、此度の三作は、五日も経たないうちに、二版を摺ることになりましてね。摺場と仕立て屋(製本屋)を、昨年末から頼んでおいてよかったです。私の目論見通りではありますが」

蔦重は、小鼻をうごめかす。

とはいえ、この厳しい出版統制のもと、世間の評判になれば、御番所から眼をつけられる。人々に受け入れられるのは嬉しいが、やはり今はもう少し慎重になるべきだったかとも思う。

と、蔦重が、

「まず、安心してくださいよ。そりゃあ、伝蔵さんお得意の遊里の物語ではありますが、舞台は別の場所にしておりますし、本を入れる袋の表書きには、『教訓読本』と記されております。なにより、此度の三冊はちゃんと行事の改も入っておりますからね。検閲が通ったものなんです。御番所にだって文句のつけようがありません」

京伝の心配を打ち払うように、語尾を強める。

「そうだね。もう南畝さんたちお武家はむろん、町人たちも咎を恐れて狂歌の会を催すことがなくなったし、派手な宴もめっきり減った。そんなときに、洒落本を出すのは危ないと、どうしても考えてしまう。まあ、私は、どうにも過料のことがまだ尾を引いているのでしょう。けれど、一番怖いのは、本当のところ版元の蔦重さんじゃないのかい？」

すると、蔦重が京伝をまじまじ見つめて、破顔した。

「私など、どうでもいいんですよ。ようやく世の中に本が広まり始めたんです。人々はそうした楽しさを知り、暮らしの中に溶け込ませた。一部の文人ばかりじゃあない。ごくごく平凡な町人が。それは、すごいことだと思いませんか？　飯を食い、仕事をし、眠る。そんな生活の繰り返しに潤いを与えた。むろん、それは山東京伝という戯作者がいたからこそですよ」

蔦重はびっくりするほど眼を輝かせ、鼻から、ふんと息を抜き、唾まで飛ばす。

「私はそれがたまらなく嬉しいわけです。ですからね、御番所を恐れて縮こまっていちゃあいけません。倉橋さまの一件がありましたが、今こちらが怯んだり、版行をやめたりしたら、また初手からやり直しだ。庶民の楽しみを奪うわけにはいきません。山東京伝の戯作を一作でも多く送り出すことが私の役目であり、この勢いを止めてはいけないのですっ」

「いやいやいや、蔦重さん、私ひとりで背負うには、いくらなんでも江戸は大きすぎるでしょう？　だったら、戯作者をもっと増やせばいいいんだ。ねえ」

京伝は軽口を交えて返しつつ、戯作で命を削る覚悟はない、と思っていた。と、ひとりの男の姿が脳裏に浮かんだ。滝沢左七郎だ。年末から顔を出さないが、そろそろ姿を見せてもいい頃だ。いっそここで、蔦重に話を通しておこうか、と身を乗り出したとき、

「なにをおっしゃる。伝蔵さんがこれから江戸を背負うんですよ。どんどん書いていただきますよ。鶴喜さんと私で、ちゃんと潤筆料はお支払いする。もう戯作は稼業です。それにね」

蔦重は、口元を綻ばせた。

「歌麿さんにもそろそろ本領を発揮していただきますから」

本領発揮？　京伝は眼をしばたたいた。

「お待たせしました」

膳を手にしたお菊とともに入ってきたのは、鶴屋喜右衛門と、なんと今の今、名が出た歌麿だ。鶴喜が誘ったという。紅白の椿を錦糸で刺繍した黒地の綿入れ、髷の元結も紅白を用いた花結び。相変わらず賑やかな装いだ。歌麿は、すっと腰を下ろすと、丁寧に頭を下げた。

「明けましておめでとうございます。今年もどうぞ、よし――」

歌麿はそこで一旦、口を結ぶと顔を上げてにやりと笑っていった。

「わらで遊ぼうぜ、伝蔵さん」

吉原で遊ぼうぜ？　京伝は呆れ返る。お菊は蔦重の前に膳を置きながら、くすくす笑う。

「おっと、しくじった。女房どのの前だった、わはは」

歌麿がお菊を振り返り、ペロリと舌を出す。

「よしてくださいな」

お菊は気恥ずかしげに頰を染めながら、

「ねえ、伝蔵さまをもっとお誘いくださいな、歌麿さん。お家にいるとお客さまが多くて、ゆっくり筆も執れないから、あたしは吉原に行くよう勧めているんですよ。なのに今じゃすっかり足が遠のいて」

ちらりと京伝を横目で見やる。蔦重と鶴喜、歌麿の三人が顔を見合わせた。

「なんてこった、女房どののお墨付きがあるのに吉原へ行かないなんて、そんなおかしな話があるものか」

歌麿が惚けた顔をする。

「いやその、女房に勧められると余計に通いづらいものですよ。お菊、余計なことをいわず鶴喜さんと歌麿さんの膳も用意しておくれ」

はぁい、とお菊はきまり悪そうな京伝に笑いを堪えながら、座敷を後にした。歌麿は足音が遠のくのを待ってから、いった。

「女房どのの唇から覗く鉄漿が色っぽいったらないねぇ。筆が疼いちまうね」

京伝がこほんと咳払いすると、

「わはは、今度は亭主の前だった。またまたしくじった」

歌麿が盆の窪に手を当てる。

「それより、歌麿さんの本領発揮とはなんですか？　なにをしようというんです」

歌麿は、蔦重の膳から煮昆布を摘み上げて、口に放り込むと、

「ああ、おれね。これまでの錦絵ではなかったことをしたいのさ」

京伝が訝しげに眉根を寄せるのが、嬉しかったと見えて、歌麿が満足そうに頷く。

「でも、まだ模索中だからね、な、蔦重さん」

「ええ、歌麿さんには、黄表紙の挿絵ではなく、どんどん一枚絵を版行してもらおうと思っておりますから。ただし、ご改革に触れないよう、どうした画であるなら、世間をあっといわせられるか思案しております」

「そんなら、私も混ぜてほしいね。仲間外れにされるのは心外だね」

いい歳をした鶴喜が唇を尖らせたのを、

「老けた火男は可愛げがないねえ」

と、歌麿がからかった。

「ったく、歌麿さんは憎らしいね。ところで蔦重さん、勝川春章師匠のところにいた変わった男を知ってるかい？」

「春章さんの門下でかえ？」

心当たりがなさそうに、蔦重が首を傾げた。

「勝川春朗（後の葛飾北斎）って奴だろう？」と、歌麿が顔を上げて、笑みを見せた。

「おや、知っていなさるか」

「まあね。この頃、絵草紙屋でずいぶん見かけるよ」

「歌麿さんの好敵手となりますかね？」

鶴喜が訊ねるや、

「なんの、おれの足元にも及ばねえ。役者絵も挿絵も見たがね、まだてめえの画を見つけていねえ。だけど、荒々しいのに、妙に繊細でこだわりが強い。ありゃあ、近いうちに化けるぜ。まずは挿絵をやらせて、力を付けさせなよ、蔦重さん」

歌麿が確信するようにいった。

勝川春朗か。

武家がご改革で尻込みしてから、というより春町の死後、黄表紙、洒落本の類の書き手はほんに寂しくなった。それでも絵師は、鳥居清長をはじめ、京伝の師匠である北尾重政、歌川豊春、その春朗の師である勝川春章などが変わらず絵筆を振るっている。近頃では、美人画で歌麿と人気を二分する鳥文斎栄之もいた。

と、京伝は、心の内でついつい笑った。いくらご公儀が厳しい締め付けをしようと、豊かな才を持った者たちを押さえつけることなど出来やしない。最近は、歌川豊国という名もよく聞くようになった。春朗という絵師もそうだが、新たな才を持つ者が出てくることも、誰が止められようか。戯作者だって新たな者が出てくる。今は戯作を書きたいと唄っているだけの滝沢も、それこそ、そのうち化けるかもしれない。

自惚れているわけではないが、春町が黄表紙を流行らせたように、洒落本で人々を夢中にさせたおれに続く者が必ず出てくるはずなのだ。

江戸の華は、火事や喧嘩じゃあない。溢れ、こぼれるような文化の華を咲かせたいと願うのは、何も版元だけではない。その一角を担っているという自覚は多少なりともある。が、蔦重のような使命感はない。絵空事をもっともらしく綴って、銭を得たところで、やはり戯作者など浮き草暮らしだ。それでも絵師たちが切磋琢磨を続けるように、おれも好敵手が欲しいと思うのはなぜだろう。再び滝沢の顔が浮かぶ。

角樽がひとつ空き、ふたつ目も半分ほどになったとき、鼻の先まで赤くした蔦重が、突然、背筋を伸ばし、声を張り上げた。

「鶴喜さんはすでにご存じですが、おふたりにお知らせがございます。さて私、蔦屋重三郎は、大坂の版元と結びました!」

「なんだい?　大坂の版元ぉ?」

歌麿が据わった眼を向けて、蔦屋の肩に腕を回した。その重みに蔦屋が顔をしかめながら、続ける。

「そうです。販路を開いたんです。ひと昔前までは、なんでも上方を真似した。芝居だって、戯作だって、上方がもてはやされ、新しい波はいつも上方から巻き起こった。けどねぇ、江戸にも地本問屋が出来ました。だいたい色鮮やかな錦絵は、江戸から始まったんですから。これからは、私ら江戸の版元が上方に江戸の風を吹かせる。波しぶきをぶっかけるんです。ね、どうです、伝蔵さん、お前さんの黄表紙も洒落本も、上方へどんどん売りに出しますよぉ。井原西鶴など遠い昔の物語だ。歌麿さんは女です。女をたくさん描いてくださいよぉ。ご改革など、知ったこっちゃありませぇぇん」

大口を開けて大笑いすると、どうと前のめりに倒れた。

「うわあ、蔦重さん！」

京伝と鶴喜が同時に叫んだ。

「浮かれて飲み過ぎだっての。そんな面白えこと、もちろんおれも一枚噛ましてもらうぜ」

歌麿が蔦重の襟首を摑んで、真顔でいった。

弥生の三日、雛の節句に、お菊が溢れ出る涙を袂で押さえた。

緋毛氈を敷いた四段の雛飾り。最上段には、金屏風の前に内裏雛、二段目には三人官女、三段目に、五人囃子が並んでいる。そして下段には、鏡台や長持、牛車などの嫁入り道具が置かれている。亡くなった妹の初節句のときに購ったものであるため、所々漆塗りが剝げ、人形の衣装も多少色褪せて見える。お菊はひと月前から、人形や調度品の置き方を母に教わり、まるで本当の母娘のように時折楽しげな声を上げながら、飾っていた。

もうすっかり見飽きただろうと思っていたが、そうではないらしい。

「雛人形を見て何を泣く？　まあ、吉原と比べれば、質素な物かもしれないが。それにしても、ご公儀は、大きな雛人形は、作るのも、売るのもならぬと触れを出した。女子の節句だというのに、まったく無粋をする。ご老中は女心がわからぬのだねぇ」

京伝は、活けた桃の花の香りを楽しみながら、白酒を呑む。

「ほら、泣くのはおやめ。お菊もお上がりよ」

水引をかけた銚子を手にすると、お菊が細い指で盃を取る。

「悲しゅうて涙が出るのじゃありません。伝蔵さまの女房として、男雛女雛を眺めながら、この家にいられることに胸が詰まってしまって」

「ずいぶん可愛いことをいう。今日は父も母も、相四郎も昼過ぎまでは戻らないから、少しの間は夫婦水いらずだ。こっちへおいで」

京伝は斜め前にかしこまるお菊を引き寄せた。お菊は少しばかりためらいながらも、京伝の胸元に頬を預けて、上目遣いに仰ぎ見る。

「なあ、お菊。私はね、父の後を継ぐことになんの不満もないのだが、大家稼業は寄合いばかりで、人付き合い多く、ますます筆を執るのが難しくなる。それにねえ、蔦重も鶴喜も次作はどうかと、うるさいことこの上ない」

そこでね、と京伝は目元を柔らかに、お菊を覗き込む。

「店を出そうと少し前から思っていたのだ」

え？　と、お菊が京伝の腕の中で顔を上げた。

「お店を出すって、なんの？　でも、家主の仕事は？」

ああ、それさ、と京伝は悩ましく首を曲げた。

「私は、以前に過料を受けただろう？　御番所のお手を煩わせたのだから、大家としてはどうかと思い、妹の婿に引き受けてもらうことにした。それで、私の家業は、煙草入れ屋なんぞはどうだろうとね。意匠も自ら考案するのさ。それをお菊にも手伝ってほしいのだが」

「あたしが？　出来るかしら」

「出来るさ。お菊は吉原で高価な物、質の良い物をたくさん見ているし、流行りも知っていただろう？　男も女も煙草を服むんだ。女物の煙草入れの模様や色の案を出してもらいたい」

「伝蔵さまのお役に立てるのなら」

お菊は頬を染めて、さらに京伝の胸に顔を押し付けた。そんなお菊が愛おしく、抱く腕に力を込めた。

「ああ、あたしはなんて果報者。あたしなんかこの世にいてもいなくても一緒と思っていた。だから年季が明けても吉原に居続ければ、ちょっとは役に立つかなって」

「そんな悲しいことはいいっこなしだ。どんな人でも、生きるってことは綱渡りだよ」

「お上も、遊女も？」

「そうさ。命がひとつしかないのと同じだよ」

「伝蔵さまがいうならそういうものかな。でもさ、親も兄弟も親戚も縁が薄くてどこにいるかもしれないけれど、山東京伝の女房だと知れたら、こぞってやって来るかも」

「ははは、そんな輩は追い返しておやり。お菊や、もう思い悩むことはない。私がいる、ここがお前の居場所だよ。父も母もお前を好いている。ともに過ごしていこう」

「あい、伝蔵さま」

春のうららかな日射しが差し込む座敷に鶯の鳴き声がどこからか届き、それが合図だったかのように、京伝はお菊に顔を寄せ、紅を乗せた柔らかな唇を吸う。と、

「伝蔵さん、おりますか」

玄関でしわがれ声がして、お菊と京伝は慌てて身を離した。

「いいよ、私が出る。あの声は町役人だ」

お菊を制して、京伝が立ち上がる。

まったく、いい心持ちであったのに、と恨み言を呟きつつ、座敷を出た。

しかし、町役人が何用だろう。京伝も後継として、父と共に番屋に赴いているので、町役人ともすでに顔馴染みだ。番屋で幾人か会っているが、声の主は老齢の、名はなんだったか……。腕組みをして考えつつ廊下を進む。

「伝蔵さん、伝蔵さん」

急かすような尖った声音に変わる。

けれど、父でなく、なぜおれなのか——。

「おりますよ。どうぞ、お入りください」

と、胸底の懸念とは裏腹に明るく声を張りながら、廊下を進む。

三和土に佇む町役人が首を伸ばし、廊下を歩く京伝をみとめ、再び声を上げた。

「ああ、伝蔵さん。あのね――」

町役人の額の皺がさらに深くなっており、よくよく見れば、顔が青白い。

「番屋でなにかございましたか？　それとも父になにかあったのでしょうか？」

町役人は、首を左右に激しく振った。

「お前さんだよ。京橋の伝蔵さんを連れて来いと、御番所のお役人さまが来ていらっしゃる」

一瞬、耳を疑った。が、すぐに「ざわり」と嫌な音が身の内で確かに響いた。体中の血が騒いでいるのだ。痛痒さえ覚えた。

手鎖五十日――。

京伝の両手首には鉄輪が付けられた。輪がふたつ、瓢箪のような形をしている。手鎖を縦に使い、京伝は右手を上、左手を下の鉄輪にくぐらせた。役人が下部にある鍵を掛け、封印をしたときには、重い鉄の輪がさらに重く感じ、その冷たい感触に背がぞくりとした。

封印は、五日に一度、剝がしていないかどうか御番所の同心が確認する。剝がしたことが発覚すれば、さらに罪が重くなるという。

禁令に触れたのは正月の新物だった。戯作三作が町奉行の吟味を受け、沙汰があっさり下された。

行事も入り、物語の舞台も変えた。蔦重は安心だといったが、御番所は見逃さなかった。

要するに遊女の振る舞いを描いたことが、まず禁令に触れたとし、潤筆料と引き換えに版元に戯作を売ったことまで責められた。

「確かに遊里や遊女を描いておりますが、根っこにあるのは、世間の情けや、人の機微。それが江戸の戯作の真骨頂、うがちと呼ばれるものでございます。淫らなことを面白おかしく世に広めるつもりは毛頭ございません」

白洲に敷かれた粗むしろの上で京伝はそう弁明したが、町奉行は耳も貸さずに、もう罪は決っているとばかりに、沙汰を下した。

大家である父も、不行き届きとして、屹度叱りを受け、版元蔦屋重三郎は重過料と版木没収の上、絶板。さらに検閲をした行事二名も重過料となった。

なんてことだ、なんてことだ。

御番所で手鎖をつけられ、家に戻された京伝は、自室の畳にへたり込んで途方に暮れた。

黒々とした光を放つ鉄輪のこの重み。罪の重さだというのか。過料のときも、心が沈んだが、あれは銭さえ納めればそれで済んだ。しかし、此度は違う。こんな不格好で無粋な物を手首に嵌められては、身動きが取れない。

ああ、情けない。通人、粋人ともてはやされた、このおれが。飯も食えない。湯屋も行けない。着替えも出来ない。厠は——なんとか行けるか。けれど、尻は拭けるのか?

いやいや、ともかく、ひとりでなんにも出来ないじゃあないか。

心配ないといっていたくせに、どうしてくれるんだ、蔦重! 戯作など二度と書かないぞ。

京伝は、童が癇癪を起こしたように足を激しく動かした。が、右足を高く振り上げたために、勢いよく後ろにひっくり返った。後ろ頭をしたたかに打ちつけた。

痛たたた。

と、起き上がろうとしたが、腹に力が入らない。手が後ろに回らないから、身体を支えられない。なんてこった。起き上がれない。京伝は呻きながら、左右に身体を揺すり、右肘を支えに、ようやく上体を起こしかけたところで、急に鼻の奥がつんとして、はからずも涙がこぼれた。なんとまあ、惨めな姿だ。

勝手を這い回るごきかぶりのような気分がした。

「叫び声が表まで聞こえますよう」

ああ、お菊。やっと来てくれたか。京伝は慌てて頬を擦った。涙だけはなんとか拭えた。

「まあまあ、大事ないですか？」

手にしていた盆を置くと、京伝の身を抱き起こす。お菊を掻き抱くことも叶わない。

「お菊、お菊。ほんにこんなのはこりごりだ」

「一日目から泣き言をいっても仕方ないじゃありませんか」

京伝は、お菊に向けて見せつけるように、ぐいと腕を伸ばした。

「こんなものを付けられて、五十日も過ごすのだ。屈辱だ！」

「あたしがしっかりお世話しますから、安心してくださいましな」

「喜んでいないかえ？　眼が笑っている」

目元をしかめて拗ねたようにいうと、

「まさか。お咎めを受けてしまったことは、まことのことですから。さ、お腹が空いているでしょう？」

「こんなだよ、箸なぞ使えるか」

京伝はさらに鉄輪を突き出した。お菊はそれには答えず、脇に置いた盆に眼をやる。

「沢庵を細かく刻んで、湯漬けにいたしました。匙を使えば召し上がれるでしょ？」

でもね、とお菊は悪戯っぽく微笑み、器と匙を手にした。

「はい、あーん、してくださいな」

むむむ、おれは赤子か、それとも雛鳥か。

「ご飯を食べないと怒りっぽくなりますよ」

京伝は、引き結んでいた口を、ためらいがちに小さく開けた。

「もっと大きく。恥ずかしがらないの」

ままよ、とばかりに京伝は大口を開ける。お菊が木匙ですくった沢庵と飯を、ふうふうと息を吹きかけ冷ましてから、京伝の口に入れた。

むぐっむぐっむぐっ。軟らかい飯と歯応えのある沢庵がこんなに美味いとは、とあらためて思った。刻んであるから食べやすく、飯ともよく馴染んでいる。

「お菊、もう一口おくれ」

お菊はなにやら嬉しそうに、京伝の口へと匙を運ぶ。腹が温かくなり、次第に満たされ、尖った心が少しずつ丸くなるようだ。ああ、お菊がいてくれてよかった。

「そうそう。蔦屋さんから、お見舞いが届きましたよ。桐箱入りの落雁と文が」

ふん、と京伝は鼻を鳴らした。

落雁で、おれの気持ちが甘くなるものか。文など言い訳が並んでいるに違いない。眼を通せば、またぞろ嫌な思いをするだけだ。

「ねえ。蔦屋さんは心配ないといっていらしたのに、こうして咎めを受けたのは、なぜかしら？」

「なにをいっているのだい。蔦重と行事の検閲が御番所をみくびっていたからだろうね」

「そうかしら？　それだけかしら？」

お菊は腑に落ちないふうに、小首を傾げ、春町さまも、と呟くようにいった。

「はっきりおいい、なにが引っかかるんだえ？」

京伝は鬱陶しい鉄輪の中で手首を動かす。抜けるはずはないのだが。

「お武家の春町さまが、お上のお咎めを受けてお亡くなりになったでしょ？　それで此度は町人の伝蔵さま」

うん？　お菊の言葉に京伝はふと考え込んだ。そうだ。戯作は他にも出されているのに、なぜ春町とおれなのか。蔦重に対する怒りも次第に解けて、京伝は冷静に頭を巡らせた。春町とおれ。武家と町人――そして蔦重。はっとして眼を見開いた。つまり、見せしめか。ご公儀は勢いのある版元の蔦重と、武家と町人、それぞれから人気ある戯作者を狙い撃ちにしたのだ。

だったら、中身がどうであろうと、山東京伝に狙いを定めていたのだ。

「お、おおおお。これは一大事」

座敷に無遠慮に入ってきたのは滝沢だ。近頃は誰も通さず勝手に家に入ってくる。相変わらずよれよれの小袖と袴を着けている。

京伝の前にどかりと座り、「ほおおお、これが手鎖ですかぁ」と、上から下から物珍しそうに視線を這わせ、

「触っていいですか？　重さはどのくらいありますかね？　おや、これは」

滝沢の指先が封印に触れた。

「うわ、剝がすな！　左七郎さん！」

滝沢が身をびくりと震わせ、指を離した。

「ああ、驚いた。しかし、手首が括られているだけでしたら、筆は執れます。不幸中の幸いだ。あ、湯漬けですか？　お菊さん、私も食べたい」

冗談じゃあないぞ。まったく面の皮が厚い男だ。絶対に喜んでいる。

「左七郎さん、蔦重に一筆したためてくれ」

翌早朝、京伝の届けた文を握り締めた蔦重が血の気の失せた顔でやって来た。転ぶように座敷に入ってくると、お菊の介添えで、朝餉をとっていた京伝の前に、でんと座った。

京伝はぽりぽり音を立てて沢庵を食いながら、蔦重さんにお茶を、とお菊にいった。

蔦重は、荒い息を吐き、肩を上下に揺らす。

「お菊さん、お構いなく。それより、どういうことですか、伝蔵さん。煙草入れ屋を出すってのは、本気ですか？　げ、戯作は？」

相当、駕籠屋を急がせたのだろう。髪はほつれ、髷も曲がり、襟もはだけている。

「文の通りです。画を描けばお上に銭を取られ、戯作を書けば、こんな有様」

京伝は、手首に嵌められた鉄輪を蔦重の前に突き出し、恨めしそうに蔦重を窺う。

「あ、いや、それは、まことに申し訳なかった」

蔦重の顔がさらに青くなり、勢いよく額を畳に擦り付けた。

「蔦重さんよりも、御番所のほうが上手で、ずる賢かったということです」

蔦重は頭を下げたまま、首を横に振った。

「ただね、此度の沙汰は、絵師や他の戯作者、なにより版元たちを震え上がらせるための見せしめだと私は思っております。それが私は悔しくてならないのです」

蔦屋がはっと顔を上げ、ここぞとばかりに口を開いた。

「悔しい？　そう思われるなら、なにゆえ店を出そうなんて。筆を折れば、それこそ、ご老中の思惑通りになってしまうのですよ、え？」

「ですがねぇ、私のあの三作の版木は割られ、絶板でしょう？　あの物語の中で生きていた女たちは、お上に皆、殺されちまった。なんと悲しいことか、なんと哀れなことか」

京伝は大仰にいって顎を上げ、天井を仰ぐ。

「そりゃあ、作中の人物は、男も女も現に生きている者じゃあない。けれどね、書き手の私にとっちゃ、好いた惚れたと想いを募らせ、苦しみ、もがき、わずかな幸せに喜ぶ、生身の人間と同じ。その顔貌や癖、身の温もりさえ感じるほどのね。それをお上は平気で粉々にした。私は自分が痛めつけられるような苦痛を覚えた」

お菊はちらりと京伝を見て、食べかけの朝餉の膳を持ち、座敷を出て行く。

「物語の中で、皆、確かに命を持っていた。版木が打ち壊される音はきっと悲鳴であったろう。ああ、もう、そんな思いはしたくない」

芝居よろしく感情たっぷりにいうや、

「まったくもってごもっとも」と、蔦重が涙ぐむ。

「でね、店を出すにあたり、蔦重さんにちょいと融通していただこうかと思いまして、文を出したというわけで」

「そりゃ、こんな咎を受けたのも、元はといえば、私のせいでもありますけども」

途端に蔦重が眼を白黒させると、得心出来かねるというふうに、身を揺すった。

「親父さまの後を継ぐはずだったでしょう？」

京伝はすっと眉尻を下げて、さも困ったような顔を作る。

「それがねぇ、お父っつぁんもお奉行からきつくお叱りを受けたのが、相当こたえたらしくてね。それに、前回は過料で、此度は手鎖。大家の息子が二度も御番所の厄介になったなんて、他の大家や町役人、店子たちに顔向けが出来ないから、辞めるといい出したのさ。当然、私が大家稼業を引き継ぐなんて出来やしない。妹夫婦に打診をしておいてよかった」

爽やかな陽気であるのに、蔦重が、顔中に汗を浮かせた。

「でもねえ、大家稼業を失い、我ら一家が路頭に迷うなんてことになったら蔦重さんも寝覚めが悪いんじゃあないかなぁ？」と、京伝はちらりと窺う。

うむむ、うぐぐと妙な唸り声を出し、うちも過料を受けたんだが、とぶつぶついっていたが、

「なんとかいたしましょう。それで、戯作のほうは当然お書きいただけますのでしょうね？」

蔦重が探るような眼を向けた。

「はあ？　なにをいっているのだい。私をこんな目に遭わせておいて」

「それでは、困りますよう」

だってねえ、と京伝は、窮屈そうに身をよじり、これ見よがしに手首を動かした。

「こんなに重い鉄輪をつけているのだよ。それでも書けなんて、なんと薄情なお人だ。私はそもそも戯作稼業など気に染まなかった。なのに山東京伝は江戸一番と持ち上げられて、おだてられ、その気になって書かされた戯作で御番所に召し出され――」

「わかりました、わかりましたよ」

蔦重が自棄気味にいい放った。よしっと京伝は膝を叩き、蔦重を見据えた。

「そうと決まれば、蔦重さん。手鎖を受けた山東京伝がなにやら店を開くらしいと、噂を流してほしい。その資金を得るために書画会を催すようだ、とね。特にお役人の耳に入るように頼む」

そっちは容易いことですが、と蔦重は頷いた。

数日後、京伝の開く店とはなんであろう、ならば戯作は廃業か、しかし書画会を開くそうだと、噂が江戸中を巡った。湯屋や髪結床、裏店の井戸端に至るまで、その話で持ちきりになった。

してやったり、と京伝はほくそ笑む。

手鎖を受け、半月が過ぎ、家に籠もってばかりでは気が塞ぐと、羽織で手を隠し、お菊を伴い散歩に出た。往来を行く人々が両腕を動かす姿、駕籠屋が担ぎ棒を肩に担うのを見て、妙にうらやましく思う自分がおかしかった。浅草まで足を延ばし、絵草紙屋を覗くと、揚げ縁に並んだ本を眺める男客がふたりいた。

三

絵草紙屋の前にいる職人らしき男たちの話が耳に入ってきた。

「京伝のは、ないな。店を出すから、もう洒落本は出さないって噂は本当だったのか」

「おれは、京伝の戯作で吉原を学んだんだ。ああ、もったいねえ。もっと書いてもらいてえ」

「けどよ、手鎖ぐらいで筆を折るのは意気地がねえよ。もうちょっと骨があるかと思ったが」

「はっはっは。獅子鼻の醜男で、馬鹿旦那の京伝に気骨なんかあるかい」

お菊が、むっとして頰を膨らませ、ちょいとお前さま方と、声を出したのを京伝は慌てて止めた。男が、ふたりをちらりと振り返った。

京伝は手をさらに羽織の奥に隠した。

が、はじめに口を開いた男が、

「でもなあ、また京伝の戯作が読みてえよ。さて、画が歌麿だから、これで我慢するか」

そこそこ名の通った戯作者の黄表紙を手にして、銭を出した。

お菊は肩を竦めた。

「あー、文句をいわなくてよかった。獅子鼻の醜男は腹が立つけど」

「あはは、それはいいじゃないか」

こうして自分の戯作を待ち望んでいる者がいる。それだけで十分嬉しい。売れている、版を重ねたと聞かされても、そうかと思うだけだ。けれど、生の声を聞くと、読んでくれている人々がまことにいるのだと、実感出来た。

まあ、布石は打ったのだ。あとは、神妙に刑に服し、少しの間、おとなしくしていればいい。

「ねえ、お菊。どうせなら楽しんでしまうのはどうだろうね」

え？　とお菊が京伝を見上げた。

「鬱々と過ごしてもつまらないじゃないか」

「じゃあ、戯作をお書きになるの？」

「いやいや、そうじゃあない」

お菊に向けて微笑んだ。

それから京伝は、足指を使って夜具を引き寄せたり、障子を開けたりして、「童ではあるまいし」と、お菊を呆れさせた。不便は工夫を生むのだと、うそぶき、

「こんなことだって出来る」と、輪にした腕をお菊の頭上から下ろして、抱きしめた。

蔦重、鶴喜らが機嫌を伺いに来ると、筆を足指に挟んで、文字や絵を書き、相四郎やお菊も混ざって書いた物を当てさせ、外れると顔に墨を塗りたくった。鶴喜は「宴席の芸として、いいで

すなぁ」とすっかり感心していた。

五日ごとに封印改のため御番所を訪れるのだが、黒羽織の初老の役人も、三度会えば顔馴染み。五度目には、供のお菊の笑顔につい頬が緩んで、持参した菓子を一緒に食う仲に。九度目には、持参した酒に頬を緩ませ、うっかり口をすべらせた。

「まったく気の毒だったな。人気戯作者と勢いのある地本問屋を潰すのが、此度のご公儀の目的だったのだからな」

「おや、潰すとは穏やかではありませんね」と、京伝は他人事のようにいう。

役人は、傍らに置いた大徳利に舌舐めずりしながら、うむうむと頷き、

「蔦屋重三郎は、お上が悪所とする吉原や岡場所を舞台にした戯作をどしどし出しておったろう？　町人たちにそうした場所への憧れを持たせ、誘うのがいかんというのが表向きだ」

「じゃあ、行事改の印などあってもなくても」

「むろん行事たちへの戒めと脅しもある。要するに他の版元や絵師、戯作者を震え上がらせるには、お主らふたりがうってつけだったのだよ」

思った通りだったとはいえ、なんと腹立たしい。だいたい蔦重とともに潰されるのも、なにやら口惜しい。

「けど、聞いたぞ聞いたぞ。店を出すというが、やはり、恐れ入りました、とこれを機に商売替えか？」

「まだ先のことでございますよ。ですが、この度のお沙汰はほんに身にしみました。次に召し出

されたら、手鎖じゃ済みませんでしょう？」

京伝は、鉄輪を嵌めた手を恨めしそうに眺める。

「まず江戸にはいられないだろうなぁ。しかし、残念だ。私もお主の戯作を楽しんでいたのだが。まあ、気を落とすでないぞ。あと五日だ。よう耐えた」

「かたじけのうございます。店を開く算段がつきましたら、すぐにお報せいたします」

お菊が指をつくと、

「おう、早速商売か。抜け目ないな。しかし、内儀に会えなくなるのも寂しいのう」

京伝もお菊とともに、役人に頭を下げながら、舌を出した。

実は、すでに一編、書き上げていた。

滝沢が代筆したのだ。

鉄輪が外れてから、筆を執るつもりだったが、

「私が代わりに書きましょう。いや書かせてほしい。口述でやりましょう」

と、少々押し切られたふうだった。

考え考え言葉を口にしていくため、かなり難儀だった。滝沢がいちいち、なるほど、そうか、とぶつぶついいながら筆を運ぶのも鬱陶しい。が、次第に連帯感が生まれ、滝沢も、

「戯作を綴るとはこうしたものかと、実に学びがあります。私はどうも知識教養が邪魔をして説教臭くなってしまう。京伝さんのように、まず学のない者が読むことを意識せねばと思いました」

臆面もなくそういった。

滝沢の不遜な態度は改まることはないのだろうが、やはりこういう男に書かせたい。蔦重に会わせる機会を幾度も逸していたのが悔やまれた。

仲夏。晴れて、手鎖が外れた祝いをしようと、蔦重と鶴喜を家に呼んだ。

酒が入る前に、ふたりは早速、「で、戯作のほうは？」と訊ねてきた。

「せっかちにも程がありますよ。労りのひと言もなく、すぐさま戯作とは。まったく版元というのは情ってものがないんですか？」

京伝は傍らに置いた風呂敷包みをさりげなく差し出した。それを開いた蔦重が悲鳴のような声を上げ、鶴喜は京伝に抱きついてきた。

「戯作は書かないと、山東京伝はおしまいだと思っておりましたが、夢じゃありませんかね」

原稿を持つ蔦重の指が震えていた。

「私たちは、江戸の戯作者と地本問屋への見せしめにされたのです。そこで私は、御番所にも世間にも、店を出すから筆を折るのだろうと思わせた」

京伝は目尻に皺を寄せて、にこりと笑う。

「つまり目眩しと洒落込んだというわけです」

「なんと！」

蔦重はこれでもかというほど眼を見開いた。

「それは愉快、愉快。一矢報いましたな」

鶴喜が腹を抱えて笑い出し、呆気に取られている蔦重の肩を幾度も叩く。痛みで顔を歪めた蔦重は、鶴喜を睨めつけながら、かすれた声を出した。

「金輪際、戯作は書かないと決心したようにお見受けしたんですがね」

「書かないとはひと言もいっていませんよ。戯作に対する自分の思いを語っただけです。だいたい、蔦重さんと心中なんて色っぽくない」

「で、では、私も騙したのですか？」

「敵を欺くにはまずは味方から、は兵法ですよ」

むむ、と蔦重が悔しげに唇をへの字に曲げる。

「まあ、いいじゃないですか。私らは原稿さえいただければ大満足ですよ。うははは。さて、どんな物語でございましょう」

浮かれる鶴喜を、京伝は見据えた。

「過料も手鎖もこりごりですからね。これまでのような際どい描写や笑いは控えました」

「ええ、もちろんようございます——え？　む、昔、昔——ってこれは？」

冒頭を読み上げた鶴喜が眼をしばたたいた。

「うん、昔話の桃太郎を私なりに描いたのさ。絵師は春朗なんかどうだろう？」

「春朗？　勝川のですか。まあ、歌麿さんに唾をつけとけといわれましたから、いいですが」

「才のある者にはどんどん描かせましょう」

京伝は軽くなった腕を大袈裟に広げた。

「ですが、この筆跡、伝蔵さんではありませんね。相四郎さんですか？」

「ああ、それは、滝沢左七郎というお武家の筆です。代筆だけでなく、助言もしてくれましてね」

ほう、と蔦重が眼を細めた。

九月。暴風が吹き荒れ、激しい雨が幾日も続いた。大川や日本橋川の嵩が増したが、溢れることはなく、京伝の家では雨漏りで畳が一枚駄目になったくらいですんだ。しかし、深川、本所は大波に襲われ、水浸しになった。そのうえ、水がなかなか引かず、住む処を失い、食うや食わずの人々が大川に架かる橋を渡って押し寄せてきた。その日の午後、

「ごめんください」

訪いを入れる声がして、京伝が迎えに出ると、玄関に立っていたのは、滝沢だった。

いつもみすぼらしいが、この日は一段とひどい。髷もぐずぐずで、なにやら身体が臭った。

すぐに座敷に通すと、お菊が運んできた温かな麦湯を、喉を鳴らして飲み干すと滝沢は身の置きどころもないというふうに肩をすぼめた。

「長屋が水にやられてしまいまして。行くあても知人もなく。ご迷惑と知りつつ、恥ずかしながら、こちらへ」

「なんだい、水臭いね。こうしたときは、相身互い。私だって代筆をしてもらったのだよ。遠慮などしないで、しばらく家にいるといい」

京伝のひと声で、滝沢はようやく笑みを見せ、晴れて居候となった。

納戸で十分という滝沢を客間に通し、着物を貸し、飯も食わせ、湯屋代、床屋代、すべて京伝が銭を出した。

「このご恩は必ずお返しいたします」

なにかと眉間に皺を寄せ、神妙な顔を見せるが、飯はしっかり三膳食べ、菓子やら煙草も遠慮がない。四月も過ぎた頃、

「あいつ、まだいたのかい？　驚いたよ。金目の物は隠しておいたほうがいいんじゃないか」

筆を運んでいた京伝に相四郎がいった。

相四郎は、昨年暮れ、叔母の嫁ぎ先である鵜飼家の養子となり、久しぶりの里帰りだった。

滝沢が出迎えたのを見て仰天したのだ。

「馬鹿をいうな。あの人は私の友だよ。友の難儀を見過ごせるはずはないだろう。それにね、代筆の恩がこちらにもある。が、そればかりじゃないのだよ」

相四郎が訝る。

「蔦重からの注文だ。清国の古の話をもとにした物を作れないかといってきた。梁山泊に集った百八人の豪傑の物語さ」

「へえ、『水滸伝』か」

「そうなんだ。滝沢さんは清国の物語に精通しているからね。色々教えてもらっているよ」

京伝はにわかに忙しくなった。昼は、煙草入れ屋の開店準備、夜は執筆だ。

よい仕舞屋があればと頼んでおいた蔦重が見つけたのは、もともとの住まいからさほど離れて

いない京橋一丁目。九尺（約二・七メートル）間口で、元は小間物屋だったらしい。

がらんとした店内を見回したお菊は、すぐさま履物を脱いで、店座敷に上がった。

「おいおい、足が汚れるよ」

「いいわよ。少しくらい。ね、伝蔵さま。ここがあたしたちの店になるんでしょ」

煙草入れを壁いっぱいに並べられる棚を五段、その下には引き出し、それからこっちが帳場、
とお菊は埃の積もった板場を小鹿のように跳んで回った。

その様子を京伝は眼を細めて眺める。

「ね、お店の名は考えたの？」

「うん、京屋としようかと」

京伝のもとに急ぎ戻ってくると、

「すてき。京屋の伝蔵だから、京蔵ね」

「京屋の伝蔵だから、京伝で変わらないよ」

ううん、とお菊が首を横に振る。

「戯作者の京伝は京町の伝蔵でしょ。煙草入れ屋の主、京屋の伝蔵は、京蔵よ」

お菊が店座敷からぽんと飛んで、京伝の首に抱きついてきた。

伽羅の油の香りが鼻孔をくすぐった。

「義姉さん、ずいぶん張り切っているね」

「ああ。毎晩、考えていた女物の煙草入れの図案が出来上がったようでね。職人の案を取り入れて紙子の煙草入れも作るようだ」

「へえ。紙子か。色とりどりだし、安価でいいかもしれないね」と、相四郎が身を起こしたとき、煎餅の欠片が畳の上にぽろぽろ落ちた。

「寝転がって物を食うものじゃないぞ」

叔母さんが武家の作法にうるさいのだと、相四郎がぼやく。

「あちらでは、粗相のないようにしろよ」

京伝は文机で筆を進めながらいった。

「そういえば、お仲から聞いたよ。滝沢さん、蔦重さんの処で奉公しているそうじゃないか。ようやく陰気な風が止んでほっとしたよ」

「そういうもんじゃない。奉公人が足りないと困っていたので、仲立ちしたんだ。居候で肩身の狭い思いをしていたようだしね」

「そうは見えなかったがねぇ。でも、何かと武士風吹かしていた滝沢さんが、よく承知したものだねぇ。やはり背に腹は代えられぬ、というやつか」

苦笑する相四郎に、京伝は笑いかけた。

「いや、滝沢さんは、これで戯作者への道が開けると踏んだんだ。だから奉公に入ったのさ」

「なるほど」

「でも食い詰めたからじゃない。滝沢さんの性質からいって、おそれながら草稿を見てくださいなんてお願いなんかしやしない。蔦重さんから書いてみないか？　といわせるためだよ。そのためには、蔦重さんの側にいたほうがいい」

「げっ。どこまで偉ぶっているんだか」

「まあ、それはさておき、耕書堂の扱っている書物が読み放題というのが魅力的だったのかもしれないがね」

「兄さんは人が好すぎだ。でもさあ、煙草入れだけど、問屋で買い付ければ楽でいいだろうに」

「ああ、それかい。それについてはお菊に従った。江戸一番の戯作者山東京伝の店で、ありきたりの物ではお客も興醒めだといわれたのさ。お菊は吉原で質のいい物、洒落た物をたくさん眼にしているからね、売れる物を作ると思うよ」

「ちぇ、兄さんののろけなんざ聞きたくもない」

京伝が振り向いて、相四郎を睨めつける。

と、お菊が顔を覗かせた。

「相四郎さん、夕餉も食べていくんでしょ」

「義姉上、まことにかたじけのうございます」

相四郎は急に背筋を正して、頭を下げた。

「調子のいい奴だ。お武家にお召し上がりいただけるような飯は当家にはございませんがね」

「もう、京蔵さまったら、ふざけて――」

「あれ、いつから京蔵になったんだい？」

京屋の伝……と、お菊がいいかけたとき、突然、腹のあたりを押さえ、眉根を寄せた。が、すぐに笑みを浮かべ、身を翻した。

秋、京伝の煙草入れ屋『京屋』が開店した。

眼にも鮮やかな色とりどりの紙子の煙草入れ、革や錦、異国の織物や、豪華な刺繍入りと様々な物が並んだ。柔らかな女子の肌のような滑らかな白木の棚、引き出し。店座敷の青々した畳からは、い草の香りが立つ。

戯作者山東京伝の店というのも人々の歓心をくすぐり、開く前から、客が押し寄せ、大戸を上げた途端に雪崩れ込んできた。

雇ったばかりの奉公人たちは大童。

京伝が店座敷に姿を現せば、女は頰を染め、男は呆気に取られた。

開店の口上はまるで謡のよう。その声は少し低めで、すっと耳に馴染む心地よさ。

煙草入れも飛ぶように売れ、黄表紙で形作られた醜男で獅子鼻の京伝は、人々の中からすっかり消え失せた。

店座敷をくるくると走り回るお菊の笑顔が眩しい。

「ますます賑やかになって、嬉しゅうござんす。京蔵さんを家長に据えた京屋は、ひとつの家族のようでありんすえ」

ふざけて廓言葉を使って戯けていたが――その年の冬。

お菊が倒れた。

時折、腹に痛みがあったが、月の物の乱れが頻繁にあったせいだと思っていた、と話した。

女性の病だと医者はいい、腹痛と血の道の薬を出した。表情からして、気休め程度のようだ。

毎晩、お菊の呻く声がしてきた。その病状が悪化するのと逆に店はますます繁盛した。

「くううっ」

半月もすると、毎晩、寝間から苦痛に耐えるお菊の声がした。京伝は両手で顔を覆い、声を押し殺すと立ち上がり、奉公人に駕籠屋を呼ばせ、浅草田圃へと向かった。早朝に戻ると、お菊は薄く眼を開けて、微笑んだ。

その年の暮れ。

吉原から戻った京伝は、薬湯の匂いがこもった座敷に入り、痩せたお菊の身をそっと抱き上げた。

「ともに店を守り立てるのじゃあなかったのか？　なあ、お菊。もう一度、ふざけて京蔵さまと呼んでおくれ。お菊！　ここがお前の居場所なのだよ。居なくなっちゃ駄目なんだ」

第五章　仇討始末

一

時は、ゆりと京伝の寝間に戻り――。

京伝からの話を聞き終えたゆりは夜具をそっと引き上げ、さめざめと涙を流した。

けれど、これはなんの涙だろう。なぜ、あたしは泣くのだろう。ゆりは夜具にくるまりながら、困惑していた。

先の女房であるお菊。

江戸一番の戯作者である山東京伝を支え、『京屋』の店開きを誰よりも心待ちにしながら、突然、病によって生を断ち切られた。あまりにも悲しい女。

この家に嫁ぎ、町場の女房として、もっともっと充実した日々を送るはずだっただろうに。

でも、どこかでやっぱり嫉妬している自分がいることに、ゆり自身が気づいていた。

亡くなった人を羨んだところで、どうにもならない。だって、この世にいない人は、伝蔵さまともう共に歩むことは出来ないのだから。話をしたり、世話をしたり、抱きしめられたり――お菊さまにはもう無理なんだもの。

そう思いつつも、どうしてこんなに気持ちが揺らいでいるのか、不思議でならない。

京伝の口から、お菊との暮らしを包み隠さず語られたことに、ゆりは感謝していた。きっと、朱塗りの煙管を気にしているのを察してのことだろうと思う。が、先妻のことを何も知らないままでいるより、京伝も、知ってもらったほうがよいと、考えていたのかもしれない。

だけど――。

「ゆり？」

京伝の手が夜具の上にそっと乗せられた。ゆりの肩あたりにその感触が伝わってくる。

「ずっと起きていてくれたんだね。ずいぶんと長い独り言になってしまった。すまなかった」

ゆりが、わずかに身を動かすと、素早く手が離れた。

「さて、私はまだ仕事があるから部屋に戻るよ。ゆっくりお休み」

京伝が立ち上がった気配がした。

ゆりは濡れた頬を素早く拭って、身を起こしたが、すでに京伝の姿はなかった。おそらく手燭の灯りであろう、障子を通して揺らぐ光が次第に遠ざかっていくのが見えた。

ゆりは息を吐いて、再び夜具に横になる。

明日も店に出なければ、早く寝なければと思うと余計に眼が冴えた。ああもう、とぼやいて寝返りを幾度も打った。

闇になれた眼で、天井を見上げる。天井板に三角に並んだ節穴を見つけた。

不思議と人の顔に見えてきて、ついつい会ったことのないお菊の顔を思ってしまう。

優しくて、気が利いて、少しおきゃん。涙もろいくせに、意地っ張り。

そんな性質のお菊の顔貌はどんなだったのだろう。

でも、お菊は亡くなっている。位牌の戒名がお菊の存在を教えてくれるだけだ。

そんな女を相手に嫉妬も争うことも出来やしないとわかっていても、なんだかもやもやする。

きっと、あたしが勝手に、お菊と自分を比べているからだ。

吉原で、散々女同士の争いを見てきたし、あたし自身もそうして生きてきた。男を巡る丁々発止は、遊郭ならば賑やかしの艶と華。

妓同士が面罵し合って、男を取り合うのは、夢と現の狭間の芝居。

けれど、此度はどうにも分が悪い。

だって、相対しているお菊は、もうこの世のお人じゃない。あたしに文句もいわないし、意地悪を仕掛けてくることもない――。

なのに。お菊が、あたしの前にいる。

あたしはそれを払うことが出来ない。

お菊が亡くなったから、あたしは伝蔵さまと一緒になれた。もしも、いまだに健やかであったなら、あたしは伝蔵さまと会うこともなかったかもしれないのだ。

二番目の妻という、後妻という立場があたしをやきもきさせる。

あの煙管を京伝から贈られたときのお菊の至福はどれほどであったか、とか。お菊は、それをどんな仕草で持ったのか、とか。

小指は立てる？　それとも曲げる？　とか。些細なことまで気に掛かる。

それに、それに。

吉原での仇討ち騒動の手伝いも。

様々な文人たちとの付き合いも。

京伝が手鎖を受けた五十日の間も。

刻んだ沢庵の湯漬けも。店の設えだって、お菊の工夫があちこちにある。

ゆりは、はっとした。

あの鮮やかな紙子の煙草入れも、揚羽蝶や蝙蝠を刺繍した華やかな女物の煙草入れも——「京屋が開店したときから扱っている品」と番頭の重蔵がいっていた。

あれはお菊が考え、作った物なのだ。

数年の夫婦暮らしではあったかもしれないが、京伝に美しく楽しい記憶をたくさん残したままお菊は逝った。短くても、濃密な時を過ごしたのだろうと、ゆりは悔しくもあった。

京伝が剝げた塗りを直すことなく、あの煙管を使い続けているのは、亡くなったお菊をいまも偲んでいるからだ。すでに八年という歳月が流れているのに、京伝は片時も忘れることがない。煙草を服む都度、刻んだ沢庵を食べる都度、店を見渡す都度、お菊を思い起こす。いや、忘れる暇もない。この家にはお菊がいまも居続けている。姿形はなくなっても、お菊はその気配を確実に残している。

それが、あたしを苛立たせ、妬心を抱かせる。あたしの入る隙間がないから、余計に焦るし、気が滅入る。

要するに、ここはいまだにお菊だらけなのだと悟ってしまった。

お菊の影を気にしながら、あたしは京屋のお内儀になれるのだろうか。だいたい、本当に望まれていたのかと、また、つまらぬ不安が頭をもたげてくる。落ち着かない。心の臓がどくどくと大きく鼓動する。

ゆりは気を鎮めるために、大きく息を吐いた。

考えない、考えない。ゆりは呪文のように唱えながら、暗闇の中でしばらく京伝の戻りを待っていた。が、やがてうとうとし始め、目覚めたときにはすっかり夜が明けていた。

寝ぼけ眼で、隣を見れば、夜具が使われた形跡がまったくなかった。京伝は、きっと自室で眠ってしまったのだろう。

ゆりは、少しほっとした。

笑顔を向ける自信がなかったせいだ。

この家には、今もお菊さまがいるの、あたしは感じる！　などといったら、京伝はゆりの額に手を当ててくるだろう。

「ああ、私がお菊の話をしたせいだね。少し休んでいなさい」と優しい声音でいって、姑や番頭と相談して、祈禱師を連れて来るかもしれない。

ここは、すべて承知と得心するのが女房の余裕というものかしらと、ひとり頷いてみたが、そんなに容易くいかないのが、人の心というもの。いや、女心か。

ふと、京伝に訊ねてはいけない言葉がむくむくと湧き上がる。お菊さんとあたしとどっちが――。ゆりは慌てて喉元を押さえ、ごくりと飲み込んだ。

やはり先のお内儀さんのことなど聞かされないほうがよかったのかもしれない。

そうだわ、とゆりは夜具をたたみながら気がついた。悪いのは、すべて、あの人。

脳裏に、陰気な目付きをした馬琴の顔が浮かび上がってきた。

しかも、馬琴は、してやったりと満足げに薄ら笑いしていた。

ゆりは、それを追い払うように、ぶるぶると首を横に振る。

そう。身請けの銭がいくらだったかとか訊ねてきた際に、馬琴が朱塗りの煙管のことをいったのだ。ゆりの返答を聞き、

「ふうん、やっぱり気を遣っているんだねぇ」

なんとも思わせ振りな物言いをした。だから、あたしは不安になった。

それで、煙草を服んでいる伝蔵さまに、朱塗りの煙管のことを訊いたのだ。

ほんに嫌な男。知識人や教養人は、吉原でも人気がある。戯作者として有名ならなおさら。だけど、馬琴のように底意地の悪さが透けて見えるような人は、絶対もてない。

断言したっていい。

ゆりは着替えを済ませると、唇を引き結んで、寝間を出た。廊下に足指を落とすと、飛び上

がるほど冷たかった。まだまだ、季節もあたしの心も春には遠い、と呟き、急ぎ勝手に向かった。

女中頭のお仲が炊き上がった飯をお櫃に移していた。湯気が盛大に上がっている。京屋で働く小僧が鼻をすんすんさせながら、女中の娘たちと、お菜を器に盛り付けたり、膳の準備をしていた。夕刻には火を落としてしまうが、朝は、こうして温かい物が食べられる。特に寒い時期などお腹がぽかぽかするので、なにより嬉しい。

「おはようございます」

ゆりが声を掛けると、奉公人たちが挨拶を返してきた。その中で、振り返ったお仲が、

「お内儀さん、隣のかまどで湯を沸かしたからお顔を洗うのに使ってくださいな」

「ありがとう。今日は寒いものね」

そう応えたゆりは、小僧に声を掛けた。

「ねえ、旦那さまにお湯を運んであげて。自分のお部屋で眠ってしまったようだから」

小僧が驚いた顔をして、ぴょんと立ち上がる。

「旦那さんなら、番頭さんと一緒に店座敷にいらっしゃいますよ。お客さまがいらしたんです」

あら、とゆりは顔を赤らめる。あたしが一番寝坊したようだが、こんな早朝から客？

怪訝な表情をしていると、小僧が応えた。

「なんでも、房州から今朝、お着きになったとかで、旦那さまの昔馴染みのお侍だそうです」

お侍？　ますますわからない。が、挨拶に出なければと、ゆりは身を翻し、足早に寝間へと向

かった。

鏡台の前に座り、急いで化粧を始める。

お客が来ているなら、なぜあたしを誰も起こしに来なかったのかしら、と文句を垂らしながら、ゆりは、眉を剃り、白粉を刷き、頰紅を付け、口紅を引いた。小袖も着替えるつもりだった。

鏡を覗き込んで、あらいやだ、とつい声が洩れた。お歯黒が少し剝げている。でも、これから塗るには時もかかるし、ちょっと面倒。もっともお客の前で大口開けて笑うこともないだろうと、ゆりが腰を上げかけたとき、いきなり障子が開けられ、京伝が顔を覗かせた。

「ゆり、お客が来て——おや、今朝は一段ときれいだね」

昨夜のことはすっかりなかったような口振りにゆりは安堵して、口を開いた。

「それは嬉しゅうございますが、お客さまがお見えになっているのでしたら、なぜ声を掛けてくださらなかったのですか？」

え？　と京伝が眼を丸くした。

「すまなかったねえ。あまりに懐かしいお人の突然の来訪だったものだから、すぐに昔話に花が咲いてしまってね。うっかりだ」

ゆりは、でも、と詰るような声を上げた。

「いいんだよ。それとね、喜次郎さまはしばらく家に逗留することになるから」

「喜次郎さま？」

「そうだよ。旧い知り合いなんだよ。十数年振りなのさ。積もる話が多すぎて、差し支えなければ、とお誘いしたんだ」

「では、すぐにお部屋の準備をいたしますね。朝餉は客間にお持ちいたします」

ゆりがいうや、

「簡単なものでいいからね。挨拶はそのときするといい。ああ、それからね、太市に鶴喜さんと歌麿さんを呼ぶようにいいつけておくれ。ふたりともきっと驚くぞ」

京伝は悪戯っぽく笑うと、踵を返し、廊下を戻っていく。

あまりに懐かしいお人。それに版元の鶴屋喜右衛門と絵師の喜多川歌麿を呼ぶとは。そのお侍と、やはり知り合いなのだろう。

ゆりは身支度を終えると、再び勝手に向かう。

奉公人たちは、戻ってきたゆりを見て、箸を止めた。

「皆はお店があるから、早く食べて。お仲さん、旦那さまとお客さまの膳を整えて。それと」

ゆりは手代の太市に鶴喜と歌麿への使いを頼む。

「あとふたりお客さまがお見えになるから、そのお膳もお願いね」

なんとも慌ただしい朝の始まりだ。が、ゆりは心の内で首を傾げていた。先ほどから、喜次郎という名に聞き覚えがあるような気がしてならなかったのだ。吉原にいた頃ではない。だったら、一体、どこで耳にしたものか。

お仲とともに手早く朝餉の膳を用意すると、

「旦那さま？　伝蔵さま」

客間の障子越しに声を掛けた。

お入り、と京伝の声がしてゆりは障子を静かに開けた。上座に座する喜次郎と思しき武家にさりげなく眼を向ける。ゆりははっと息を呑み、

「きれいなひと――」

うっかり呟いてしまった。

「こらこら、ここに亭主がいるのだがね」

京伝が肩を揺らし、番頭の重蔵は仏頂面をしていた。

ごめんなさい、とゆりはすぐさま詫びながら、再び、喜次郎を見やる。目鼻立ちが整い、精悍さの中にも、優しさが見え隠れする顔立ちをしていた。歳は、まだ三十に満たぬほど。

すっと喜次郎が眼を柔らかく細めた。

「伝蔵さんのご妻女ですね。お初にお目にかかります。拙者、保積喜次郎と申します。早朝から騒ぎ立てをして申し訳ない。そのうえ、いまいま伝蔵さまより、こちらに留まるよう勧められ、お言葉に甘えさせていただくが、よろしくお頼みいたす」

と、はきはきとした爽やかな声でいうと頭を垂れた。

「とんでもないことでございます。なんのおもてなしも出来ませんが、どうぞごゆるりとなさってくださいませ」

慌てたゆりも背筋を正して、頭を下げた。

「それにしても、伝蔵さま。煙草入れ屋を開かれていたとは、驚きです。お内儀も嫁がれてきて

日が浅いとお聞きしております。お店と戯作者の世話は大変でしょう」

え？　あたしを問うているの？　ゆりは顔を伏せたまま、

「まだ慣れないこともございますが、皆さまによくしていただいているので、楽しく過ごしております」

「それは重畳……」

大きく頷いた喜次郎が、何かためらいがちに唇を動かした。

「お会いしてから早十数年。私も色々ありましたが、喜次郎さまにも」

京伝が言葉を被せるようにいった。

ゆりの耳に「き」と確かに聞こえ、喜次郎へ眼を向ける。

ああ、そうですね、私もと、喜次郎がごまかすように空笑いした。

「そういえば、初代の蔦屋重三郎さまがお亡くなりになったことは国許にも流れてきました。まことに残念でなりません。もっと早くに伺いたかった」

「房州まで伝わったとは、さすがは蔦重さんだ。鶴喜と歌麿さんが追っつけ参りますから、大いに昔話に花を咲かせましょう」

それは楽しみです、と喜次郎が応えた。

「蔦重さんは、ご老中の改革にずいぶん楯突いておりました。ようやく、浸透した江戸の地本をなくしてはならないとね。亡くなったのは四十八——人間五十年とはいえ、まだ早い」

蔦重は脚気を患い、心の臓が弱って死んだ。

蔦重の成し得た仕事は、あまりに多い。武家や町人の隔たりを取っ払い、狂歌を世に広め、黄表紙、洒落本と江戸地本を隆盛へと導いた。寛政の改革で締め付けにあい、お上に身代の半分を持っていかれても屈しなかった。なにより、版元として世の中の動きを素早く読み、「売れる物」を常に作り上げた。また恋川春町、山東京伝を育て、曲亭馬琴、勝川春朗を見出した。すでに、人気絵師であった歌麿の大首絵を仕掛けて大当たりを取り、とうとうその正体を明かすことのなかった東洲斎写楽を世に送り出した。常に江戸地本問屋の先頭を走り続けた一生だった。

二代目は番頭が継ぎ、京伝は今も変わらぬ付き合いをしている。

「では、あたしは、そろそろ失礼いたします」

座敷を出たとき、喜次郎の声が洩れ聞こえてきた。お仲は、足早に勝手に戻っていったが、ゆりは踵を返して、座敷の前に立ち、ついつい耳をそばだてた。

「後ほど、菊園さんにお線香を上げさせてください」

どくん、と大きくゆりの心の臓が鳴った。

「ええ、もちろん。きっとお菊も喜びましょう。美少年だった喜次郎さんがこんなに立派なお武家になられたんです。驚きますよ」

京伝の声が幾分弾んでいるように聞こえるのは気のせいか。

ゆりの胸に鋭い痛みが走った。喜次郎は、あの仇討ちの若侍だったのだ。京伝が語った吉原での仇討ちの顛末。京伝と菊園の助けを得て見事に仇を討ち果たし、許嫁の待つ国許へ戻った。

婿に入った先の姓が保積なのだ。

喜次郎は、あたしが座敷にいる間、菊園の名を出すことを憚っていたが、つい口を衝いて出てしまったのを伝蔵さまが妨げたのだ。その気遣いがかえって苦しい。

それで、お子さまは？　と京伝の問い掛けに、

「息子がふたり、娘ひとりに恵まれました」

喜次郎が応えた。

それは羨ましい、と京伝の声がして、

「世は無常でございます。菊園など、三十路でございましたからね。とはいえ、長く生きたから、短命だからで、人の人生を測ることは出来ませぬ。満ち足りた人生だったたか、心残りはあるかと、他人が問うことでもございません。ただ、私も不惑を過ぎ、残りの月日を悔いないようにと思っております」

けれど、そううまくはいかぬものでございますね、と少し沈んだ声だった。

「でも、お店も繁盛しているのでしょう？　戯作は聞くまでもありませんが」

「いやいや。ただ、やらずにおればもっと悔いが残りますゆえ、思い立ったらすぐにでも――といいながら、ずいぶんお待たせしてしまいましたが。それにしても、わざわざおいでいただけるとは思いもよりませんでした。文の一通で用は果たせたと思いますが」

「いえ。伝蔵さんにお会いしたかったので、私も思い立ったらすぐです。もろもろ込み入ったこともございますし、それで自ら、江戸に参ったわけでして。藩の許可も得ておりますれば」

「まさか、また仇討ちなんてことは？」

「冗談が過ぎますよ、伝蔵さん」

これは失礼と、京伝がいうや番頭の重蔵も含めて、三人の笑い声がした。

「お内儀さん、どうしたんですか？」

お仲の声がして、ゆりはびくりと身を震わせた。

お仲は、座敷の前でたたずんでいたゆりに訝しげな眼を向ける。

「ごめんなさい。うっかり考え事しちゃって」

「廊下に突っ立ったままでですか？　お内儀さんが勝手に来ないから、何かあったのかと思ったんですよ」

そういって、お仲は、小さく息を吐く。

「まあ、気になるのは仕方ないですが、早いところ、お店を開けてしまいましょう」

お仲がゆりの胸中を見透かすようにいって、ゆりの背に優しく手を当てた。

心を覗かれてしまったようで気恥ずかしかったが、またも、お菊が現れた、とゆりは廊下を勝手に戻りながら、思っていた。

これで、鶴喜と歌麿がやって来れば、お菊や蔦重を偲びながら、思い出に浸る。ああ、やっぱりあたしは蚊帳の外。そんなの、わかっているはずなのに。どこか悔しいような寂しいような。

この家にはずっとお菊さんがいる、まだこの家のどこかにいるのと、ゆりは叫び出したい気分になる。

駄目駄目、気持ちを切り換えなければ、と両頬に掌を押し当て、強張った顔を揉み解した。すると、

「義姉さん、朝餉を食わしておくれ」

廊下をやって来たのは相四郎だ。髷も崩れて、身体中から酒と白粉の香りがする。ゆりは相四郎の顔を見て、ほっとした。それにしても、どこでとぐろを巻いていたのやら、とゆりは苦笑する。

「本材木町の版元と、蔦屋の二代目と三馬と一九さんと向島で呑んで、大騒ぎ」

三馬は、式亭三馬、一九は十返舎一九。両名ともに若い戯作者だ。

「それは、どうもお疲れさまでした」

「とげのある物言いだなぁ。読書丸の売り出しが今日だったのを思い出したから、朝湯に入るっていう皆を振り切って急いで来たのにな」

読書丸！　と、ゆりは相四郎の腕を摑んだ。

相四郎が眼をしばたたいた。

大変、大変。すっかり忘れていた。今日から読書丸を店に置くのだった。京伝も懐かしい人の来訪でうっかりしているのだろう。

「相四郎さん、来て」

ゆりは相四郎の腕を引き、急ぎ勝手に戻ると、「朝餉は後でいいわよね。あ、杉吉さん、読書丸の袋詰めは終わっている？」

と、朝餉の片付けを手伝っている杉吉に声を掛けた。

「はい、昨日、太市兄さんと五助さんと一緒に」

「幾つ作ったの？」

「えっと、二十袋です」

「じゃあ、相四郎さんは、大戸を上げてくださる？　杉吉さんは店の前を掃いてちょうだい。それから五助さんはどこかしら？　さ、お店を開けるわよ」

てきぱき指示を与え廊下を進むゆりに、

「兄さんはどうしたんです？」

相四郎が訊ねてきた。

「お客さまがいらしているのよ。重蔵さんもそちらに一緒にいるの」

「こんなに朝早くから？　迷惑なお客だなぁ。ですが、義姉さん、もう手を解いてくださいよ。飯を食うまで逃げやしませんから」

「あら、あたしったら、気づかなくて」

ゆりは、相四郎の腕から指を離すと、でも心配だわ、と呟いた。

「丸薬が売れるといいけれど」

店座敷へ向かいながら、いった。

「大丈夫ですよ。兄さんの黄表紙に売り出し日の告知もしてありますから。そういうところは抜け目がないですからね」

「そうじゃないわよ。お値段がね」

「ああ、確かに」

相四郎は、すっとゆりの先に立つと、仕切りの長暖簾を上げた。

「ありがとう」

ゆりが長暖簾をくぐる。

読書丸は、茯神や遠志、人参、陳皮などの生薬を練って、丸めた飲み薬だ。

京伝の父が、かつて薬種を扱う店の差配をしていたこと、そして母の妹が薬種屋に嫁いでいたのもあって、兼ねて薬には興味を持っていたようではある。が、まさか、まことに作って、売り物にしてしまうとは思わなかった。

そもそも、ゆりが嫁いで来る前から、薬の販売を考えていたらしい。

ようやく丸薬の製造のあてがついたので、話がとんとん拍子に進んだのだ。

「気根を強くし、物覚えをよくし、退屈して気分の悪しき時に用いれば即効あり、でしょ？　兄さんは本当にうまい文言を考えるものだ。とはいえ、なんとも怪しげな薬ですけどね」

相四郎がくすくす笑う。

ゆりは少しばかり不機嫌に相四郎を見る。

「それがひと袋十五粒で、一匁五分だもの」

「まあ、かけ蕎麦なら十杯は食べられますからねぇ。ちょいと物覚えをよくするだけの薬なら、私も蕎麦を選びます。でも、義姉さん、そこじゃないんですよ」

「どういうこと？」

ゆりが訝ると、相四郎はさらに笑みをこぼし、

「山東京伝が売るということが肝心なんです」

では大戸を上げましょう、と相四郎は店座敷に下りて、大戸を上げる。

朝の光が薄暗かった店座敷いっぱいに広がり、ゆりは眩しさに思わず目を細めた。

読書丸二十袋は、店座敷の一番目立つところに置かれた。それを前に相四郎が鎮座している。

早速、大店の隠居と思しき老爺が手にした。

「これは」

「今日から売り出しの新商品でございます。ああ、薬袋の画ですか？　もちろん北尾政演の筆ですよ」

相四郎が幾度も念を押すように答える。

と、若い男が隠居の手元を不躾に覗き込んで、大声を上げる。

「こりゃあ、驚いた。北尾政演はもうすっかり筆を折ったと思ったが」

煙草入れを見ていた客たちが思わずそちらに眼を向けた。

北尾政演は、京伝の画号だ。

「へええ、清国風の学者の画が見事だねえ。ちっとも絵筆は衰えちゃいないね。本当に、物覚えがよくなりそうな気がするよ。なになに一匁五分？　ちょいと高えが、なあ、ご隠居さん、物忘

れが防げると思えば、安いもんだぜ」

隠居はふうむと唸る。

ゆりは他の客の相手をしながら、調子のいい口上を張り上げる若い男へ怪訝な眼を向ける。

「まあ、薬の効能は眉唾でも、山東京伝の売薬、政演の画となれば、話の種になる。一袋もらおうかね」

隠居が財布を出した。

「眉唾なんてひどいね、ご隠居。一粒飲めば頭もすっきりだよ」

若い男がさらに隠居を煽るようにいうと、相四郎と目配せする。

呆れた。さくらだわ。誰が頼んだのかしら。

ゆりは客を五助に任せ、腰を上げ掛けたとき、

「みなさま、ご機嫌よろしゅう」

京伝が店座敷に姿を現した。早朝にもかかわらず、京屋の店座敷を賑わせていた客がざわめいた。

「皆さま、本日より読書丸の売り出しが始まりましたので、お買い求めいただければありがたく存じます」

京伝が言うや、その背後から出て来た番頭の重蔵が揉み手をしながら、「どうぞよろしくお願いいたします」と客の間を回って歩く。

「伝蔵さま。こちらに」

ゆりは京伝を手招きした。

「ああ、ゆり。すべて任せてしまって悪かったね。いまさっき、歌麿さんがいらしてね、喜次郎さんを預けてきたんだよ。歌麿さんも懐かしがっていた」

「それはようございました。そうそう、すでに読書丸をお買い上げになったお客さまがあちらにいらっしゃいますので、ご挨拶を」

ご隠居さま、とゆりが呼び掛けると、煙草入れを眺めていた隠居が振り返った。京伝は隠居の前に進み出るときちりと膝を揃えた。

「早速に読書丸のお買い上げありがとう存じます。効能も十分にございますゆえ、お試しくださいませ」

隠居は京伝からの挨拶に相好を崩した。

「なんの。効能よりも薬袋が政演の筆となれば、ついつい手が出てしまうよ」

「ご冗談を。恥ずかしながら、また絵筆を執ってしまいました。ですが、読書丸は、長生の茯神、物忘れ防止の遠志などを処方し、滋養強壮薬としてもその効能は間違いございませんよ」

「八面六臂のたとえもあるが、絵師で戯作者で京屋の主であるから、これぞまさに三面六臂であるかな。いや、薬種屋も入ったから、四面か、ははは」

「恐れ入ります。では、最初にお買い上げいただいたお客さまですので、少々お礼を。重蔵、筆を」

はい、と重蔵が帳場から筆を取る。

京伝は、懐紙を取り出し、その場でさらさらと穂を進める。

隠居とともに、ゆりも傍らで目を瞠る。あっという間に、古の歌人の歌が添えられた、目元の涼やかな美人画が描かれた。京伝からそれを渡され、

「見事だね。これはなによりだ。嬉しいね」

隠居が一段高い声を上げたことで、周りのお客も気づいた。

「山東京伝の直筆だ」

客たちがどよめき、相四郎を押し倒すように、読書丸を次々手にしていく。隠居に口上を述べていた若い男も巻き込まれ、悲鳴を上げた。

「焦らないでください、落ち着いてください」

相四郎が叫んだが、二十袋の読書丸はたちまちなくなった。ひとりで二袋持った者もいる。

「京伝さん、隠居だけは不公平だよ」

「あたしたちにも描いておくれ」

皆がわあわあいいながら、次は京伝に迫る。

「承知しました。順繰りにお描きいたします」

京伝は客たちに揉みくちゃにされながら大声でいった。それでも、京伝の直筆欲しさに皆必死の形相。ゆりは中年女の尻で突き飛ばされて、床に転がった。

「お内儀さん」

五助が慌てて飛んで来た。

重蔵と相四郎は我先にと京伝に詰め寄る客たちをなだめ、順番に並ばせるのに悪戦苦闘し、杉吉は泣きそうな顔だ。景物を配る日よりも凄まじい。なんたって京伝の直筆が手に入るのだ。それはもう自慢にも家宝にもなると思っているのだ。しかし、これでは店が混乱するばかり。ゆりは五助に手を借りて身を起こした。背筋を伸ばし、腹に力を込めると、

「お静かになさいまし」

凛とした声を上げた。

「いい大人がみっともない。伝蔵さまが描くといっているのです。きちんと並んで、お行儀よくお待ちくださいませ！」

ゆりは、きりりとお客を睨めつけた。

え？　と、京伝と重蔵、相四郎はむろん、店座敷にいる者たち全員が我に返り、驚いた顔で、ゆりを見つめた。

ゆりは、いくつもの視線に怯むことなく、ゆっくりと皆を見回し、

「皆々さま、読書丸のお買い上げありがとうございます」

打って変わって、柔らかく微笑んだ。

騒いでいたお客たちは、すっかり毒気を抜かれたようになり、きまり悪そうに譲り合いながら並んで座る。

京伝はゆりを見つめながら、小刻みに肩を揺らした。

二

あっという間に読書丸が売り切れたと、京伝も上機嫌で、お客が落ち着いた昼は、奉公人たちに出前の蕎麦を振る舞った。さくらと思しき若い男も勝手にいて、ちゃっかり相伴していた。お仲と顔馴染みなのか、甘え声を出して、酒までねだっている。

ゆりが訝っていると、相四郎が口を開いた。

「あいつは、太助です。あ、三馬のほうが、通りがいいかな。戯作者の式亭三馬ですよ。向島から駆けつけて来たんだ、ははは」

あの男が式亭三馬？　ゆりは眼をしばたたいた。

まだゆりが吉原にいた数年前、御用火消を誹謗した戯作を書き、火消人足たちに自宅を打ち壊されたうえ、お裁きとなり、手鎖五十日の刑を受けている。これが世間に広く知れ渡り、三馬の戯作が売れるようになったと、茶屋遊びでの話の種に、どこかの版元から聞かされた。おそらくその頃の三馬は、二十歳をわずかに出たくらいだったろう。

少し丸顔で一見柔和そうだが、眼はなかなか鋭い。

「太助さん、こっちにおいでよ」

相四郎が呼び掛けると、

「お。このお人だね。伝蔵さまの新しいお内儀さんは。それにしても、あれは、気持ちがよござんした。お客たちがお内儀の啖呵に眼を白黒させていたものねえ」

茶碗酒を片手に、乱暴に裾を払い、ゆりの前にどかり座った。

「啖呵などと大袈裟な。お初にお目にかかります。ゆりでございます」

「ゆりさんっていうのか。ふうん、伝蔵の兄さんは、花の名が付く女が好きなんだな」

ゆりのまぶたがぴくりと動く。

「そうだったよね？　先のお内儀さんの名も」

「お菊さま、でしたね」

ゆりが小さく応えると、

「あ、そうだそうだ。菊だ。菊と百合か。どちらも美しいよねえ」

三馬が満足そうに、ひとり頷く。

「お菊さんはさ、さばけた感じの、いいお内儀だったんだよね。ゆりさんは、聞かされてる？

働き者でさ。親孝行で。この京屋だって、お菊さんが繁盛させたってね」

「ええ、煙草入れの意匠も、店内の設えも頑張られたと」

「そうそう。だから、後妻のゆりさんも負けないようにしないとね。大変だよぉ。江戸一番の戯作者の女房だし、繁盛店のお内儀だし。後妻は先妻と比べられるから辛いよねぇ」

三馬がへらへら笑う。

「それにさ」

三馬が、唇を曲げて、声をひそめた。

「喧嘩別れじゃないからね。伝蔵の兄さんや家族ばかりじゃあない。ここに出入りしている版元や戯作者、絵師、京屋の奉公人だって、皆、よい思い出しか残っていないからね。ま、承知しているとは思うけど」

ふふ、と三馬がゆりの顔を覗き込むように見つめて笑った。

ほんに戯作者という生き物は――驚くほど性悪だ。人が嫌がりそうなことを、さらっといいのける。そうしてこちらの反応を窺っている。ゆりはにっこり笑いつつ、心の内では、拳を握り締めていた。

穏やかな性質の京伝は仲間内でも、きっと珍しいほうに違いない。嫌味もいわないし、意地悪だってされたことがない。

馬琴は嫌味たらしく陰に籠もったふうだし、三馬は明るく人懐こい口調ながら人を怒らせる術を心得ているふうだ。

「いい加減にしろ。義姉さんにこれ以上の無礼をするな。そんなことだから、お前は友達が出来ないんだぞ」

ぷっと三馬が噴き出した。

「それとこれとはかかわりないだろう。生まれ落ちたときから、おれの性質だ。それに、いろんなことに興味がなかったら、戯作者になれないよ。だいたい、仲間なんざいらないね。戯作者は皆、おれの敵だ。おれより面白い物を書く奴は憎いし、売れる奴は妬ましい。仲良しこよしでやれる生業じゃあないでしょ」

「だったら、二度とうちの敷居をまたぐな」

「ひどいなぁ、相四郎さん。京屋の読書丸を売ろうと向島から舟で来たってのに。邪険にされる筋合いはないよ」

三馬は得心出来ないという顔で酒をあおる。

「うちでは、さくらをやってくれと頼んではいないよ。どうせ兄さんの真似をして売薬を考えているんだろう？　その様子見に来たんじゃないのかい？」

「おれは親切で来たの。ま、売薬は考えているよ。戯作なんざ、幾年書き続けても潤筆料が上がらないいんだ。続けるには、別の商売を考えなくちゃいけない。そこへいっちゃあ売薬は公にされている調薬があるから楽なんでね。読書丸と同じ処方で名前を変えればいいことだ」

「ほう、太助さん、京屋と競うつもりか？」

相四郎がからかうようにいうと、

「そんなつもりは毛頭ございませんがね」

三馬は大仰に手を振ってみせた。

「でも、どうするかなぁ。相四郎さんに文句をいわれそうだし、ほんにこの家に出入り出来なくなりそうだし、薬以外の物を考えようかな」

腕を組み、三馬は本気で考え出した。

「そろそろ、あたしは店に戻ります。五助さんたちに任せきりになっているので」

ゆりが立ち上がろうとすると、相四郎が、小さな声でいった。

「変な奴で申し訳ない」

「いえ、戯作者は皆、変わり者だと心得ております。ほら、滝沢さまもそうでしょう」

と、ゆりが名を口にした途端、三馬の顔色が変わり、相四郎が頭を抱えた。

「滝沢？　あの曲亭馬琴とおれと一緒くたにされちゃ敵わないなあ。おれはあんなに陰気じゃないし、嫌味じゃないし、ケチじゃない」

そもそも、戯作が原因で家を打ち壊されるとは、なんたる馬鹿者。ただ面白おかしく書くから、結句、お上に目をつけられ、手鎖を受ける羽目となったのだ、と馬琴に面罵されたらしい。

「偉そうに、善悪の区別もつかんのかと、おれを侮るようにいったんだ。気位ばかり高い下駄屋の婿養子が！」

と、髷が逆立ちしそうなほど三馬は怒声を張り上げた。

そんなに仲が悪かったのね、とゆりはうっかり口にしたことを後悔したが、もう遅い。

三馬はふうふう荒い息を吐く。

「わかったわかった。落ち着け」

相四郎が暴れ馬をなだめるように三馬の肩を叩いたが、

「家付き女房の尻に敷かれて家じゃなんにもいえない婿だから、周りに当たり散らしているんだよ、つまらない親爺だ」

収まるどころか、さらに燃え上がる。

「武士を捨てて下駄屋に婿入りしたのも、二本差しじゃ飯は食えないからじゃないか。だいたい、先代の蔦重さんのところで手代が出来たのも、婿に入れたのも、皆、伝蔵の兄さんが口をきいたからだろう？　少しは恩義を感じているのかと思ったら、知ってるかい？」

と、突然、三馬があたりを見回し、小声でいった。ゆりも相四郎も、ついつい耳を傾ける。

「伝蔵の兄さんは、外で皆と飯を食ったとき、きっちりと頭数で銭を割って支払う吝嗇大明神だと、いいふらしているんだ」

「それは、本当か？」

相四郎が身を乗り出した。

「本当だよ。京伝勘定とか名付けて、一文と違えず割り切る山東京伝の算術に感心するってよ」

「つまり、歳上の兄さんが勘定をすべて持てっていいたいんだろう？」

「あるいは儲かっている者が払う。伝蔵の兄さんはその両方だから、当然だってさ。けどさ、おれより歳上の馬琴の財布の紐が緩んだのを見たことがないけれどね」

ゆりは、はっとした。そういえば、吉原でも、他の版元や商家の主と茶屋で遊んだ際には、茶屋の主に人数分で割るようにいっていたのを思い出した。

大店の主と宴席を一緒にしていたら、たいていはその主がすべて支払う。

「誰が偉いとか、上だとか、そういう付き合いをするのが私は苦手でね。奢られれば、どうしても付き合いに上下が生じる。気も遣う。皆で同じだけ払えば、互いに遠慮がないし、後から揉めることもない」

大店の主が不思議がって、京伝に訊ねたとき、そう答えていた。

それが、京伝のやり方なのだ。狂歌の連に加われば、おのずとわかる。狂歌を詠むのに、武家だの学者だの町人だのという垣根は邪魔だ。皆で好きに詠んで、大いに笑う。身分の差などない。

そうした人付き合いをしてきた京伝だからこその発想だ。吝嗇とは異なる。人に優劣をつけない一番の方法だ。

ゆりは、ふふっと微笑んだ。

「お内儀さん、自分の亭主が笑い者にされているんだよ」

不機嫌な顔を向ける三馬にゆりはいった。

「三馬さん、伝蔵さまはそんなことぐらいで目くじらを立てたりしませんよ。京伝勘定なんていいじゃないですか。人から恨みを買うといえば、ほとんどが食べ物か銭金ですもの」

そうだねえ、と相四郎が楽しそうに、膝を叩いた。

「勘定を恨みっこなしで皆で分けて払うなんて、また流行りを作りそう。それに、滝沢さまだって戯作者として、伝蔵さまと肩と並べるのもそう遠くないと思いますよ。そのとき、京伝勘定に感謝するのじゃないかしら」

ぷぷっ、と相四郎が噴き出す。

「あの馬琴が飲み食いの支払いを自分が持つなんて、天地が裂けてもいい出しそうにないからな。きっと、京伝勘定にするに決まってる。その日が楽しみだ」

ゆりの微笑む様子を見ながら、「あんた、いい内儀だね。気に入った」と、三馬が幾度も首を縦に振った。が、不意に、

「なあ、伝蔵の兄さんはどこだい？　出掛けちまったのか」

きょろきょろ勝手を見回し始めた。まったく忙しない男だ。

「旧い知り合いが訪ねて来たんだよ。鶴喜さんと歌麿さんとも顔見知りなのさ」

相四郎がいうや、三馬が眼を輝かせた。

「じゃあ、ふたりも来てるのかい？　おれも混ざりたいなぁ。混ざっちゃおうかなぁ」

「太助。兄さんたちは旧交を温めている最中なんだ。お前は邪魔になるよ」

相四郎が止めるのも聞かず、三馬は弾けるように腰を上げた。

「お内儀さん、客間だね」

念を押すようにいうと、三馬は廊下へ躍り出た。

「やれやれ」と、相四郎がため息をつく。

「何かと騒がしいでしょう？　それでも先代の蔦重さんがいらしたときに比べれば、家も随分落ち着いたのですがね」

「もっと賑やかだったのですか？」

ゆりが驚いた顔をすると、相四郎は「ええ、まあ」と、笑みを含みながら頷いた。

「兄も独りになって、皆が心配していたというのもあるのでしょう。謎の絵師、東洲斎写楽も、ここに来ましたよ。皆で飯を食いました」

まあ、とゆりは思わず声を上げた。

写楽は、彗星の如く現れた絵師だ。

大首絵の美人画で一世を風靡した歌麿と対抗させるように、蔦重が見出した人物だった。歌麿の美人画は白の背地に雲母を散らした豪華な摺りだが、写楽の役者絵でも同じ雲母摺りを黒地に施し、白と黒と対比をさせている。さらに、黄表紙の挿絵などで腕を磨いてきた歌麿に対して、写楽は、大判錦絵二十八枚の揃い物でいきなり浮世絵界に姿を現した。

しかし、そんな異例ともいえる派手な登場にもかかわらず、寛政六年（一七九四）から七年にかけ、たった十ヶ月、百四十枚ほどを版行し、絵筆を折り、忽然と消えた。その引き際があまりに唐突だったこと、絵師には必ず師匠がいるが、写楽は誰の弟子でもなかったこと、画号だけで、本名も顔すらも蔦重は隠し続けたことから、謎というより、五、六年たった今は忘れられた絵師になってしまった。覚えているのは、ごく一部の文人や絵師ぐらいだ。

一時、歌麿や蔦重自身が写楽の正体ではないかといわれたが、結局はどこの誰かわからずじまい。急に浮世絵界から身を引いたのは、顔の特徴を誇張しすぎた独特の似顔のため、役者に嫌われたのがまずその理由とされた。

「兄さんと鰕蔵（五代市川団十郎）さんの楽屋を訪ねたとき、確かに自分は鷲鼻だが、あの錦絵ほど大袈裟に曲がっちゃあいねえと苦笑していたしね」

と、相四郎がいう。

吉原でも、写楽の役者絵が話題に上っていた。芝居見物などには行けない遊女たちが役者を知るのは唯一錦絵だ。ところが、写楽の描いた女形である三代目の瀬川菊之丞が、ちっともきれいじゃない、ただ化粧の濃い男にしか見えないと皆が文句をいった。

人々が役者に求めるのは美しさや華やかさ。鼻が大きいとか目が小さいとか欠点になるようなところを強調した似顔では、本人どころか客だって歓迎しなかったのだ。

こうして大胆に売り出したものの、世間の評判が今ひとつだったのはやはり大きかったようだ。特異な似顔と、出自が謎という話題が先行しただけともいえる。

京伝と歌麿を独占しているのを普段から苦々しく思っていた他の版元が、さすがの蔦重も身代を半減にされてヤキが回ったと、嘲笑したらしい。

写楽の錦絵で身代を取り戻し、さらに潤うと期待していた蔦重の当てが外れてしまったのは確かだろう。写楽が筆を折った二年後、蔦屋重三郎は彼岸に渡ってしまった。

ちょっと話題を撒いて、あっという間に消えた絵師のひとりにすぎないとはいえ、吉原でも評判になった謎の絵師が、どんな男であったのかは気になる。

「相四郎さま、お会いした写楽さんは、どのようなお方だったのですか？　風貌は？　お歳は？」

それが、と相四郎はぽりぽり鬢を搔いた。

「申し訳ないが、あまり覚えていないんですよ。もともと絵師ではなく、阿波徳島蜂須賀家の抱える能役者だとかなんとか。本人がいったので、確かだと思いますが。それにしては、あまり見映えのしない男だったというだけで」

あら、とゆりは小さく声を上げた。

「でも、能役者と絵師と二足の草鞋。伝蔵さまと一緒ですね。戯作者と煙草入れ屋ですから」

「義姉さんは、どうも吞気ですねぇ。写楽は藩に仕えていたんですよ。そもそも大っぴらには明かせなかったのでしょうね」

「でもどうやって、蔦屋さんはその方を見つけたのかしら」

「それはわかりませんが、舞台に立つ男にしては、のっぺりとしたあまり特徴のない顔をしていましたねぇ。そのせいで、ああした役者絵を描いたのかもしれませんけど」

ゆりが、ふふっと笑うと、相四郎が急に真面目な顔をして、腕を組んだ。

「それは冗談だとしてもね、名を斎藤といったのですが、私はね、あの男は偽物、身代わりだと思いますよ」

「そんなことあるの？　蔦屋さんに連れられて家に来たのでしょう？　わざわざ伝蔵さまや相四郎さまを偽る必要はないのでは？」

眼をしばたたくゆりを相四郎は楽しそうに見る。

「それはそうですけど――私は、写楽はひとりではなく、蜂須賀家の御用絵師が数人で描いたと思っているのですよ」

「どこかにその証があるの？」

ゆりは思わず身を乗り出した。

「もちろん証などありませんし、もう蔦重さんもいないから訊けません。でもね、写楽は、約十ヶ月の間に百四十以上の画を版行しています。しかも、寛政六年の芝居町で掛かった狂言を、蔦重さんと芝居を見ながら、役者を写したと、斎藤はここに来たときそう話した。だから、前もって準備して描かれた画じゃない。錦絵の場合、絵師は版下絵だけですから、一日に五枚、十枚は描けたかもしれないとしても——」

「こらこら。冗談いうなよ、相四郎」

突然鋭い声が飛んできた。その声とともに、三馬が後ろ襟を摘み上げられながらとぼとぼ歩いて来る。まるで、いたずらが見つかった猫のように、ふてくされた顔をしている。背後から襟に手をかけているのは歌麿だった。

「お前もちっとは絵筆を執るからわかるだろうが。挿絵で修業を積んだおれみたいな熟練の絵師だったらまだしも、本当に能役者だったら、そんなに手早くは描けないぞ」

「そこですよ、歌麿さん。ですから、私は、ひとりではなく、数人の絵師で写楽を名乗ったと思ったのです。写楽工房ってことでしょうか」

「目の付け所は面白えですけど」

三馬はむすっとした顔でいった。

「じゃあ、まず御用絵師さんが集まって錦絵を描くことになって、表に出すときは、能役者を写楽に仕立てたってことかしら」

なるほど、と歌麿が唸った。

「御用絵師のほとんどが狩野だ。浮世絵は下賤で通俗的だと、あちらは描くことを禁止しているからなぁ。でも、蔦重に面白いことをやろう、絶対に名は出さないと口説かれて、金子を積まれたらその気になるかもしれない。そもそも絵師は、なんでも描きたい性分だ」

吉原や芝居町はご公儀にとって悪所。そこで生きる遊女と役者は、人心を惑わす悪人とされてしない。

いる。もともとご公儀の御用を勤める狩野家なら、普段だって、役者などは画題にならないし、

「だからこそ、描いてみたいと思うかもしれないわね。もしかしたら、蔦屋さんの伝手を使って芝居茶屋で役者さんと相対したかもしれないし」

「お。義姉さん、そういうことですよ。私の推測もあながち間違っていないんじゃないかと。それに狩野は、師匠の手伝いで一枚の画に幾人もがかかわります。臨画なども御手の物だし。写楽の筆はこうしようと決めれば、運筆、筆遣いを互いに真似するのも容易いじゃあないですか」

持論に鼻高々な相四郎を、歌麿は、ぎろりと睨めつけ、くいと眉尻を上げた。

「そうした邪推は面白ぇ。まあ、その実おれは、誰だって構わねえんだけどな。ただ、あんときは、蔦重もひでえことをする奴だと、おれは恨んだがね」

ため息まじりにそういうや、ようやくどかりと腰を下ろした。むろん、三馬も無理やり座らされた。

「改革の波がようやく収まって、おれも美人の大首絵を存分に描けると思ったら、どこの馬の骨とも知れねえ絵師がいきなり揃い物だ。思わず蔦重の耕書堂に乗り込んでやったよ」

「そうでした、あれは噂になりましたねぇ。歌麿さんが写楽を出せ、と怒鳴って、まだ番頭だった今の二代目蔦屋を足蹴にしたと」

相四郎が含み笑いを洩らす。

「足蹴にしちゃいねえよぉ。そんな噂流したのは、あの頃居候していた一九(十返舎)に違い

ねえ。会わせてくれといっただけだ。まあ、それで、大首絵は同じでも、あっちは役者、おれは美人だ。互いに領分は侵さねえと蔦屋と取り決めをして、一緒に吉原に乗り込んだ。もちろん蔦重持ちでな」

「なんだ。仲良しこよしか」

と、三馬が不服そうな顔で歌麿を横目で見る。

「若造が生意気な口を利くんじゃない。いいか、戯作者も絵師もご老中が罷免されたときには、諸手を挙げたもんさ。だが、元通りになったと喜ぶような蔦重じゃあなかった。次の一手をすぐさま打って、先に進んでこそだと、そういったものだ」

歌麿が眉間にくっきり皺を浮かべてたしなめた。

「おれの美人大首絵で庶民の度肝を抜いて、写楽の登場でさらに驚かせる。皆、蔦重が仕組んだものだ。ま、写楽は、あまり振るわず終わっちまったけどな」

少し寂しげに歌麿がいった。

「耕書堂を立て直そうと、あの蔦重も少し焦ったのかもしれないがね。けどな、初代が眼を掛けた奴は確実にデカくなっている。京伝、馬琴、春朗、一九。たいしたものだよ。ま、もちろんおれもそのひとりだけどな」

「ねえ、歌麿さんさ、蔦重さんはどうしてそんなに鼻が利いたんだい？」

「ああ、まず師匠と呼ばれる奴と仕事をして、交流を持つ。それから有望そうな弟子を探すのさ。おれの師匠は鳥山石燕、伝蔵さんは、北尾重政。春朗なら勝川春章って具合だ」

「なるほど」と三馬が得心する。

師匠たちと付き合っていれば、自ずとそれぞれの師匠が目にかけている弟子もわかるし、その力量も知れる。馬琴と一九は、耕書堂で働いていたから、蔦重自身が力を把握することが出来た。

ゆりは、吉原の茶屋で、京伝とともに上がった生前の蔦屋重三郎に幾度か会ったことがある。物腰が柔らかく、艶々の頰。そして口元にはいつも笑みが浮かんでいた。若い時分は結構な色男だったに違いない。

生まれも育ちも吉原だったというのは、いつ聞いたものか。

ともかく江戸を面白くしようと、楽しみながら苦労していたという。

改革で身代の半分をご公儀に持っていかれたことを嘆きながらも、

「なあに、命を取られたわけじゃない。物事を推し進めるには、何かしらの犠牲はつきものです。その覚悟がなければ、面白いことは出来ませんし、面白がらせることも出来ません」

と、剛毅なところも覗かせた。

「まことの切れ者はね、相手を警戒させないし、緊張させないんだよ。能力がない者のほうが、虚勢を張り、己が居る立場をひけらかして偉ぶるものさ」

京伝はそういって、隣に座る、まだ玉の井と名乗っていたゆりにいった。

そういうものかしら、とそのときゆりは愛想笑いを返しただけだ。

けれど、大店の番頭とか、大大名家の家臣などに多いが、こちらが訊いてもいないのに自慢話を始める客がいる。そうした者は、往々にして、茶屋の払いを渋ったり、芸妓や幇間に文句をつけて花代をごまかしたりする。遊び方もきれいじゃない。つまりは野暮天、吉原では最も嫌われる類の者たちだ。

「女子と相対するのと同じだよねえ。自分の話ばかりで、相手のことを考えない。自分さえよければいいという身勝手な者はどこに行ってもいい顔をされないよ」

蔦重は自分の儲けばかりじゃない、といった。

「江戸が潤うことを一番に考えていた。読み物や画を楽しむことは、皆の心持ちが豊かになると信じていたんだよ。庶民の知識欲も満たすことが出来るとね。それに、錦絵に描かれた品物が売れる、役者の紋を入れた手拭いだって売れる。まさに銭金が回るようになる。文化が広く行き渡ることは、すなわち江戸が栄えることに繋がる」

江戸一番の版元である蔦屋重三郎が目指したのは、そこさ、と京伝は童のように眼を輝かせた。

一見しただけでは、大田南畝や恋川春町と深く付き合い、狂歌を広め、歌麿や京伝を見出した腕っこきの版元などとはほとんどの者が気づかない。ゆりには、真っ直ぐ伸びた黒々した眉だけが蔦重の意志の強さを示しているように見えた。

蔦重の逝去の際は、松葉屋に吉原連の皆が集まった。遊女は揚げずに、皆で一晩中、狂歌を詠み、笑って、偲んだらしい。

多分、蔦重さんほど、才を見抜く力を持った人はいないと、三回忌を終えた後、見世に揚がった京伝が、しみじみ口にしたことがある。

それこそ、馬琴も一九も、写楽も、蔦重がいたからこそ世に出られたのだから、と。

そして、ゆりをじっと見つめ、

「そう、玉の井、お前もだ」

京伝は目を細めた。ゆりは自分を指差して小首を傾げる。

「なんでかしら。伝蔵さまの女房になって、大門の外に出られることにはなったけれど。それと蔦屋さまとどうかかわりがあるの？」

「ははは、いずれ話すよ。まったく玉の井は愛らしいねえ。早く花嫁姿が見てみたい」

微笑む京伝の顔が徐々に近づいて来て——と、思ったら、ゆりを不思議そうに相四郎が覗き込んでいる。

「何をにやついて。思い出し笑いですか？」

あらいやだ。

ゆりは頬を染めて咳払いをすると、いま気づいたというふうに声を張り上げた。

「あの、ところでなぜ歌麿さまが？　伝蔵さまたちはどうなさっているんです？」

「はは、なんだ今頃取ってつけたように。ああ、酒と肴が足りなくなったんで、ちょいと取りに来たんだがね」

「それならそうと、先にいってくださいましな。呼んでくだされば、すぐに参りましたのに。伝蔵さまも歌麿さまを使いにするなんて」

「いいんだ、気にするな。勝手に来てみたら、写楽の話なんぞしているし、つい興が乗ってしまってさ。もともとは、こいつがうるさいから、追い出すつもりで出て来たんだ」

「それはないでしょう、歌麿さん」

三馬が唇を尖(とが)らせた。

「もっとも、喜次郎さんの用事もすっかり終わって、あとは昔話をしているだけだがね」

「そうですか」

ゆりはぎこちない笑みを浮かべた。

「お仲さん、お酒の支度と、何か肴を」

「承知しました」

すでに勝手の片付けをしていたお仲の返事を聞いてゆりも立ち上がる。

「なあ、お内儀は知っているのかな。伝蔵さんが、喜次郎さんの仇討ちの助太刀(すけだち)をしたこと」

「存じております」と、ゆりは歌麿へ向け、しっかり頷いた。

「そうか。今の喜次郎さまがあるのは、あの助太刀のおかげだと、ずっと恩義に感じているそうだよ。恩返し、恩返しをしたいと思っているようだが——」

「恩返し、ですか？　まさかそのために江戸に？」

「ははは、どうだかね」

「吉原の助太刀ってのは、先のお内儀さんも一枚嚙(か)んだっていう、あれですよね？」

歌麿が三馬の耳を摘(つま)む。

「ったく、お前は蠅(はえ)みたいにぶんぶんうるせえな。入ってくるんじゃねえ」

「痛えなぁ、歌麿さん」

あの、とゆりが顔を上げ、歌麿を見る。

「喜次郎さまと伝蔵さま、あたしに妙な気遣いをしているみたいな気がするんです。喜次郎さまがあたしに何かいいかけたのを伝蔵さまが遮ったりして」

「ん？　なんでそう思ったんだい？　そりゃあ、お内儀の気のせいじゃないのかい？」

「ならいいですけど」

歌麿はわずかだが、ゆりの視線を避けた。歌麿も何かを隠しているような気がする。

「ただねえ、多かれ少なかれ、人は何かを遺したり伝えたりしていきたい生き物だってことを知ったよ。自分が大事に思うものを守るために、頑張れるとね」

あら？　話をすり変えた？　ゆりは歌麿が何をいわんとしているのかがわからなかった。

「え、そうかなぁ。おれは今を楽しみたいから、遺すなんて考えちゃいねえなぁ」

「お前はそれでいいだろうけどな、三馬。けど、おれたちがやっている錦絵も挿絵も遺せる物ではない。飽きられれば、塵箱か、よくて障子か襖のぼろ隠しだ。悔しいが、流行り物とはそういう運命だ。戯作もそうだぞ。伝蔵さんを見ろ。常に新しいものを求められる」

三馬は、つんと顎を上げ、唇を尖らせた。

「そんな寂しいことはいわないでください。歌麿さまの美人画も我が夫の戯作も、そうですよ、太助さんの黄表紙も、きっと後世まで遺ります。人の喜怒哀楽は百年先も変わりませんし、美しいものは美しいはずですから」

ゆりはつい力を込めた。

「私は駄目でしょうかねぇ」

相四郎が悲しそうな眼をゆりに向ける。

「馬鹿、まだ戯作のひとつも書いていねえ、相四郎が、もう遺せる物を考えていやがるのか。図々しいにもほどがある」

「山東京山と筆名は決めているんですがね」

相四郎が照れ笑いをする。歌麿がゆりへ向けて頬を緩める。

「けどよ、お内儀。そういってくれると嬉しいもんだよ。そうだねえ、どこかの家の蔵の奥から百年ぐれえ経った頃、見つかったら面白い」

「そんなこともあるやもしれませんね。蔦屋さまが世間に根付かせた文化ですもの。蔦屋さまが親父さま、その担い手である絵師と戯作者は子。家族のような賑やかさで江戸を華やかに飾っております。幾年経とうと、誰も忘れやしませんよ。心配なぞいりません」

「あはは、これはたまげた。褒め上手だな。ありがたいねえ」

歌麿が上機嫌で笑った。

「それに、伝蔵さまは、これまでの浮世絵師の出自や伝記をまとめようとなさっていますよ。歌麿さまの名を洩らすはずはないでしょう」

ああ、あれか、と歌麿が唇をへの字に曲げた。

「え？　なんだよ」

三馬が興味を示す。

「南畝さまが、十年ほど前に『浮世絵類考』ってのを版行してな。別の者が増補という形で先日、版行したばかりだが。もう早速、新たな付け足しを伝蔵さんが始めたってわけか」

「そのようでございます。だから、写楽のことも、注目している春朗さんのことも、書き足さねばと張り切っていましたよ」

「そうか。でも、喜次郎さんが訪れたことが、伝蔵さんにとっていい引き金になるといいんだがねえ。相四郎、それから、三馬。酒と肴を持って、座敷に行くぞ」

「え？　いいんですか、混ざっても」

三馬が嬉しそうに腰を上げた。

座敷に戻って行くふたりを見送りながら、歌麿がさりげなくいったことが、心に引っかかっていた。いい引き金になれば、とは、どういう意味であろう。歌麿の言葉には、どうにも含みがあるようでならない。

店は七ツの鐘を聞きながら、片付けを始める。

読書丸は思ったよりも評判がいいようだ。店に並べれば、あっという間に売り切れる。

それにしても、とゆりはきびきび働く奉公人たちを見守りながら、まったくこの家は、と息をついた。

江戸の華を担う人々がこぞって集まってくる。周りが羨むような今をときめく人ばかり。それはおそらく、京伝の穏やかで、人好きのする性質のせいかもしれない。集うひとりひとりの顔を思い浮かべながら、あらためて、とんでもない家に嫁いだとゆりは思った。

三

亡くなった義父が使っていた座敷を喜次郎のために用意した。そして京伝は毎夜毎夜、店をしまうやいなや喜次郎の元へ行く。ゆりが寝入ってから、京伝は寝間にそっと入ってくる。

それがもう幾日も続いていた。相手は喜次郎。悋気を燃やしているわけではないが、女であろうが男であろうが、女房をほったらかしにするのは、よろしくない。そのうえ、京伝は何も語ってくれない。喜次郎のことも、何ひとつ教えてくれない。この十日ほどは、朝餉まで一緒にしている。

読書丸の売れ行きがよいことや、売れ筋の煙草入れのことを話したくても、ちっとも耳を傾けてくれない。

ゆりは、杉吉に供をさせ、日本橋の薬種屋に読書丸に用いる生薬の買い出しに出た。

今度はそれを持って、懇意にしている医師の屋敷に向かう。薬種屋でも丸薬を作っても良いのだが、京伝は医師を通じて薬を作るようにしたほうが間違いないし、信用もあるといった。

「杉吉、これを先生の処へ届けてちょうだいね」

「お内儀さんは?」

「あたしは、ちょっと小間物屋さんに寄って半襟を買おうと思っているの。はい、これお駄賃。五助さんや太市さんとお団子でも買って食べなさい」

杉吉は掌に載せられた銭を見て、眼を輝かせた。

「さ、お行きなさいな」

ゆりは、杉吉が歩き出してしばらくしてから、身を翻した。

小間物屋に行くのは後でいい。少し、町を歩きたいと思った。

忙しい京屋を抜け出すのは申し訳なく思ったが、ちょっとだけ外で息が吸いたくなった。

日本橋から富士のお山が見えた。

往来を行く人々の顔が皆明るく見えるのは、あたしの気持ちが沈んでいるからだろうか。ゆりはしばらく歩を進めて、はたと立ち止まる。ころり、と下駄が鳴った。

ゆりはその場に佇んだまま、あたりを見回した。軒を連ねているのは、米問屋、油問屋、向かいには紅屋、白粉屋が並んでいる。

その隣の足袋屋。店座敷の奥が工房になっていて、そこには――。見知っている主が足袋を縫っていた。

ここの裏店――。妹のおたきが生まれてから、移り住んだ長屋だ。いつの間にか、本石町まで来てしまっていた。ゆりはそろりと一歩足を出した。細い路地を入り、見覚えのある粗末な木戸から中を覗き込む。ドブ板の上を走り回る幼子、入り口前に置かれた夜鳴き蕎麦屋の屋台、赤子を負ぶいながら、立ち話をしている女房たち。

九尺二間の割長屋。父親が生きていた頃は、三間ある一軒家に住んでいた。そっちじゃなくて、こっち？　知らぬうちに、足が向いてしまうなんて。ああ、帰らなくちゃ。京橋に帰らないと。

ゆりが踵を返し、表通りに飛び出たときだ。

「まさか、あんた、前にいた」

背に飛んできた声に、仰天して振り返った。

「やっぱりそうだ。あらあ、いい女房振りだねえ。ええと、名は、ああ、おゆりちゃんだ」

店先に現れたのは、足袋屋の女房だ。

「お、おばさん、ご無沙汰しております」

「ほんとだよ。何年振りかねえ。あんたが奉公に上がってすぐ、お道さんも赤子を抱えて長屋を引き払っちまったからさ。でもさ、やっぱり大店に奉公すると変わるもんだね。形も違うし、佇まいも品がある。お道さん、いってたもの。おゆりは器量がいいから奥向きを任されたって。支度金もたんまりいただいたから、あたしも当面苦労しないってさ」

呆れた。大店の奥向きに奉公に上がった？　その支度金？　身売りした銭は、そんな偽りでいいふうに飾られていたのか。お道――おっ母さんの名も久々に聞いた。

「ねえ、どこに嫁入りしたんだえ？　その奉公先の取り持ちかい？　結構な大店なんだろうねえ。小袖の柄も今流行り。おや、銀簪も細工がいいねえ」

女房はゆりを品定めするような目付きだ。

「ええ、そんな」

長屋には、たった半年ほどしかいなかったのに、おっ母さんはおろかあたしのことまで覚えているなんて。そうだ。おっ母さんが、この店で幾足も足袋を誂えていたからだ。

明日の飯にも困っていたのに、足袋を作っていたおっ母さん。足の形が悪いから、誂えたものじゃないと履けないとか、冬はかかとがひび割れるからとか、言い訳していた。そもそも足袋が贅沢なのに。

　そして、この女房は噂話が大好きだった。

「お道さんも、おたきちゃんも元気なんだろう？」

「え、ええ」と、ゆりはぎこちなく頷いた。これではもう、どこへ越したのか訊けない。むしろそんなことを訊いたら、この女房のことだ、もっと食いついてくる。

「ほんに久しぶりだ。懐かしくて来ちまったって顔だ。このあたりにご用事かえ？」

「ええ、そんなところ。じゃあ、あたしもう行かないと」

　ゆりはにっこりと笑って頭を下げた。

「なんだ、油売ってる場合じゃないのかえ。今度はさ、お道さんとおたきちゃんと連れて遊びにおいでな。おゆりちゃんも、足袋を誂えるならいつでもどうぞ」

「ありがとうございます」

「そういえばお道さん、養女に出さなかったんだねえ」

　女房が探るような眼を向けてきた。なんのことかとゆりは訝る。

「まあねえ、父親もわからない子だからねえ。だって、あんたは奉公に上がっちまったからさ。孫は可愛いとはいえ、お道さんも大変そうだった。たっぷり、親孝行してやんなよ」

　え？　あたしの子？　おたきが？　驚いた。父なし子を、あたしが産んだ。駄目、ここで否定しちゃいけない。もっとややこしくなる。

「ええ、おかげさまで今は、楽に暮らしていますから。でも、そんな話、あたしちっとも知らなかった。おばさん、教えてくれてありがとう。でも、おっ母さん、どこにおたきを養女に出そうと思っていたのかしら？」

女房は申し訳なさそうな顔をした。

「あら、いやだ。あたしったら、余計なことといっちまった。ならお道さんには内緒だよ。安房の姉さんだって。お大尽の百姓だけど、子がいないからって。でも側にいるならよかったねえ」

ええ、とゆりは口元に笑みを浮かべ、相槌を打ちながら、安房に伯母なんていたかしら、と内心では首を傾げていた。

「そうそう、去年の秋だったかねえ――」

と、女房がしまったとばかりに口に手を当てた。わざとらしい、とゆりは心の内で呆れた。

「ああ、いけない。もうおゆりちゃんは人の女房なんだから」

「なによ、おばさん、気になるわ」

ゆりは笑顔を向けて、訊ねるが、女房は上目遣いにちらちら見てくる。そういうことね。

「ああ、おばさん、今日はゆっくり出来なくてごめんなさいね」

ゆりは一旦、背中を向け、素早く財布から一朱を出すと懐紙に包み、再び向き直る。

「せっかくここまで来たのに手土産もなくて」

女房の手を取ったゆりは、包みを握らせ、微笑んだ。

「あら、あたし、そんなつもりはなかったのに悪いわねぇ」

顔を綻ばせると、

「おゆりちゃんのことを聞きにきた人がいたのよ。まだ若いお武家さんだったのだけどね。だから、お武家に輿入れとか思っちまったんだけど、違うようねえ。でも、その人、お道さんのことかおたきちゃんのこととか聞いて回ってたわよ」

ゆりの驚く顔を見て、女房は満足そうに幾度も頷いた。


読書丸が午前中によく売れた日には、必ず昼餉は蕎麦屋の出前。ときには、天ぷらまでつけていいと京伝が許可をしたので、小僧たちは大張り切りだ。もう何日も天ぷら蕎麦が食えている。ゆりは『京屋』のお内儀として、客あしらいにもすっかり馴れ、番頭の重蔵の小言も少なくなった。

思わぬ形で、母親の話を知ったが、ゆりは、母親のことも妹のことも頭から打ち払った。後悔はない。きっとふたりはなんとか生きているはずだと思うことにした。

「読書丸はうちの品として定着したようですねえ」

重蔵が帳場に座るゆりに話しかけてきた。ゆりははっとして、重蔵に笑いかける。

「ええ、もう少し数を増やしてもよいと思うのだけど、重蔵さんはどう？」

「そうですなぁ。お内儀さんから旦那さまにお伝えくださいませ――ところで」

重蔵が、すっと膝を進めてきた。

「旦那さまは相変わらず、喜次郎さまとお部屋で何かなさっているのですか」

「そのようよ。伝蔵さまが戯作を執筆をされているときは、相四郎さまや三馬さんがお供してあちこち巡って江戸見物しているようだけど――」

ゆりは、不意に相四郎のことを思った。

長屋を訪ねていたのは相四郎ではなかろうか。去年の秋といえば、京伝に嫁ぐことが決まって、仲人も決まり、あとは花嫁衣装の出来上がりを待つばかりの時期だ。

そんな頃に、あたしたち母娘が暮らしていた長屋を探っていたなんて。誰かに住まいを話した記憶はない。妹や父母のことも、伝蔵に寝物語に話したことはあっても、深刻な伝え方はしていないはず。伝蔵ではなく、もしかしたら、こちらの親戚筋や姑の言い付けで探りに入ったのかもしれないが。いずれにしても、こうして嫁入りは出来たわけなので、いまさらゆりが物申すことはない。だけど、先日、あの長屋へ行ったことは京伝には内緒にしている。

でも、あたしの足はなぜあの長屋へ向かったのだろう。乳飲み子だった妹のおたきの顔などろくに覚えていないのに。父親だって違うのに。

まるで引き寄せられるようにあの長屋へ向かったのは、やはり妹のことが心残りであるのかもしれない。いいや、違う、とゆりは首を横に振る。

先妻のお菊のこと、母のこと、妹のおたきのこと。

もう考えても詮無いことだ。あたしの、居場所はここだもの。

「あら、ご隠居さま、おいでなさいまし。本日は、小振りの銀煙管が入っておりますよ」

ゆりは重蔵に帳場を任せて、立ち上がった。

夜。厠に起きたゆりが隣を見ると、相変わらず主のいない冷えた布団があった。

今夜は寒さが振り返したようだ。

起き上がったゆりは、そっと障子を開けた。夜目には慣れているが、冷たい廊下の感触に、足先が震えた。丑三ツ刻近くであろうか。闇は深く、壁を伝って歩いた。

面倒がらずに手燭に火を灯せばよかった。上に羽織り物をまとうべきだった。後悔したが、厠までもうわずかのところまで来ていた。早く済ませて寝所に戻ろうとしたとき、どこからか声が聞こえてくる。笑いを含んだ声だ。京伝と喜次郎と知りつつも真夜中に聞こえてくる声や笑い声ほど不気味に感じるものはない。

と、急に凍えるような冷気がゆりを襲った。思わず身を縮ませる。背に悪寒が走る。ゆりは何気なく出て来た寝所の方を振り返った。

ひっ。

ゆりは眼を見開いた。寝所を越えた突き当たりがうっすら光っていた。あの奥は仏間だ。

まさか――。

「お菊さま？　お菊さまなんでしょう？」

ゆりは思わず呼び掛けていた。

「そこにいるのでしょう？」

声が震える。

背筋が凍りつく。心の臓が締め付けられるような痛みが走る。それでも、この場から逃げ出せない。

なぜ、いまさらお菊さまが。やはりあたしでは女房として不満ですか？　あたしでは伝蔵さまをお助け出来ませんか？

ゆりは胸の前で両の指を組んで、心の内で懸命に呼び掛ける。

煙草がくゆる香りがする。朱塗りの煙管が脳裏に浮かぶ。

「どうしたんだい、ゆり」

はっとして前を見ると、手燭の小さな火が、奇妙な隈取りのような陰影を顔に浮き上がらせた男が立っていた。

ゆりは、小さく悲鳴を上げて、その場にしゃがみ込む。

「ゆり。私だよ」

恐る恐る顔を上げ、目を凝らすと目の前に立っていたのは京伝だった。だが、その背後に。

ぼんやりと白い物が揺れていた——。

ゆりは声もなく、顔を伏せた。

「ゆり。なにがあったというのだい」

京伝の手が肩に触れる。

「どうした、こんなに震えて」

「お、お菊さまが。お菊さまが、そこに」

ゆりは面を伏せたまま、腕を上げ、背後を指し示した。

「夢でも見たのかい？　お菊はもうこの世にはいないよ」

いつもは優しい京伝の声が、地の底から響いてくる不気味なものに思えた。ゆりは童のように頭を振る。

「お戻りに。きっとあたしが気に食わないんです。不甲斐ないんです」

「しっかりしなさい。私たちだよ。勝手から部屋に戻るところだ」

私、たち？　ゆりは落ち着こうと、息を吸った。が、喉が渇き切っていて、こふこふと小さく咳をした。

「大丈夫かえ？」

京伝が腰を落とした。

「喜次郎さまと、寝酒を少しと思ってね」

見れば、寝巻きの上に白い薄物を羽織っている喜次郎が、手にした銚子を掲げている。

じゃあ、ただの錯覚？　あたしのおののきが別の何かを見せていただけ？

ゆりは胸に手を当て、一度大きく息を吐く。

「ああ、伝蔵さま。あたしったら」

「夜の闇がゆりを惑わせただけさ。なにも怖いことなどないよ」

ゆりの顔を覗き込む京伝の声が胸底に沁み込んできた。いつもの声音だった。ゆりの呼吸が少しずつ楽になる。

「伝蔵さま、今日はお内儀さまとご一緒に」

喜次郎がゆりを気遣う。

「ええ、そうさせていただきます」

さ、冷えるよ、と京伝に促され、ゆりは足下をふらつかせながら立ち上がる。

「あの、その前に厠へついてきてくださいます？」

ゆりが上目遣いに窺うと、京伝が声をひそめて笑った。


厠をすませ、ふたりで寝間に戻ると、京伝が障子を閉めるなり、真剣な顔を近づけてきた。指が顎に触れる。夜具の上でゆりはどぎまぎしながら、「手燭の灯りを消してください」と頼む。すると、

「ゆりは、なにかを見たのかい？　話を聞かせておくれ」

京伝は眼を輝かせ、そういうと、手燭の火を行灯に移した。

ゆりは、ため息をつく。この人は戯作者だった。こういうことが大好物に違いないのだ。

京伝は、ゆりの話のなにが面白いのか、

「なるほど、寒気がしたのだね。うんうん、それは興味深い」

ふんふん頷きながら、いつの間にやら手にしていた紙に書きつける。

一瞬、煙草の香りに鼻先がくすぐられたが、あれはきっと、京伝が近くに来たから、薫った

のだろうとゆりが告げると、

「そうともいえないなぁ。お菊も煙草が好きだったから」

またぞろ肝が冷えるようなことをいう。怖いと思うと、吊るした手拭いも幽霊に見えてしまうものだよ、と京伝は笑った。が、急に顔を険しくして、

「怖い思いをしたのかもしれないが、お菊は人を恨んだり、ゆりに妬心して、この世に戻ったりするような了見の狭い女ではないよ、それだけは覚えておいておくれ」

ほんの少し、ゆりを責めるような物言いをした。唇を嚙み締めたゆりが小さく頷くと、

「そうだね。お菊は明るく面倒見のいい性質だったから、もしもこの世に舞い戻ってきたとすれば、ゆりが心配だったのかな。遠慮せず、好きにやりなさいといいに来たんだよ。でもね、なぜ私ではなく、ゆりの処に来たのか。私が嫉けてしまうよ。たとえ幽霊でもね」

そういうと、座敷の暗がりに向かって、「私も会いたいんだがねえ」と、寂しげにいった。

話し終えると京伝はすぐに眠りに落ちた。この人は、お菊さんが本当に好きだったのだ、とゆりは寝顔を見ながら思った。

その夜の出来事から、こっち。

京伝はゆりが眠るまで、寝間にいてくれるようになった。たいていは、書見台を前に難しい書物から、古い黄表紙など様々なものに目を通している。

特に今は、浮世絵の祖といわれている菱川師宣を調べているようだ。やはり『浮世絵類考』の追記のためだという。

「菱川翁はよく気づいたよねえ。今の絵本、黄表紙の形は、挿絵の余白といっては切ないけれど、そこに詞書を書き入れて、挿絵と詞書が一緒に見られるように工夫したのだよ。それより以前は、詞書だけ、挿絵だけの丁だったからねぇ。それだと、挿絵だけ見て物語を知った気になってしまうけれど、挿絵を見ながら、文章を読むともっと物語が立ち上がるよね。まるで舞台を見ているように。それによって、さらに挿絵の役割が大きくなり、誰が描くか、という絵師の存在も重要になったのさ。私も、そんな工夫が出来ないものかと思うがね」

京伝はひとり頭を捻っている。

「ああ、そうそう。挿絵の隙間に詞書があるから、読み方がわからないと先日言っていた人がいたんだよ。そうだねえ。どこから最初に読むか、わかるように出来るといいねえ。印をつけるとか。うんうん、読則と名付けようかな」

気遣いは嬉しいが、こうして独り言を長々話すものだから、なかなか寝付かれない。それでも、京伝の声がやがては子守唄のようになって眠りにつく。

そんな夜がしばらく続き、弥生の月。

やはり芽吹きの頃は、あたりに漂う香りもいい。

ゆりは、庭の桃をひと枝折った。花も数輪咲いていて、蕾もふっくらしている。数日ですっかり開き切るだろう。枝振りの良いものを選んで、濡れ縁にそっと置いた。少し濃いめの桃色の花はとても愛らしい。

ゆりは濡れ縁から居間に上がって、すでに準備しておいた花器に活ける。

と、隣家から、鶯の鳴き声が聞こえてきた。

「あら、可愛い声」

花器に挿した枝の具合を直していると、不意に頭に浮かび上がってきた光景があった。

ゆりの目の前がゆらゆら揺れて、少しずつ形をなす。賑やかで楽しげな大勢の声が聞こえ、その人々の前には、きらびやかな衣装に身を包んだ、人形が置かれている。

「お雛さま――」

まだ父が生きていた頃、居間に男雛女雛を飾った。嫁ぐときに持っていくんだぞ、そういってあたしの頭を撫ぜた父はもうこの世にいない。

あのお雛さまは、どこに行ってしまったのだろうか。どこかで飾られていたら嬉しい。その後は、吉原での華やかな雛祭りだ。女子の節句だから、吉原中が大賑わい。見世は競って豪華な雛を飾って、客を呼んだ。

この日は、揚代もいつもより高価になるので、妓たちも女雛に負けじと着飾る。

ああ、そうだわ。すっかり忘れていた。

ゆりは居間を飛び出した。

見ると廊下の奥で大きなお尻が揺れている。お仲だ。ほんに働き者だ。

「お仲さん！　三月に入ってしまったけれど、大急ぎで雛の節句のお祝いの準備をしましょうよ」

お仲が肩をびくりと震わせ、拭き掃除の手を止めてゆりを振り返る。

「よろしいのですか？」

「なぜ？　あと二日でお節句よ。どうして気づかなかったのかしら。伝蔵さまには妹さんがふたりいらっしゃったから、雛人形は毎年飾っていたのじゃない――の？　それとも持って行ってしまった？」

うう、とお仲が嗚咽を洩らした。

「いいえ、亡くなった上の妹さまのお雛さまがずっと仕舞われたままで、やはりそれを先のお内儀さんが」

ゆりは、小さく声を洩らした。

お菊、さま。

「そう、節句をお祝いしていたのね？」

「でも、お菊さまがお亡くなりになってからは、ご隠居さまがもう飾る必要はないと」

お菊も寂しかったのじゃないだろうか。急にあたしの頭に雛祭りの光景が閃いたのは、そのせいかもしれない。

「お雛さまを皆で飾りましょう。さあ、急いで急いで」

奉公人にも手伝わせ、母屋の奥の納戸から、いくつもの箱を取り出した。

木の蓋に積もった埃を払い、次々と箱を開ける。下女奉公の娘たちの歓声にも似た声が上がった。

客間に飾り段を組み、ゆりは皆を指図して、雛人形を飾っていく。人形を飾るのは娘たちの仕事。小僧たちは振り返り、振り返りしながら、座敷から出て行く。

「あら、杉吉さん」

ゆりは、一番年少の杉吉に声を掛けた。

「ちょっともう袖が短いわね。肩上(かたあ)げを下ろしましょう。まあ、五助さんは股引(ももひき)の膝に穴が開いてる。うふふ、これも繕(つくろ)いましょうね」

見ると、太市が何かいわれたそうに期待しながら立っている。ゆりは、優しく見つめると、

「太市さんは――まだ大丈夫ね。あ、ちょっと髷が」

ゆりは立ち上がり、自分の櫛(くし)を髪(かみ)から抜くと、太市の髷と鬢を整えた。

「きれえになったわ。さ、お店に出てちょうだいね」

太市は少し顔を赤くして、杉吉と五助を促した。


三月三日。京屋の奉公人も含めて、皆が豪華な雛人形を眺めながら、白酒を飲み、仕出しの料理を食べた。

雛の節句は女子のお祭り。いつも家事全般(ぜんぱん)を任せている娘たちが主役だ。もちろん、女中頭のお仲も。

「ほらほら、太市さん、杉吉さんは、お料理を取り分けて、皆に配って。相四郎さん、飲んでばかりいないの」

ゆりはいいながら、姑の盃(さかずき)に白酒を注いだ。

「こうしてまた節句のお祝いが出来るとは思いませんでした。よねが十八で逝ってしまい、お菊まで亡くして。なぜ、あたしが生きているのか、天を恨みましたよ。でも再び賑やかな京屋が戻ってきました。礼をいいます」

姑が頭を下げた。

「いいえ、お義母さま。あたしがお祝いしたかっただけです。急に思い立って、皆さんを慌てさせてしまいました」

それに、とゆりは、

「この家に受け入れてくださったことにあたしは感謝しています。天を恨むなど、おやめください。長生きしてくださいませ」

そういって、笑いかける。

「はい、ありがたくお言葉頂戴いたしますよ。ああ、お雛さま、きれいだこと」

赤い毛氈を敷いた四段の雛飾り。最上段には、男雛と女雛、その下の段に三人官女、三段目には五人囃子、四段目には嫁入り道具。女子の幸せを願う雛祭り。

「ところで、伝蔵は？」

「それが、昨夜も遅くまで自室に籠もって執筆をなさっていたようなので」

この頃は、伝蔵と顔を合わせるのが、朝と昼、晩、それぞれほんのわずかな間だけだった。一日のほとんどを自室で過ごしている。そして時々、喜次郎を引き込んでは話をしている。

いつ頼んだものか、鶴喜や蔦重から、書物が届く。各地の伝承やらを集めた物のようだ。

ゆりが抱えて持っていくと、

「すまないね、そこに置いておくれ」

と、声はすれども姿は見えず。

顔ぐらい見せてくれても、と思うのだが、ゆりはどさりと乱暴に置いて、立ち去る。

新しい戯作のためと思えば、仕方がない。腹を立てるのは簡単だけれど、振り上げた拳は下ろすほうが難しい。ここが我慢（がまん）のしどころ、と小言を呑（の）み込（こ）む。

「こういう日ぐらい、家長として出てこないとねぇ。それに、あのお侍さまのお相手も相四郎に任せっきりなの？」

ゆりがちらと視線を移すと、相四郎と喜次郎が談笑しながら白酒を飲んでいる。

「いえいえ、喜次郎さまは、この頃、歌麿さまや式亭三馬さまと江戸見物に出られて」

「やっぱり、人に任せっきりじゃないの。まったく戯作者は、筆が進みだすと周りのことが本当に見えなくなるんだから」

姑が強い口調で言い放ったのが、ゆりはおかしかった。

「喜次郎さまは、客人というよりすっかり居候になっておりますので、ご心配なく」

でも、数ヶ月もお屋敷を空けたままでいいのかしらと心配にもなる。

奉公人たちが皆、楽しそうにしている。それを眺めている自分も嬉しい。ゆりは、こうして少しずつ京屋のお内儀として馴染（なじ）んでいくのだろうと思った。

今日、店にいるのは、番頭の重蔵だけだ。きっとてんてこまいしているだろう。

陽が陰ってようやくお開きとなったが、片付けをしながら女中たちが代わる代わるゆりに感謝の言葉を掛けてきた。

よほど楽しい一日だったのだろう。皆がこれまで以上にきびきび働くようになった。

桜が咲いたら舟を仕立てて、大川端の花見もいいわね、とゆりがいうと、また皆が張り切った。

太市と、五助、杉吉は、五月の端午の節句に期待しているようだと、お仲が洗い物をしながら笑った。

「それは大変。柏餅と粽を用意しないと」

「真に受けないでくださいましな。あたしたち奉公人にとって、この家でご奉公させていただけるのが、すでに自慢なんです」

お仲がいった。

「だって、江戸一番の戯作者のお家で、江戸の人気店京屋ですよ。だけど、お内儀さんが亡くなってから、少しだけ寂しくなっていたのは確かなんです」

「でも、賑やかなお家ではあったでしょう？」

「変わり者の文人に絵師、版元さんの出入りはしょっ中でしたけれど、そうじゃないんです」

ゆりが器を棚にしまいながら、首を傾げた。

「華やぎがなかったというのでしょうか」

お仲がしまったという顔をした。奉公人が主家にいうべきことではないと気づいたのだろう。

「そりゃあ、そうよ。男だらけだもの。小袖も落ち着いた色が多いしね。桜色やら、鮮やかな緑やらがないのは寂しいわよ」

ゆりはおどけて応えた。

「お内儀さん」

お仲は洗い物の手を止めた。意を決したように、まじまじゆりを見る。

「あたし、こんなことといっちゃいけないと思っていましたけど、先のお内儀さんには絶対敵わないと決めつけておりました。お菊さまが皆さんに好かれていたし、亡くなってから、旦那さまはどんなにいい条件の縁談でもお断りして八年お過ごしになられたんです」

「はい」

ゆりは、こくんと頷いた。

「あたしたちのことも、杉吉や小僧たちのことにも気を配ってくださる。先日は駄賃をもらったと大喜びしておりました。それに、皆のお仕着せの繕いまでして」

お仲がくっと唇を嚙み締め、自分の前垂れを強く摑んだ。

「あたしね、吉原にいたのは三年。だから、お菊さまほど人の機微はわからないかもしれないけれど、それなりには苦労はしてきたつもり。ただ、あたしは出来ることしか出来ないの。戯作者だって、みんな変な人だと思っているし。特に、馬琴さま」

ゆりが声をひそめて、真剣な顔をすると、お仲が噴き出した。

「あたしも苦手ですぅ」と、本音をいって慌てて口を噤んだ。

「これはまた、ずいぶん楽しそうなことだねぇ」

ゆりの背にぞわっと悪寒が走った。お仲も眼を丸くしている。

滝沢左七郎の声だ。ゆりは頬を緩めて、くるりと身を返した。

「おいでなさいまし、馬琴さま」

「そんな作り笑顔はいりませぬよ、お内儀。悪いが、茶をくれぬかと思うて」

一体いつからいたのかしら。そもそもどうして、いつの間に？

「ははは、不思議な顔をしておりますねえ。伝蔵さまには気軽に来いといわれておりますし、こちらに居候もしておりましたので、まさに勝手知ったる」

妙な人。顔を隠して探りに来たり、知らぬ間に家に上がり込んでいたり。

「で、伝蔵さまはいらっしゃいますかね」

お仲があからさまに嫌な顔をして、淹れた茶を盆に載せて差し出した。

「んんん。茶を所望したが、茶だけというのは気が利かんなぁ」

お仲は、戸棚から饅頭を取り出すと黙って盆の上に置いた。

「伝蔵さまは、今は執筆中ですけれど――誰も入るな、と」

ゆりがいうと、

「ああ、そんなものは私なら大丈夫だ。私は、今や京伝さんと人気を二分する戯作者だからなぁ。京伝さんも無視は出来ん」

わはは、と笑いながら京伝の部屋へと向かう。

「やっぱり苦手です」

お仲が、馬琴の背に向けて、舌を出した。

と、馬琴がいきなり振り返る。お仲は慌てて口を閉じた。

「私がここにいることは内緒だぞ。版元の催促に辟易しているんだ。いいか、お内儀、誰が来てもいないといってくれ。そこの口が軽そうな女中もな」

その物言いに、お仲は頬を膨らませた。

四

ゆりはいつものように昼に皆に蕎麦を振る舞うと、番頭の重蔵とともに帳場に戻った。

「重蔵さん、煙草入れの意匠なんだけど、あたし、考えているものがあるの。聞いてくれる？」

「ええ、もちろんですよ」

「あのね、鳥や獣の意匠はどうかしらと。特に吉祥文様。鳳凰とか、ああ、そうそう煙草は煙になるから銭の無駄とかいうでしょう。だから、銭が帰るで、蛙とか」

「ははは、それは、洒落じゃないですか」

「伝蔵さまの判じ絵と変わらないと思うわ」

「なんと恐れ多いことを。旦那さまは江戸一番の戯作者で、絵師ですよ」

呆れる重蔵に、ゆりは鼻をうごめかせた。

「その伝蔵さまにお訊ねしてみようと思うの。ああ、それから、奉公人のお仕着せを新調してくださいな」

「え？　三人分ですか？　太市のお古を五助に、五助のお古を杉吉でもいいじゃないですか」

「でも、新しいほうが、気持ちもいいわ。張り切ってくれるんじゃないかしら」

重蔵は、舌打ちして、

「昼は天ぷら蕎麦で、新品のお仕着せ。うちの小僧は幸せ者だ」

苦笑いした。

「では、早いうちに」

ええ、そうしてくださいな、とゆりが顔を上げたときだ。店を覗いている女客に眼を留めた。結い髪の所々がほつれ、艶もない。身につけている小袖も帯もそれなりの物だが、どうにも、だらしない。歳の頃は、四十ほどか。

ゆりは帳場から立ち上がり、女客に声を掛けた。

「どのような品をお探しでしょう？」

訊ねると、女の眼がぎろりと光る。

「なるほどね。そうして色目を使うのか」

女が憎々しげに吐き捨てた。

「そうか、あんたがそうなんだ」

両手を袖に差し入れて、女は店座敷をぐるりと見渡し、鼻を鳴らした。

なんだろう。京屋に難癖をつけに来たのかしら、とゆりは、

「お探しの品があればお出ししますけれど」

少し言葉を変えて訊ねた。

すると、ゆりに向き直った女が半眼にして見つめてきた。

「うちのが来ているだろう？　出しておくれ」

は？　ゆりは眼をしばたたく。

「うちのと申しますと？」

「とぼけるんじゃあないよ。もう二日、戻ってこないんだ。山東京伝は自分の朋友だといつも吹いているから、きっとここだろうとあたりをつけて来たんだよ。それにここには吉原上がりの女房がいるっていうからさ。あんたがそうだよね」

ゆりは眉間に皺を寄せる。見た目もそうだが、性質もずいぶんきつそうな人だ。伝蔵さまの朋友、といえば。そうか、この女。馬琴さんの。なるほど、この女なら、あの皮肉屋で陰険な馬琴でも尻に敷いてしまいそうだ。

「あの、お百さまでございますよね？」

「ああ、そうだよ。ようやく気づいたか」

ゆりは苦笑しつつ、いった。馬琴が、いないといえといったのは、お百のことか。

「いるんだろう。あの男は他に知り合いなんかいないんだからね」

お百は髪油もつけていないのか、ほつれたばさばさな髪を撫でつける。

「うちにはね、四人の子がいてさ、末っ子はまだ数えの二つだ。あたしひとりで大童なんだよ。

腹を空かせて待っているんだ。銭を持って帰るといって戻ってこない。さ、早いとこ呼んでおくれな。それともなにかい？　あたしが来ても追い返せとか、いないと嘘をつけとか、亭主にいわれているのかえ」

お百は、大層な剣幕だ。当たっているだけに笑いが込み上げる。が、店にいる客たちが皆不審な顔をしている。

「では――どうぞ、お上がりになってくださいませ」

お百が痩せた顔に薄ら笑いを浮かべた。

「おやおや、うちの亭主にもそんな笑みでいったのかえ。こんなに若くて色っぽいご新造――ああ、もともと遊女は、独り者だとか人の亭主だとか、お構いなしに色目を使うんだろうから、うちのが骨抜きにされたのかね？　じゃあ、お言葉に甘えて、捜させてもらうよ」

お百が履物を脱ぎ、ゆりを押し退けたときだ。

「お百さま」

重蔵が間に入り、五助と杉吉までお客をほっぽらかして飛んで来た。

「少々言葉が過ぎておりませんか。いくら旦那さまのご友人のお内儀でも、こうした勝手は困ります。他のお客さまにも迷惑です。おゆりさまは、この京屋のれっきとしたお内儀。元がどこだとか、そうしたことは、一切かかわりございません」

重蔵が睨めつけると、お百がわずかに怯む。小僧ふたりもお百の前に立ちはだかる。

「ありがとう、大丈夫よ。お客さまのお相手をお願いね」

ゆりは、ふたりの奉公人に囁く。

五助と杉吉がゆりを見て安心したように頷き、その場を離れた。お百がその様子を忌々しげに見る。

「番頭も奉公人も手玉に取って、すごいねぇ」

いい加減に、と身を乗り出した重蔵をゆりが押し留める。

「どうしても家捜しされたいのなら、店座敷からではなく、裏へ回ってくださいますか」

ゆりが息を吐き、落ち着いた声を出す。

「ちょっと、裏へ回れってどういうこと」

お百が噛みつく。

「どこなりとも、ご亭主をお捜しくださいませ。ただし、山東京伝の書斎には絶対に近寄らないでください。張り紙がしてありますので、すぐにわかります」

ゆりはさらに続けた。

「戯作者の女房なら、執筆の最中、どれだけぴりぴりしているかご存じでしょう? 女房がそうして気を遣っていることをわかってほしいですよね。お百さまはお子さまがいらっしゃるなら、騒ぎ声などもっと心を砕いていらっしゃるのでしょう。たいしたものだなと思います」

ゆりがお百に憧れの眼差しを向ける。お百はその視線を避けて、

「ああ、うちのは今、注文がひっきりなしでね。お宅のご亭主は、お店を持っているが、うちは潤筆料だけで暮らしていけるから」

少し照れながらも、しっかり胸を張る。

「まあ、それはお百さまの内助の功の賜物」

あまりに浮いたゆりの世辞に、重蔵が顔をそむけ、たまらず肩を揺らした。

「でも、ご亭主が戻られないのは、とても不安ですもの。けれど、馬琴さまは有名な戯作者です。色々とお誘いもあるのではありませんか」

「でもね、これまで家を空けることはなかったんだよ」

お百の声がわずかに頼りないものになる。

すると、長暖簾から眼を見開いた馬琴が飛んで入ってきた。

「こりゃ、お百。お前がなんでここにいるんだ。鍬や他の子は誰が見ているんだえ?」

鍬というのが数え二歳の末っ子だろう。

「やっぱりここだったのかい。二日戻らなくても、子どものことは心配のようだね。隣の婆さん夫婦に頼んだよ。亭主が行方知れずになったっていってさ」

お百は早速馬琴に嚙みついた。

「絵師の春朗の処へ泊まりがけで行くといったじゃないか。戯作の挿絵の打ち合わせだ」

「あたしは、聞いてないね」

「きちんといい置いたぞ。まさか、京屋さんに迷惑を掛けたのか」

ゆりは首を横に振ったが、心の内でため息をつく。お百と馬琴の夫婦は面倒くさそうだ。

「嘘はいうな。我が女房ながら、口が悪い上に、まず言葉を知らんのだな」

「戯作を書いているからって、いつもそうしてあたしを小馬鹿にする。腹が立つったら。入り婿がそんな大きな口を叩けるものかね」

「家業の下駄屋はやめただろうが。今は私の戯作で飯を食っているのだぞ」

ゆりと重蔵は顔を見合わせた。店先で夫婦喧嘩されてはたまらない。険しい顔をして数人の客が帰ってしまうし、店を覗く者も驚いて、入ってこない。それにしても、お百に対する馬琴の物言いはひどすぎる。

「あの、馬琴さま、お百さま、声を抑えて」

ゆりが困り顔で間に入ると、

「いくら、ゆりを呼んでもきてくれないので様子を見にきたら、この有様だ。ご夫婦で、どうしたことだい」

京伝の登場で、お百はむろんのこと、馬琴も口を噤んだ。

「お百さまが、うちに馬琴さまがいるのではとお訪ねに。それだけでございます」

ゆりは京伝に笑みを向けた。それにしても京伝は、いつも都合よく現れる。おそらく、事が大きくなりそうなのを見計らい、自分の登場で驚かせ、うやむやにするのが好きなんだろう。

京伝がにこにこ笑う。

「さあさ、左七郎さんもお百さんも店先を賑わせてないで、上がっておくれ。饅頭があったね」

「はい、すぐに用意いたします」

ゆりが答えると、お百が口を開いた。

「うちには子どもが四人もおりますのでね、あたしがいないと家の中がとてもじゃないが回らないのですよ」

京伝をちらと見る。

「だったら、お土産（みやげ）にしましょう、頼むよ」

「ええ、別に包みますから、少しお待ちくださいね。お百さま、勝手に回ってくださいな」

「悪いねえ、そんなつもりじゃなかったんだけど、そちらさんがそうおっしゃるなら」

お百はふふっと笑う。

「亭主は、京伝先生とゆっくりお話ししたいでしょうから、遅くなるのも一向に構いませんよ」

要するに、馬琴に夕餉（ゆうげ）を食べさせろということだろう。したたかさだけなら、吉原の妓もお百に敵わない。でも――。

「ああ、それとね、あの件は、銭の算段がつかなければ、諦（あきら）めるんだよ。そもそも家を空けることだって、あたしは許してないからね」

お百の尖った声が飛んだ。馬琴はあからさまに唇をへの字に曲げる。

お百が去ったのに安堵した馬琴は、結局、夕餉と好物の甘味（かんみ）をたらふく食べて帰路についた。

けれど、玄関（げんかん）に見送りに出たゆりを一瞥（いちべつ）すると、挨拶もそこそこに、

「いないといってくれと頼んだではないか」

むすっとした顔をした。

隣にいた重蔵がゆりの前に出た。

「お内儀さまは、お百さまに、滝沢さまがいるともいないともお伝えしておりませんよ」

馬琴は、ちっと舌打ちすると、「さすがは遊郭出の女だな」と嫌味をいって身を翻した。

重蔵が身を乗り出したのを、ゆりは制した。

そもそも良い印象を馬琴には抱いていない。皮肉屋で物言いもずけずけしている。それに——いくらお百の性質がきついといっても、ああして、自分の女房を貶めるのはどういうつもりなのか。言葉がお百を傷つけていることに気づいていない。そんな人が綴る戯作など、読みたくもない。

などといえば、

「女子どもに私の崇高な物語などわからなくて結構」

とか返してくるのだろう。ああ、人を見下したあの目付きが嫌だ、とぐるぐる思いを巡らせながら、夕餉をしっかり平らげてから帰りしな、ゆりは顔には笑みを浮かべ、「またいつでもいらしてくださいませ」と、馬琴に頭を下げた。そのあと急いで勝手に走り、とって返すとお仲と一緒に塩を撒いた。

もう夜四ツ（午後十時頃）も過ぎたのだろう。拍子木の音が通りに響いていた。

寝間で、小袖と帯を乱箱に納めながら、ゆりは、ついつい笑みをこぼした。

「なにやら、忙しく、愉快な一日でしたね」

「ははは、愉快とはよかったねえ」

京伝がゆりにつられるように肩を揺らした。

塩を撒いたことも含めてだが、もちろん京伝には内緒だ。

「お百さんは饅頭をいくつ持っていったんだ」

「十四個です」

十四個！　と京伝が噴き出した。

ひとりふたつずつ。子ども四人、隣の婆さん夫婦、自分の分、締めて十四個という計算だったらしい。

「おやおや、それでは奉公人たちの明日のおやつがなくなってしまったね」

「なので、お仲さんに、明日の勤め前に、お団子を買ってくるようお願いしました。五助さんと杉吉さんはみたらしが好物なので」

夜具の上に寝転がって、煙草を服んでいた京伝が煙を吐いた。

「我が女房どのは、優しいし、気が利くね」

「お百さまが無体をしたとき、ふたりがあたしの前に立ちはだかってくれたのです。ほんに頼りになる良い子たちです」

「そうか。では私からの褒美はなににしよう」

ゆりは楽しげに笑う京伝をちらと見る。筆を進めている最中は、こちらの息が詰まるほど強い気を京伝は放っている。けれど、今夜はぴりぴりした感じがまるでない。馬琴とゆっくり語らったからだとしたら、ちょっと妬ける。

「――あの、伝蔵さま、今夜は、ご執筆は」

ゆりは遠慮がちに訊ねた。

京伝が柔らかな視線をゆりに向ける。

「ああ、終わった、書き上げた」

「ほんとですか？」

「そうでなければ、左七郎とあれほどゆっくり過ごせないよ。早速、出来上がったばかりの絵手本に眼を通してもらったのだよ。来年の新物だから、まだ手を入れるがね」

「絵手本だったのですか？」

「一筆で、女や達磨を描いたり出来る絵手本だよ」

「でも鶴喜さんにお見せする前なのに？」

ゆりは眉をひそめた。

「ああ、此度の版元は、須原屋さんだ。左七郎に見せたのは、奴は上り調子だからね。そうした戯作者にまず見てもらいたいと思ったんだ」

「それで？　馬琴さまはなんと」

くくく、と京伝が含み笑いを洩らした。

「あたし、おかしいことといいました？」

訝るゆりに京伝がいった。

「見ながら次第に手を震わせて、額からはだらだら汗が流れ落ちた。険しい顔から怒り顔に変わり、なんだか安堵した顔も見せた」

つまり、京伝の描いた絵手本に馬琴は悔しさと焦りを感じたということか。

「しかもね、急に左七郎がかしこまって頭を下げて、なんといったと思う？」

唐突な問いにゆりは戸惑う。

「あまりに図々しいお願いなので、今の今まで遠慮していたが」と前置きし、

「上方に遊学に行こうと思っている」といったという。

「お武家だとね、遊学だなんて大袈裟な物言いになるんだね。要するに、見聞を広げに行くってことだよ。先代の蔦屋重三郎が江戸の地本を作ったけれど、それまでは読み物も上方が先を行っていた。浄瑠璃なんて芸事もそうだろう？　そういう風を受け、色々学んできたいというのだよ。上方の版元にも顔つなぎをしたいらしいね」

ゆりは首を傾げた。

「それがなにゆえ、伝蔵さまに頭を下げることになるのですか？」

「さあ、そこだ」と、京伝は、煙管の灰を灰吹きに落とし、素早く身を起こした。

「私にちょっと骨を折ってもらいたいというのだよ」

「たとえば、上方の版元さんや、知人がいるなら仲立ちをしてもらいたいから、紹介状が欲しいとか」

うんうん、と京伝が悪戯っぽく相槌を打つ。

「あ！　お百さまが帰り際にいってたこと」

「我が女房は、勘もいいね。そう、家をひと月以上も空けられたら、お百さんは困るけれど、そ

れよりなにより銭がなければ旅は無理だ」

　それでね、と京伝は楽しそうにいった。

「私の画や文を持って行きたいというのさ。絵手本を見たばかりだしね」

「まさか」

「そのまさかだよ。蔦重が上方の版元との販路(はんろ)を作ったから、山東京伝の名はあちらでも広まっている。それを売りながら路銀にするそうだ。もちろん承諾(しょうだく)した。見識を広げるのはいいことだし、左七郎の土産話(みやげばなし)が楽しみだし」

　呆れた。馬琴の面の厚さだけじゃなく、京伝のお人好(ひとよ)し加減に、だ。開いた口が塞(ふさ)がらない。

「左七郎さんは、路銀のこともあって半分諦めていたそうだ。でもね、珍しく正直にいったよ。伝蔵さんの多才さには頭が下がる。私も画を能(よ)くするが、敵わない。だから上方に行きたい、学びたいという思いが再燃したんだそうだよ。それは戯作者、山東京伝としても、友人としても大いに後押ししたいし、誇(ほこ)らしいことだよ」

　ゆりは苦笑しながら、京伝の言葉を聞いていた。けれど。

　京伝の画と文には、強い思いを抱かせる力がある。そして人を嫉妬させる魅力がある。あの嫌味な馬琴までもが素直になるほど。でも、自分も画を能くするが敵わないって。そういうところが一言多い。

　北尾政演という画号を持つ京伝に、勝てると思っていたところが図々しいのだが。でも、なんだか悔しい。

「戯作者はね、こういう挿絵がほしいと、自分で描いたものを絵師に渡すんだ。けれど、左七郎が描いたのを春朗という絵師が下手くそといったらしいよ」

そういって楽しそうに笑う京伝を見据え、

「あたしにも見せてください」

ゆりは思わず身を乗り出した。

「あたしも、見たいです。伝蔵さまの戯作も読みたいです。だって、女房ですから。次からはあたしを一番最初にしてください」

京伝が眼を丸くする。

ゆりは真っ直ぐに京伝を見つめた。


風薫る五月、馬琴は京坂へと旅立った。

京伝の画などをたっぷり持って。それらを、売り捌きながら、旅をする。それなりの戯作者であるのに。よくも京伝勘定を馬鹿に出来たものだと感心する。

夜なべに繕い物をして就寝が遅くなってしまったせいか、ゆりはゆったりとした朝を過ごしていたが、

「ゆり、ゆり」

大きな足音とともに呼び声が次第に近づいて来た。京伝だ。声が弾んでいる。

「起きているかい。ああ、いや、無理に起きなくてもいい。いや聞いてほしい」

いっていることがめちゃくちゃだ。ゆりは驚いて、夜具から飛び出すように身を起こした。

「どうしたのですか？」

京伝は敷き延べたままの夜具の上にかしこまった。顔が晴れ晴れとしている。

「ゆりのおかげだよ。新しい戯作がまとまったんだ」

はい？　そんなこと？　ゆりは首を傾げた。

「じつはね、喜次郎さまの仇討ちの顛末を戯作にしたいと思っていたんだが、とうとう出来たのだよ。まだ草稿だけれどね。ようやく喜次郎さまに恩返しが出来る」

お互いに、恩返しと思っていたのだ。喜次郎は助太刀に。京伝は戯作の種として。

「それでね、喜次郎さまの生い立ち、仇討ちの旅の足取りなどの聞き取りをずっとしていてね。それをもとに、ふたりでどうしたら面白い戯作になるか頭を捻っていたんだよ」

ゆりは、そうですか、ととりあえず頷く。

「私がね、あの仇討ちを物語にすると、吉原でのお別れの際、耳打ちしたのを、喜次郎さまは、覚えていらしたからね。それがもう嬉しくてね。先代の蔦重もそう思っていたはずさ。でも、洒落本や黄表紙では出来ない。孝心や誠心だけでない、もっと人間の泥々した薄汚い部分が書けないものかと思っていたからね。黄表紙では舞台が狭すぎる。人間の狡猾さ、悪どさ、怨嗟や怨念。喜次郎さまの仇討ちをもとにした復讐譚に仕上げたかったのさ。ただの仇討ちでは、忠義や孝心だけの美談になってしまう。いくら相手に憎悪を抱いていても、殺めることの葛藤、返り討ちに遭うかもしれない恐怖を書きたい。人間の心の闇を書けば、人はきっと光を見出すとね。人の繋がりや、思いやり、家族や大切な人への思いも際立つとね」

喜次郎と、幾日も寝食をともにしていたのは戯作のため。いつになく饒舌で、珍しく興奮している。書きたい、そう思える筋書きが出来た喜びが、ゆりにも伝わってきた。

「喜次郎さまの助太刀をしたときに、幽霊話をでっち上げたが、過日のゆりの様子を見て、やはり幽霊だと思ったんだ」

どう考えると、そういう結論になるのだろう。よほど、ゆりが呆気にとられた顔をしていたのだろう、京伝が笑った。

「幽霊には恨みも憎悪もある。そして悲しみもあるからだよ」

それでも、よくわからないが、ともかく京伝は嬉々としている。

「それから、喜次郎さまが、御伽噺や土地に根付いた伝承を交えたら面白かろうといったのさ」

はあ、とゆりは、唾を飛ばして話し続ける京伝を見つめた。

「そうしたものは道徳や教訓を説いている物が多い。仇討ち話などは美徳とされている。が、その背景は残酷で冷酷だ。それを脚色して、現在に置き換えたなら、面白いものになる」

「では、以前の水滸伝のような」

京伝はうんうん、と勢いよく首肯する。

「合巻ものだ。幾冊にもなる読本だ。早速、蔦重と鶴喜に、日本中の昔話を集めるように頼まねば。先代の蔦重がいったことがようやく出来るんだよ。人間の欲望と憎悪に怪異が加わる復讐譚だ。教訓や道徳などは、もう学者や坊さんに任せておけばいい」

京伝は、張り切って立ち上がる。

きっと、江戸の人々は驚くぞ、と京伝は鼻息を荒くした。

「芝居ではすでにある復讐譚、怪異物だ。でも本は、挿絵と文字だけなんだ。鮮やかな衣装も、贔屓(ひいき)の役者も、音曲(おんぎょく)もない。それで、人々をどこまで喜ばせることが出来るのか、楽しみでたまらない。初代の蔦重さんのときに書きたかったが、それは時代と諦めて」

さあさあ、店を開けねばね、と京伝は話すだけ話して、寝間を出て行こうとしたが、不意に振り返り、

「まことに、ゆりのおかげだ。お菊もひと役買ってくれたかな。私はふたりの女房に恵まれた。あはは」

ゆりを抱きしめた。

第六章　婦唱夫随

一

ふたりの女房に恵まれた、ですって。まったく、勝手なことをいっている。

けれど、それを口にしたときの京伝の顔は、呆れるほど、満足げで嬉しそうだった。

——うふふふ、ふふ。

ゆりは、笑いがこみ上げてくるのを止められなくなった。

京伝がいった人の欲と憎しみ。それがなにを生み出すか、あたしは身をもって知っている。吉原は、いつもそのふたつにまみれていた。恐怖を生み出すのは、罪の意識。姉女郎の客を取ったとか、同じ女郎を訳なくいじめたとか、優しい商人を騙して銭を巻き上げ、身代を潰したとか。自分がした悪いことがわかっているから、怖いのだ。恨まれていると思うから、見えなくていいものまで見えてしまう。

それは、自業自得。だけど、愚かな人間は、それすらも他人のせいにする。

あたしひとりだけじゃない、誰もが同じことをしているじゃないか。仕方なかった。そういって憚らない。

でも、あたしは――。

あたしはお菊さまに、ちゃんと手を合わせて、伝蔵さまをお任せくださいといったはず。後妻として筋は通したつもりだ。それに、お菊も元は吉原の遊女。男と女のありようは、わきまえていると思う。それでもあたしを怯えさせるのは、お菊さま自身の執念？　それとも、あたしではやはり頼りないってこと？　だったら、それは悔しいが、皆、あたしの思い込み？

まあ、なにがどう転んだのか知れないが、伝蔵さまの語ったところでは、ともかくあたしとお菊さまが戯作の手助けをしたらしい。

なにより、あんなにも伝蔵さまが満足そうな顔をしていたのだから、女房としても嬉しい。きっとお菊さまもそう思っているはずだ。

ゆりは、再び笑った。またぞろおかしさが込み上げる。

先だっての夜はあんなに恐ろしかったのに。今は不思議と恐怖が薄れていた。毎晩、京伝が枕元にいてくれたからかもしれないが――それならもう――やっぱりお菊はこの家のどこかにいると思うことにした。

お菊の案を取り入れた紙子の煙草入れが売れる度、やきもきしたり、急に木が裂けるような物音にいちいち怯えたり、冷たい風に頬を嬲られ、震え上がることもない。

夜中の厠に行けなくなるほうが困るもの。

それならば、開き直るほうがきっと楽。

考えてみたら、化物や幽霊の類の話だって、吉原にごろごろ転がっていた。折檻の末に死んだ足抜け女郎のすすり泣きが布団部屋から聞こえるとか、満月の夜になると、お歯黒どぶに身を投げた遊女の髪が水面に浮いてくるとか。

だから大丈夫。そもそもあたしが恨まれる筋合いはないのだから。

気に病む必要なんかないはず。

ゆりはすっかり気が楽になった。肩の荷が下りたような気分――ってことは、やはりお菊さまが取り憑いていたのかしら、と思って、また笑った。

雛の節句のときも、なんとなくお菊を感じていたのを思い出す。ちっとも怖いと思わなかった。不思議なほど清々しい。えらいお坊さまの悟りに似た心境というのはあまりに図々しいけれど。

毎朝、仏壇に御燈明を上げて、鈴もチンチン、景気よく鳴らし、

「いつでも、遠慮なくおいでなさいませ」

そういって、手を合わせた。

勝手でも、

「本日の沢庵の刻み具合はどうでしょう？」

ゆりは、包丁を使いながら、虚空に向かって声に出していう。

「お内儀さん――？　いいと思いますけど」

近くで青菜を茹でていたお仲が慌てて、応えた。

くすくす笑うゆりをお仲が薄気味悪そうに、ちらちら窺ってきた。それがおかしくて、ゆりは、身をよじって笑い転げる。

ふたりで廊下の拭き掃除をしていると、

「お内儀さん、ずいぶん、お顔が明るくなりましたね」

お仲がいった。

「この家に馴れたからじゃないのかしら」

ゆりが桶で雑巾の水を絞っていたとき、

「ちょっと、よろしいですか」

番頭の重蔵が顔を引きつらせながら、廊下にかしこまった。

「ごめんなさいね。こちらが済んだら、すぐお店に出ますから」

「いえいえ、旦那さまにお伝えしたいことがあるのですが、無理ですよね」

「伝蔵さまは、ずっとお部屋に籠もっています。先ほど、お茶をお持ちしたら、火事以外は何事があっても呼ぶべからず、何人たりとも寄るべからず、と、あたしに張り紙を」

ついさっき、京伝から「入るべからず、呼ぶべからず」と書かれた紙を渡され、ゆりが障子に貼り付けたのだ。戯作者は筆が進みだすと、周りが見えなくなると、姑がいっていたのを思い出す。ほんにその通り。飯すら廊下に置いてくるのだから。

ですよねぇ、と重蔵が肩を落とした。

「先ほど、旦那さまのお部屋の前まで行きましたが、障子の張り紙が護符のようで開けることが叶わなかったものですから」

「うふふ。伝蔵さまはさしずめ耳なし芳一ね」

ゆりは襷を解いて、三和土から廊下に上がる。

「よしてください。それだと私が、平家の怨霊のようじゃありませんか。実は——喜次郎さまを訪ねて、目付きの悪い若い男が来ているんです。喜次郎さまがここにいるだろうと、鼻息荒く凄まれて」

「まあ。それで喜次郎さまは、どちらに？」

「はい。相四郎さまと一緒に湯屋へ。お帰りが遅いので、おそらく、二階でとぐろを巻いているかと思います」

そう、とゆりは頷いた。湯屋の二階には殿方専用の休憩所がある。軽く飲食が出来、将棋盤や碁盤などの遊具もある。まる一日過ごすことも可能だ。相四郎は養家を出てから、戯作修業をしているらしく、湯屋と髪結床は、噂と風聞、醜聞の宝庫だと通い詰めている。喜次郎をそれに付き合わせているのだ。

「その者が、店座敷に腰掛けているものですから、お客さまも逃げるように帰ってしまうし、杉吉はべそをかくし。ここは、やはり旦那さまにご登場いただいたほうがよろしいかと」

障子を開けます、と意を決し、腰を上げた重蔵をゆりは制した。

「その方の用件は？　喜次郎さまをお訪ねとはいえ、いま聞いた限りだと家士や奉公人でもなさそうだけれど」

「旅姿なんですが——博徒のような柄の悪い者でして。喜次郎さまに会わせろの一点張り」

「旅姿なら足下は汚れていらっしゃるのね？」

ゆりは、頷く重蔵を確かめると、すぐさま声を張った。

「お仲さん、すぐにすすぎを用意してくださいな。そのお客さまに使っていただきましょう。喜次郎さまがお戻りになるまで、あたしがお相手します」

え？　と呆気にとられる重蔵を後目に、ゆりは身を翻した。部屋に一旦戻って、紅筆を取り、紅を引き直すと、ぬるま湯を張ったすすぎ桶を抱えて、急ぎ店に出た。

「京屋の内儀でございます。お疲れではございませんか？　まずはおみ足をさっぱりなさってはいかがでしょう」

そうして草鞋を脱ぐように促した。男がむっと唇を曲げながら、草鞋と足袋を取り去ると、ゆりはためらうことなく、その足を取り、すすぎ桶のぬるま湯に手拭いを浸し、まずは左から汚れをきれいに落とした。

男は顔にみるみる血を上らせ、

「あ、あんた今、内儀といったよな。おい、お内儀さんにそんなことされちゃ困るよ。あとは、じ、自分でやるから。旦那に怒られちまうよ」

叫ぶようにいった。それに構わず、ゆりは、

「では、お名をお聞かせくださいませ」

と笑みを向けるや、男はぐっと顎を引いた。

さらにゆりは、男を見つめる。男が、なにやらあたふたし始め、

「長次と申します。保積家に出入りを許されている鳶頭で」

顔を赤らめながら答えた。

顔も態度も厳ついが、存外、悪い男ではなさそうだ。ゆりは、赤緑に輝く唇で、優しく微笑みを返した。

少し離れたところで成り行きを窺っていた重蔵が、眼をまん丸くしていた。

「喜次郎さまは、まもなくお戻りになると思いますので、こちらで——ああ、御酒のほうがよかったかしら？　あたしったら、気が利かなくて」

客間に通され、茶菓子を前にかしこまっていた長次が慌てた。

「お茶を頂戴いたします。ああ、こりゃあ、いい茶葉だ」

「恐れ入ります」と、ゆりは丁寧に指をついて、頭を下げる。

長次は、どこか居心地が悪そうに、腿の上で握った拳を行ったり来たりさせている。見目好いゆりが眼前に座って、静かな笑みをたたえているのだ。心穏やかにいるほうが難しい。

「あのお、お内儀さん？　あっしは童じゃありません。ひとりでここにいても駄々をこねたり、泣き出したりしません」

「ええ、わかっております。けれど、喜次郎さまは当家の大切なお客さま。その方のお知り合いとなれば、おもてなしは当然です」

参っちまったなぁ、と長次がぼやく。

「うっかり口を滑らせたら怒られちまうしな――」

長次の呟きを、ゆりは聞き逃さなかった。

「あら、どなたが怒るのでしょう?」

ゆりは、ちょっと高めの声を鼻に掛ける。吉原で、よく使った手管だ。幼い女児の甘え声のように聞こえるらしい。長次は、唇をへの字に曲げて、むぐぐ、うくくく、と妙な呻き声を上げた。

「い、え、ませんっ」

「そんなに我慢なさらなくても」

うう、と長次は俯き、喉を絞るようにいった。

「あのお、お内儀さん、お身内は――?」

不意な問い掛けに、ゆりは眉をひそめた。

あたしの身内はふたりだけ。

おっ母さんと歳の離れた妹だ。が、吉原に入ってすぐには便りがあったものの、その後は途絶えたまま。今はどこにいるかもわからない。

それに妹といっても、生まれてすぐ半年ほど面倒を見ただけ。ゆりは身売りしてしまったからだ。たった一通届いた便りには、ゆりへの感謝が記されていた。けれど年季を終えるのを待っているとか、きっと迎えに行くとか、ゆりが期待していた文言は、一語だってなかった。もはや、ゆりの中では身内がいる、でなく「いた」に変わっている。

けれど廓の中には、似たような娘たちがたくさんいた。子を置いて身売りしてきた母親だっていた。それは親孝行であり、夫に従うことであり、そうした女子は孝女といわれた。大切な人たちを守るための立派な行いだと言い含められる。だけど守りたい人々から引き離され、挙げ句の果てに囲いから一生出られず死んでいく。ゆりはすべてを得心していなかったけれど、世の中は誰かの不幸で誰かが幸福を得る。たまたまあたしは不幸側に当たっただけ。ずっと昔からそうして回っているのだと諦めるしかなかった。だから、気に掛けることはやめた。誰がどれだけ不幸かなんて比べたところで、楽しくなんかならない。自分の身売り金が、育ててもらった恩返しと、母親と妹が感じてくれればそれでいい。

ただ、それでも妹のことは気掛かりだった。母親は足袋屋の女房に見栄を張るような女で、しかも自分の子のくせに孫と偽った。そんな女のもとに居ては、もうどうなっているか知れない。

でも、なぜ今日初めて会った長次という鳶頭から身内のことを聞かれるのか、疑念より不快のほうが先に立った。

あの、と長次がゆりを上目に見つめる。

「もしやですが、妹さまのお名は、おたきさんではありませんかね」

え？　ゆりは驚きのあまり声がなかった。その表情をちらと見た長次は当然だというふうに頷いた。

「そういうお顔をなさるのはしょうがねえことです。見ず知らずのあっしからいきなり妹さまの名を聞かされたら驚きますよね」

心の臓の鼓動が速くなる。あたしは、動揺している。おたき。確かに妹の名。

「失礼するよ」

座敷に現れたのは、京伝だ。なんだか、ちょっと頬のあたりがこけて、やつれて見える。その背後から、喜次郎がずいと現れた。

「長次！　勝手に先走るな」

「ああ、やっぱり怒られちまった。旦那、申し訳ねえ」

長次が喜次郎に向けて、頭を下げた。

「あの、伝蔵さま、なんのことやらさっぱり。どうして、この方がおたきのことを」

ゆりは不安げに、京伝を振り仰ぐ。

身内のことは吉原にいた頃、少し話したことがある。話しただけで、どうしたいというゆりの気持ちは伝えていない。それは、「あったこと」というだけだから。

京伝が、ゆりの横に膝をついた。

「私はね、ゆりの話を聞いてから、小さな手がかりを積み重ねて、ずうっと捜していたんだよ。辿り着いたのが、なんと、喜次郎さまのお国許だった」

ゆりは眼を見開いた。胸が締め付けられる。じゃあ喜次郎は突然現れたのではなく――。

「ふたりは？」

「おっ母さまは、残念ながら。ですが妹さまは」

「生きているんですね」

ゆりは思わず長次の腕を掴んでいた。

「会えますか？　今すぐにでも。おたきに会わせてくださいますか」

長次の身をゆりは揺する。

「これこれ、逸る気持ちはわかるが、心を鎮めなさい。長次さんが困ってしまうよ」

京伝がゆりの肩を抱く。

はっと我に返ったゆりは、慌てて長次の腕から手を離した。

「お気になさらず。そりゃあ、離れて暮らしていたお身内の無事が知れれば、嬉しいのは当然ですし――」

と、長次が言葉を止めた。

ゆりはさめざめと涙を流していた。後から後から、溢れて止まらない。

京伝の手が優しくゆりの背を撫ぜる。

ゆりは戸惑っていた。もはや顔も覚えていない妹。父が違う妹。わかっているのは、たきという名だけ。暮らしをともにしたのもわずか半年。

それを身内と呼べるのか。妹と思えるのか。

会いたい気持ちはもちろんある。けれど、それは思慕からではない。少しの情があるだけ。

道ですれ違っても、気づかない、そんな姉妹であっても、なにかしら証があるのかと。どうにかして確かめたいから、会いたいのだ。

でも、会ったところでその先などわからない。

京伝への遠慮は当然ある。身請けをしてもらっただけでもありがたいのに、よくわからない妹のことまで煩わせるのは、わがままますぎる。

「長次、それでお前は会えたのか」

喜次郎が質すと、長次が唇を曲げ、「申し訳ございません」と、声を張り、再び頭を下げた。

「おたきさまは、安房の鋸山の麓にある村におります。が、世話をしている夫婦がおたんこなすで、会いたいなら銭を寄越せと」

「それはずいぶん強欲だ」と、京伝が呆れた。

その夫婦の女房が、ゆりの母の姉だという。母親は、ゆりの身売りの金で勝手気ままに、おたきを育てていたが、やがて病を得、姉夫婦を頼ったらしい。

「ちょいと気になったんで、近所で話を聞き出したら、その夫婦は吸った息すら吐き出すのが惜しいってほどの強欲者だと知れました」

夫婦は乳飲み子と病持ちを世話するのだからと、母親からゆりの身売り金を残らず取り上げたらしい。そのうえで、ろくに医者にも診せず、畑仕事をさせ、母親は三年後に死んだ。

自業自得だ、とゆりは思った。

あたしを騙して、身売りさせたんだから。

お道という母親の名も一致した。身売りした娘がいること、そして二歳ほどの赤子を抱えてやって来たことなどから、ゆりの母と妹であろうと、長次は確信したという。

「訪ねて行ったあっしを、まず人買いか女衒だと思ったようで、人捜しというとがっかりした顔をしておりましたよ」

憎々しげに吐き捨てた長次を見て、京伝が苦笑する。

「母親も死んだことだし、そろそろおたきの先を考えていたんだろうね。そんな折に、おたきを訪ねてくる者が来た。父方の身内だったらどうしようとか、そやつらもさぞ頭を巡らせたことだろうねぇ。で、長次さんとやら、こちらのことは話したのかえ？」

「あっちは、どんな知り合いかと根掘り葉掘り訊いてきましたが、あっしはただ頼まれただけだからと何も答えませんでした」

「それでいいでしょう」

京伝は薄く微笑むとゆりに視線を向けた。

「少しは落ち着いたかね？」

ゆりは目頭を押さえ、洟をすすり上げた。


翌日、喜次郎と長次は、そんな薄情者で業突く張りの夫婦であるなら、叩けば埃がいくらでも出そうだと、急ぎ国許へ戻っていった。それによっては、おたきをすぐにでも夫婦から引き離せるだろうと考えてだ。

夜のこと、燭台の火が隙間風に揺らいで、壁に映った自分の影が震えている。きっと、今のあたしの心の内なのだと、ゆりは筆を走らせる京伝の後ろで墨を磨りながら、ぼんやりと思っていた。

「ゆり。身内捜しを黙っていたのは、万が一別人だったら、お前を悲しませると思ったからだ」

はい、とゆりは頷いた。

相四郎が、ゆりの母親に姉がいること、おそらく房州を頼ったことなど仕入れて来た話を喜次郎に伝えたのだと、京伝は話した。

「喜次郎さまは、常々私に恩返しがしたいと文をくださっていたんだ。私は、いつか喜次郎さまの仇討ちを戯作にしたいといっていたから、それで十分だったのだがね。そうしたら、おたきの居場所が、喜次郎さまのお国許かもしれないと。急ぎ、調べてほしいと頼んだのさ」

だから、あたしに初めて会ったとき、いい淀んだのだ。耳に聞こえた「き」は、お菊さんではなくおたきのことだったのだ。

「ありがたいことでございます。伝蔵さまにも喜次郎さまにも感謝しております」

すると京伝が声を低くした。

「でも、ゆり。あの折、流した涙は嬉し涙ではないと私は見て取ったのだが、どうだろう？」

ゆりは墨を磨る手を一瞬止めた。

「ゆりの縁談は反故になり、身売りをしなければならないほど困窮していたのに、母親には男がいた。しかも、子まで身籠もった。生まれた子は、娘の子だと近所には触れ回る。娘としてはどうだろうねぇ、母親としてはどうだろうねぇ」

ゆりは冷たい刃先を胸元に当てられたような気分になった。やっぱり伝蔵さまはお見通し。隠せなかった。

おっ母さんは、死んだお父っつぁんが賭け事で作った借金があるといった。お前が水茶屋で働いた給金じゃとても間に合わない——。

借金があったのはまことのことだ。でも、それをきれいにしたら、一緒になるとかなんとか新しい男にいわれて、あたしを売ったのだ。

あたしは、次第にせり出してくるおっ母さんの腹を見て、納得した。

あたしが邪魔なんだろうと。それに気づいたから、俗世とすっぱり縁切りするつもりで大門をくぐったのだ。だけど、おっ母さんは男にあっさり捨てられ、生まれたおたきもちゃんと育てられるのか。ともかくおたきが不憫だった。

「ゆりの気持ちも考えず、よかれと思った私は余計なことをしたのかな。戯作の中で、偉そうに能書きを垂れているが、ほんに人の心は複雑怪奇。戯作など遠く及びはしないとね」

いえ、と小さくゆりは答えた。

「だからね。おたきに会うか会わないかは、お前が決めていいよ。私は、血縁だけが人を繋ぐものではないと思っている。おたきと顔を合わせたところで、何も感じるものがないかもしれないし、感じるものがあるかもしれない。どちらでも一緒に住んでもいいのじゃないかな」

「いきなり何を？　伝蔵さま」

ゆりが身を乗り出したとき、すずりから墨がこぼれた。すぐさま、手拭いで拭き取ったが、青い別珍の敷物に、黒い染みが広がった。

なんだか、あたしの戸惑いがそのまま染みになっているよう。京伝はその汚れを気にするふうもなく口を開いた。

「私は、養女にしても構わないんだがね」

驚くゆりの顔を楽しそうに見ながら、京伝が口を開いた。

「なあに、勘違いしないでおくれ。私は子が欲しくていっているわけじゃないよ。子は授かり物だし、ゆりとふたりで暮らしていくのになんの不満もない。ただ、おたきは今七つだよね。義妹より、子のほうがしっくりくる歳だってだけのことさ。でもゆりが承知してくれなければ、この話はなしだ」

あたしに内緒で、人捜しをしてくれていた。それだけでもありがたいのに。養女だなんて。あまりに急すぎて、気持ちの整理が追いつかない。

けれど、おたきの置かれた状況のひどさは思った以上だったことに、胸が痛む。

「伯母夫婦のもとにいたらそれこそ行く末は知れています。岡場所に売られるか、あるいは浅草田圃か。もうすでに算段しているのでしょうし」

「そうだね。その通りだね」

より多くの銭を得るためにどこに売るか算盤を弾くのに懸命な強欲夫婦の姿が目に見えるようだった。長次が再び夫婦のもとを訪ねたら、金の話をさらに持ち出すことは十分に考えられるけれど、早急に事を進めるかもしれない。だから、逡巡している暇がないのも、ゆりは感じていた。

意地を張っても、冷たく装っても、おたきという名を聞いたら、会いたい思いは当たり前のように募る。でも、妹と思えるかどうかは別の話だ。その心根を伝蔵もわかってくれている。わかっているからこそ辛い。

ゆりは腕を交差させ、自らを抱きしめた。

本当は。本当はね。

ねえ、お菊さま――。

ゆりは、つい呟いて、壁に映る影を見た。実の妹の行く末を知りながら、戸惑っている自分が夫婦と同じくらい薄情者に思えた。

不意に、影が揺れる。風もないのに、京伝の文机の上の紙が一枚、ぺらりと滑り落ちた。

「おやおや。またか」

慌てて拾い上げた京伝が、口許を緩めた。

「根を詰めているときなど、こうしたことが、時々起きる。それで我に返って、少し休みを取るのだよ。無理をしているのを気づかされる。不思議なこともあるものだと思いつつも、きっと安普請の隙間風だと思うがね。ははは」

ああ、そうよ。

込み上げてくるのは、やっぱり。抑えきれないのは――おたきの顔が見たい、そのことだった。

母の面影があるかもしれず、あたしに似た部分もあるかもしれない。

再び影が揺れて、ゆりはとんと背を押されたような気がして、前にのめった。

その途端、頑なだった心が嘘のように解けた。

お菊さま？

ゆりは、きちりと背筋を伸ばした。

「伝蔵さま。やはり、会いとうございます。ですが、おたきに望みを抱いてほしくないので、姉の名乗りは先にはいたしません」

「わかった。すぐさま喜次郎さまに文を出して、おたきを、あの夫婦から引き離すとしよう」

京伝が嬉しそうにいった。

十日ほど後、喜次郎から届いた返信は、ゆりを落胆させた。喜次郎と長次が村に夫婦を訪ねたが、やはり長次の訪問を不審に感じたのか、ひと足遅く、出立した後だった。近所の者には、箱根に湯治に行くのだといっていたらしい。

幼い子を連れて湯治だなんて、と近所でも訝っているようだと、すぐさま長次を箱根に向かわせたとも文にあった。さらに幾重にも詫びが記されていた。

会えないとなると、余計に会いたい思いが強くなる。本当に、人は身勝手だ。

ゆりは仏間で手を合わせていた。誰かが入ってきた気配を感じ、振り返ると京伝が立っていた。

若草色の羽織に、よろけ縞の小袖の出で立ちだ。

「あら、お珍しい。お出掛けですか？」

ゆりが眼を瞠る。

「ああ、鶴喜の処に。左七郎さんから文が届いたというのでね。陽気もいいし、向島あたりまで行こうかと――」

ゆりのこめかみがぴくりと動く。嫌味な曲亭馬琴だ。今は京坂の空の下にいる。

ああ、いや、と京伝が取り繕うようにいった。

「きっと、大丈夫だよ。長次は若いのに鳶頭だというじゃないか。たくさんの手下を引き連れて、おたきを必ず箱根で見つけ出してくれる。吉報を待っていよう」

ゆりが馬琴に対して、眉間に皺を寄せたのを勘違いしたようだ。

「あたしのことは、お気になさらず。ずっと執筆が続いていたのですから、気晴らしに行ってきてくださいませ。それに、おたきの無事はもちろんですが、ただ神仏に祈っていたわけではなくて、あの夫婦は、どこにおたきを売るかしらと、一緒に考えていたんです」

「え、誰とだい？」と、京伝があたりを見回し、妙な顔をする。

「あら、おかしなことといってしまって」

まさかお菊さま、とはとてもいえない。ゆりは、うふふと笑ってごまかし、口を開いた。

「それで？　何か」

「箱根の湯治は嘘だけど、本当だと思います」

「どうしてそういえるんだえ？」

「湯治は、おたきを売った後です。たんまり銭があるのですから。そのまま安房にも戻らないつもりかと。おそらく近隣の岡場所では、たいした売り値にならないでしょうし、長次さんが来たら、どこに売ったと責められますもの。あたしの想像ですが、強欲な夫婦であれば、やはり吉原を一番に考えると思います」

ゆりは、膝を回して京伝を仰ぐ。

「住まいが安房の鋸山の麓の村なら、舟でまず品川に出るでしょう？　品川宿なら、多少はいい値がつくかもしれませんが、器量よしなら吉原です。だって、あたしの妹ですから」

その通りだね、と京伝は笑う。そして興味を引かれたのか、腰を落とし、かしこまった。

「でもゆり、ただの百姓夫婦だよ。女衒に知り合いなんて居ないだろう？」

「伝蔵さま。ご改革で人買いは禁止されましたけれど、吉原に許可を得た女衒が浅草、山谷あたりにはたくさんおります。そんなこと人伝にすぐ知れることですよ」

なるほど、と京伝が頷いた。

「山谷には、女衒を束ねている近江屋二八というお人がいます。売られてきた娘のことはすぐにその人の耳に入りますから安房から来た者がいたら、知らせてくれるようにいっておけばよいと思います」

「なんと。我が女房どのは素晴らしい」

京伝は腕を組んで、感心しきりに頷いた。

「近江屋には、あたしもお世話になりましたから。玉屋の元玉の井が知りたがっていると伝えてくださいましな」

「おや、それは少しばかり気に掛かる」

「あら、妬いていただきかたじけのう存じます。けれど、二八さんは商売物には手は出しんせん」

ゆりがからかうようにいうと、京伝が首をすくめた。

売られた日のことは思い出したくもない。が、娘の売り買いをしている者など鬼のように恐ろしい者と思っていたが、近江屋二八は物静かな声で話す優しい男だった。暴れて、泣き喚いて、舌を嚙んだり、傷がついたら、売り物にならなくなるからだよ、優しいからじゃあないさ、と玉屋に買われたゆりに姉女郎がそういって笑った。

物を仕入れて、高く売る。女衒もただの商人なのだ、あたしは売り物なのだと思い知った。だけど二八を恨んでも詮無いことだ。世の中はいろんな商売があって成り立っているのだから。いやいや、そんなことより、おたきだ。

売られずに済むならそれが一番いい。

「それは暇を持て余している相四郎にいって、早速近江屋に向かわせることにしよう」

「はい、お願いします。伝蔵さま、あらためて、おたきのこと、お気に掛けていただいてありがとうございます。お気持ちに甘えてよろしいんですね」

ゆりは、指をつき静かに頭を下げると、京伝は自分の手を重ねてきた。その温もりがゆりの全身を駆け巡る。

仏壇の燈明がわずかに明るくなったような気がした。

二

数日後の夜。夜具の上で腹這いになって、煙草を服んでいた京伝が起き上がった。ゆりが呆れ顔を向ける間もなく、

「さ、読んでおくれ、ゆり」

ゆりの前に置いた紙の束へ視線を向けた。

なにも今すぐでなくともと思いつつ、

「明日からゆっくり読ませていただきますね」

と、ゆりは微笑んだ。が、

「ゆり、鶴喜さんには明後日、取りに来てもらうと、昨日約束してしまったんだよ。だから、今すぐ読んでおくれ。そして、感想も聞かせておくれ。ゆりの意見を参考にしながら、書き直するか鶴喜とも話をしようと思うんだ」

それを聞いて思わず、「ええ!」と声を上げていた。

「伝蔵さま、そんな大役をあたしにさせるおつもりですか。どうせなら、馬琴さんとか、三馬さん、ああ、相四郎さまに読んでいただいたほうが」

「左七郎はいないし、三馬にも見せたが、なにもいってくれなかったからね。むすっとしただけだ。まあ、同業者なんて、そんなものだ。相手の戯作を本気で褒めるものか。褒めたら、それは

悔しいか、明らかに見下しているか、だよ」

京伝が、にこにこしている。本当に不思議な人だ。というより、戯作者って、性格が悪い人が多いのかしらと、ゆりは首を傾げた。

でも、中でも馬琴は特別だと思っている。

京伝の書画を売って、銭を稼ぎながら上方まで旅をしているのだ。鶴喜に寄越した文にも、まあまあ売れていると綴ってきたという。筋金入りの厚かましさだ。饅頭を十四個持って帰った女房のお百もだ。なんだかんだで似たもの夫婦ではないかと思う。が、それはいい。

「だとしても無理です。なおかつ明後日までに読むなんて。それに、読本は、黄表紙などと違って、かなばかりじゃありませんでしょう？　漢語も多いし」

「大丈夫だよ。漢字に、かなも振ってあるし――と四の五のいう間に読んでしまえばいい」

京伝が嬉しそうな顔で、さあさあ、と芝居がかったようにいいながら迫ってくる。ゆりは観念して、草稿の束を手に取り、膝の上に乗せた。

京伝は、行灯を枕元に引き寄せてから、夜具に転がり、肘枕をしてゆりを楽しそうに眺める。

「ゆり、楽にしてお読みよ」

「いいえ、伝蔵さまが一言一句、昼夜わかたず書き上げたものですから、背筋を正しませんと」

気にすることはないのになぁ、と京伝がぼそっと呟いた。

外題は『復讐奇談安積沼』とある。

これが、喜次郎さんの仇討ちを盛り込んだ戯作。ゆりは、ひと文字ひと文字を追い、噛み締めるように読み進める。

どれもきっと、京伝が練りに練った言葉だ。

愛おしささえ溢れてくるが、物語が進むにつれて、不穏な空気にゆりの顔が強張る。

「ひっ」と、小さくゆりは声を洩らした。

喜次郎の父親と祖母が惨殺される場面だ。なんて凄惨で残酷なのか。背筋が凍る。文章だけでも怖いのに、ここに画が加わったら、どれほどおそろしいか。ああ、すごい。文字が、言葉が、どんどん形をなしてくる。登場人物たちが、あたしの頭の中で動き回る。

喜次郎は、伏せる父と祖母の姿を見ている。それを京伝は聞き書きをしたのだ。

「挿絵は重政師匠が引き受けてくれるのだよ。ありがたいことだよねぇ。もちろん、私が下絵を描くんだけれど、やはり画もおどろおどろしく、血の海のなかに父親と祖母が横たわっているほうがいいか、それとも喜次郎が祖母を抱きしめ嘆いているのがいいかと悩んでいるんだ。その場面を想像しやすい画を――」

「もう！　黙っててください」

ゆりはピシャリといった。京伝が慌てた顔をする。

「それは、すまなかったね」

「横から話しかけられると、せっかく物語の世界に入っていたのに現に引き戻されます」

すっかり夢中になっているゆりは京伝の顔を見ようともしなかった。

「この下手人の憎たらしいこと、腹立たしいこと。喜次郎さまがおかわいそうで。どうしてこんな過酷な運命に巻き込まれるのか。ああ悔しい。神も仏もありません」

眉根をひそめて、唇をきゅっと嚙む。瞳からは今にも涙がこぼれそうなのをこらえる。

「あのね、ゆり、それは大部分が虚構だから」

ゆりは、鼻をくしゅっと鳴らした。

「いいえ、たとえ作り話だとしても、心がきゅうっと締め付けられたようになりました。それに半分は本当のことでしょう？　まるで菱川師宣が描いた画のような美少年って、喜次郎さまのことですし、敵と知り轟を追って仇討ちの旅に出るのもまことのことではありませんか。この理不尽なあくどさは、作り話でも実際のお話でも、我慢ならないほどです。あたし、喜次郎さまの人生を見ているような、それでいて怒りも悲しみもまるで自分のことのように同じくしているような感じがしました」

「まことにそう思ってくれたのかい？」

京伝が肘枕を外して、身を起こした。

「なぜ嘘など申しましょう。あたし、読みたいといいましたけれど、実はちょっと難しいのじゃないかと思っていたの。でも、こんなに物語って楽しいのだとあらためて思いました。さ、続きが読みたいので伝蔵さまは先にお休みになってくださいませ」

ゆりはそういうと、すぐに草稿に眼を落とした。

京伝が拗ねたように、夜具に仰向けに転がった。

おそらく京伝は女子や子どもに読本は難しいと思っていたに違いない。けれど、そのようなことはないのだ。人には、想像する力があり、喜怒哀楽の感情があり、物事を捉える感性がある。それは男も女も、年齢もかかわりない。

会話文が多い平易な文章、滑稽さの中にさりげなく教訓を忍ばせるというのが、黄表紙や草双紙の類だ。それと比べて読本は、史実や事件をもとにし、勧善懲悪や因果応報を描く。物語性が強く、登場人物たちの性質や、それぞれの人生も浮き彫りにされる。

そのため、版元は、読本は他に比べて高尚なのだとうそぶいたりする。けれど、そんなことはかかわりない。読んでいてどれだけ楽しく、読み進めることが出来るのか、そこが一番肝心だと思うのだ。

京伝の戯作は、少しばかり怖い描写もある、行いの非道さに身が震える場面もある。摑むその手の指を一本一本、落としていく、とかだ。

けれど、ゆりは、それが面白いと思った。出口の見えない闇を進んでしまう人間もいれば、ささやかな幸せでも満足する人もいる。律して生きていかねばと思いながらも、怠け心が頭をもたげることもある。

物語の人物たちが辿る運命は、過去の自分かもしれず、未来の姿かもしれず——戯作は不思議だ。いつの間にか、自分を重ねてしまったりもする。

家族のために、身売りした自分をゆりは思った。あたしひとりなら、身を売ることなく暮らしていける。けれど、あたしが身を売れば、母と妹のおたき、三人ともに生きていくことが出来る。

三つの命が長らえたなら、選んだ道は間違っていなかったと思う。ましてや、あたしは伝蔵さまに会うことも出来たのだから。過酷と思える運命でも、どう転がるかわからない。

読み進めているうち、ゆりの顔が火照り、胸までが熱くなる。

ああ——山東京伝の創り出す世界に酔っぱらってしまいそう。

すうすう、と寝息が聞こえてきた。ゆりが眼を上げると、京伝が夜具を掛けずに寝入っていた。夏とはいえ、夜は冷える。ゆりがそっと腰を上げたとき、膝の上の草稿が滑り落ちた。

「ああ、いけない」

ゆりがとっさに手を伸ばしたが、急に風が吹き抜けて、行灯の下に一枚、するりと落ちた。

「障子も閉めてあるのにどこから風が——」

首を傾げたゆりは、すぐに口元を緩めた。

「お菊さまも読みたいのかしら」

うふふ、と含み笑いを洩らして、枕元に草稿をそっと置き、京伝の身に夜具を掛ける。

ゆりは小さく欠伸をして、目元を指で摘む。

やはり続きは明日にしよう、と行灯の火を吹き消す。夜具に潜り込み、眼を閉じようとしたとき——。

白い煙が、ふわりと立ち上った。

ゆりの前にしどけない様子で女が座っている。煙管を手に、煙草を服んでいた。背を向けているので顔は見えないが、煙管の色だけが、眼に飛び込んできた。菊の意匠に鮮やかな朱。

「お菊さま――？」

ゆりは呼び掛けた。お菊と思しき女の肩がわずかに動く。首を傾げ、煙を吐くと、

「羨ましい」

唇から洩れた。

恨めしいじゃなく、羨ましい？　こっちを向いて、お菊さま。顔を見せて。


朝、目覚めたゆりの頬が強張っていた。涙が乾いた跡だ。

ゆりは、起き上がるとすぐに戯作を読み始めた。本筋は、喜次郎の仇討ち話だが、幽霊を演じるのが得意な役者の復讐話も進行する。

あたしだって、羨ましいわ。

昨日のお菊は、眠りに落ちる瞬間、蠟燭の煙が見せた、幻。それとも夢。

喜次郎さまの仇討ちの助太刀をしたお菊さまは、こうして山東京伝に、この戯作を書かせたんだもの。羨ましいのは、あたしも同じ。

どんな姿なのかしら。どんなお顔なのか。また気に掛かってしまう。

「おやおや、朝から読んでくれているのかえ？」

夜具から京伝が呆れたように声を掛けてきた。

「ええ」と、ゆりはおざなりの返事をしただけだ。ため息をついた京伝が寝間から出て行って、お仲が息急き切って飛び込んでくるまで、ゆりは物語に没頭していた。

「あらら、お内儀さん、まだ寝巻きのまんまじゃありませんか。夜具も敷きっぱなしだし」

険しい表情のお仲をゆりはゆっくり見上げる。

「――伝蔵さまの戯作が面白くて、つい」

「そうでしょうよ。旦那さまは江戸一番の戯作者ですから。そんなのろけなどいりません。それより、とうとう来ましたよ」

「どなたが？」

ゆりは着替えの手を止め、眼をしばたたく。

お仲が笑顔で、文を差し出した。

ゆりは、はっとして息を呑む。文を受け取るも、震える指先がもどかしい。ようやく開き、文字を眼で追ったゆりは顔を上げた。

「お仲さん、すぐに支度をして出ます。重蔵さんにお店をお願いしますと伝えて」

ゆりは逸る気持ちを懸命に抑えて、草稿を丁寧に揃えた。


文は、吉原に女を送る女衒の二八からだ。届けに来たのは、蔦頭の長次。なんと長次は、二八が営む近江屋に、見張りのようにちゃっかり入り込んで、おたきの情報に、眼を光らせていたらしい。

「気をつけて行くんだよ」

支度を整えたゆりは、京伝に見送られ、表に出ると、すぐさま足早に歩き始めた。

「なにも、お内儀さんが行くことはねえじゃねえですか。まだ妹さまは近江屋に到着しておりません。着いたら、おれがこちらに連れて来ますから、京屋で待っててくださいよ」

背後から、長次が慌てたように声を掛けて来た。ゆりは振り返ることなく歩を進める。

「いいえ、万が一、おたきでなかったらどうします？　京屋に連れて来てしまってから、お前は捜していた娘と違うから、近江屋へ戻れというのはあまりに酷(こく)じゃありませんか？　ですから、あたしが出向いて会うべきなんです」

ゆりは息を弾(はず)ませながら答えた。

「いや、ですからね、まだ二八の親分のところにはいないんですよ」

ゆりはいきなり足を止めて、くるりと踵(きびす)を返した。

「来るまで待てばいいことです。それに、着いてからじゃ遅いんです。面倒を見ていた夫婦がどういう形でおたきを売ろうとしているのかわからないから。もうすでに見世が決まっていると厄介(やっかい)ですから、二八さんに確かめないと」

ゆりの剣幕(けんまく)に気圧(けお)された長次が、ああ、と声を洩らして頷いた。ゆりは再び歩き出す。

「お内儀さんが？　二八さんに確かめる？」

長次の訝しげな声が飛んできたが、

「そうか。昔世話になったんでした、ね――」

もごもごと口籠(くちご)もる。二八が吉原の見世の仲介(ちゅうかい)をしたことを聞かされたのだろう。

二八の営む近江屋は、五間間口の店で山谷の田町(たまち)にある。

店といっても売り物は女なので、小上がりの店座敷には、柄の悪そうな男たちが輪になってサイコロを振っているか、帳場で暇そうに茶を啜っている番頭がいるだけにすぎない。

遠国から売られてきた女たちは、すぐに吉原に連れて行かれるわけではなく、少しの間二八の処で国許の言葉を直し、化粧の仕方、行儀作法などを仕込まれる。少しでも垢抜けたふうにするためだ。

ゆりは江戸生まれだったため、そうした煩わしいことはなかったが、吉原で使う言葉は教えられた。語尾に「ありんす」を多くつけるので、ありんす言葉と呼ばれている。訛りの強い処から来たのをごまかすためでもあるが、言葉に独特の響きがあるので、吉原は遊郭として別格、という特別感を客も味わうことが出来た。

長次がまた声を掛けてきた。

「お内儀さん、男のおれでも歩くにはきつかった。山谷は遠いですぜ。駕籠を拾いますかい？」

「ご心配なく。京橋川から舟に乗ります。伝蔵さまがよい船頭がいるからと」

京伝が浅草田圃の吉原へ通うためにいつも使っていた船頭が京橋の河岸にいるのだ。

舟で吉原へ向かう際に使うのが山谷堀なので、山谷にある近江屋に行くにはなんとも都合がいい。

仕事に向かう人々がひっきりなしに通る。早足で歩いたゆりは、首筋の汗を手拭いで押さえながら、鼻をすんすんさせた。

京橋川に架かる京橋の北東岸は、竹商人が多く、竹河岸ともいわれて、竹を並べた置き場になっていた。おそらく青竹だろう。少し青臭い、草いきれにも似た臭いがあたりに漂っている。

ゆりは、その竹置き場を抜けて、橋脚の下にいる船頭に声を掛けた。頭に巻いている手拭いは、獅子鼻の醜男が暖簾から顔を出している意匠が目印だと、京伝にいわれたのだ。

若い頃、京伝は仲間内で、自分で考えた手拭いの意匠を持ち寄って楽しむ手拭合という催しを開いていた。獅子鼻の男の意匠はそのときのもので、それは、版行された手拭いの図案集にもしっかり描かれている。後に、その獅子鼻は京伝鼻と呼ばれて、自画像ではないかといわれていた。もちろん、本人とは似ても似つかない。

「どちらさんかね」

船頭がゆりに陽に焼けた顔を向けた。

「京屋の女房です」

「おやおや」と、船頭は前歯の抜けた口を大きく開けて、笑った。

「こんなきれいなご新造さまじゃあ、伝蔵さんも浅草田圃から足が遠のくってもんだ。おれももうお役御免かと思っていたのだが。まさかご新造さんを乗せることになるとはねえ」

老船頭は、吉原通いがめっきり減った京伝に皮肉を投げたが、すぐに破顔した。

「親爺、山谷堀まで頼むよ」

長次が先に舟に乗り、ゆりに手を差し出した。

強面だが、こういうところは気がつくのだと、ゆりは感心しながら、長次の手を借りて、舟底にそっと足先を下ろした。

「こら、若僧。伝蔵さんのご新造さんの手を気安く触るんじゃねえぞ」

長次が「へいへい」と首をすくめる。船頭は満足そうに頷くと、棹で岸を突いた。

舟がすっと川面を滑る。舟を操り出すと、老船頭の顔はきりりと引き締まり、黙って櫓を押し続ける。たちまち、眼前に大川が見えてくる。

ゆりは、川風に揺れる髪を手で押さえながら、前を向いていた。心は急いてはいたが、冷静さは失っていなかった。これでおたきが見つかれば、ずっと喉に突き刺さったままの小骨が取れるような気がしているからだ。

すいやせん、と後ろに座る長次がおずおずいった。

「京伝先生から伺いましたが、お内儀さんは、妹さまのお顔を知らないとか」

ゆりは振り返らずに首を縦に振る。

「じゃあ、どうやって妹だって証を得るつもりなんです？」

ゆりが小さく息を洩らす。

「実はあたしも怖いのです。生まれて半年だけ面倒見ただけですから、面影がなんていう話でもない。でも、妹であればきっと感じるものがある、と信じたいのです」

「そんなもんですかねぇ」

長次は呆れながら答えた。

「おれは兄弟がいねえからわかりませんが」

ぎいこ、ぎいこ、と櫓べそが鳴り、舳先が水を分けてどんどん進む。

大川に出ると、すっかり視界が開けた。左手には石川島、対岸は深川だ。沖に停泊した弁才船からの荷を積んだ伝馬船が幾つも通っている。河口近くであるからか、流れに逆らうためか、船頭は櫓をさらに力強く押す。

海鳥が翼を広げて飛んでいた。空は青い。

ゆりは、ふと煙草入れの意匠に鳥の図はどうであろうかと考えた。羽根でもいい。

妹かもしれない娘に会いに行こうとしているのに、どうして別のことを考えているのだろう。あたしは情が薄いのかしら。

ゆりは、苦笑した。

永代橋をくぐり、両国橋、幕府の御米蔵を左手に眺めながら、半刻（約一時間）ほどで、山谷堀に架かる今戸橋に到着した。

「用事がすぐに済むなら、ここで待っているよ」

「いいえ。少々かかりそうなので」

「じゃあ、京屋の伝蔵さんによろしくいってくんな。おれがおっ死ぬ前にまた一緒に大川を流そうってな」

老船頭は、再び棹を手にした。

「確かに、ご伝言を預かりました」

ゆりは船賃を渡して、頭を下げた。

近江屋はもうすぐそこだ。

懐かしいなんて思いは微塵もないけれど、確かに見たことのある風景がある。

「よく近江屋さんに居候なんて出来ましたね」

少し後ろを歩く長次に話し掛ける。

「まあ、二八さんの子分で血の気の多いのがおりましてね。難癖つけてきたんで、そいつを一発でのしたら、気に入られちまいまして」

「まあ」

ゆりは眉根を寄せた。女衒に商家の手代のような真面目そうな男などいないが、それにしたって殴るのは、と、ゆりはちらりと長次を窺う。

視線に気づいた長次が、照れ臭そうに鬢を掻いた。褒めたわけじゃないのに、と、ゆりは、ついつい笑みを洩らした。

「でもね、結局、お内儀さんと京伝先生の名を出したら、ふたつ返事で引き受けてくれました。京伝先生のご高名は、喜次郎さまから伺ってはおりましたが、やはりたいしたものだと。それに、お内儀さんの行方知れずの妹さまを捜そうなんて、お優しい人でもある」

「ええ、ほんに、あたしもそう思います。誇らしくも思います」

「ははは、こりゃ御馳走さまで」

「あら、そんなつもりじゃ」と、ゆりは頰を染めて、足を速めた。

右手に日本堤を見ながらしばらく行くと、目指す近江屋が見えてきた。

さて、二八へのひと言目はなんだろう。ご無沙汰しております？　その節はお世話になりました？　う—ん、どちらも変かしら。

　すると若者がひとり、こちらに走り寄って来た。

「長次さん、お帰りなさいまし。おや、ずいぶん色っぽい姐さん連れて。隅におけねえなぁ」

　そういって、長次を肘で小突いた。

「失礼なことをいうな。この方は、山東京伝先生のご妻女だ。二八の親分さんに会いに来たんだが、出掛けていないかい？」

　長次が眉間に皺を寄せて凄むと、

「こいつは、とんだしくじりだ。親分は奥におります。ささ、ご新造さま、ご案内いたします」

　若者はぴょんと飛び上がった。

　母屋と渡り廊下で繋がっている離れの二間が二八の部屋だ。ひとつは寝所、もうひとつは居間でもあるが、商談でも使われる。

　ゆりは二度ほど、この座敷に入ったことがある。一度目は初めて二八と顔を合わせたとき、二度目は玉屋の主人との対面のときだった。

　ゆりと長次が座すと、

「こりゃ玉の井、久方ぶりだねえ。しばらくぶりだが、一層女っぷりが上がったようだ」

　煙管の煙をくゆらせつつ、近江屋二八が笑みを浮かべた。

　ゆりは、静かに頭を下げる。

「恐れ入ります。二八さまもご息災で何よりでございます。今は名を、ゆりに戻しておりますゆえ、お間違いなきよう」

二八はきれいに整えた白髪頭を楽しそうに振って、笑った。

「そいつはすまなかった。ゆりさん。そうだよなぁ、山東京伝さまのお内儀だ。京屋もずいぶん繁盛しているそうじゃねえか」

「おかげさまをもちまして」

「ははは、おれぁ、何もしてねえよぉ」

二八は眼を細めてゆりを見やると、長次へ眼を向けた。

「長次さんもご苦労だったね。知らせなら、うちの若い衆をやったものを」

「妹さま捜しをお受けしたのは、あっしですから、お内儀さまに報告しねえと」

「なんとも律儀だねえ。そこがいい。どうだい、房州で鳶なんぞやってねえで、江戸に出て来い」

「幾度目のお誘いでしょうかね。あっしは、江戸には出ませんよ」

長次は二八にずいぶん気に入られているようだと、ゆりは感心したが話はそこじゃない。

「二八さま、おたきは――いいえ、あたしの妹はいまどこにいるのでしょう」

「そう急ぐことじゃねえ。昔話も出来やしねえ」

「あたしは昔話などせずとも結構です。それより、伯母夫婦も一緒なのでしょうか。それとも」

二八が灰吹きに煙管の灰を落としたとき、

「ぶ、ちょうほうします」

娘が茶と饅頭を持って入ってきた。頬が赤い。北の国から連れて来られたのだろうか。まだ十二、三というところだろう。

「このご新造はな、ちっと前まで浅草田圃にいたが、今じゃ玉の輿だ。いいとこのお内儀だ。おめえも気張れよぉ」

二八の柔らかな言葉に、娘がゆりを希望の光のように眩しく見つめ、さらに頬が赤くなる。

「よしよし、駄賃をやろうなぁ」

二八は、娘の手をとって銭を握らせた。

決して二八は娘たちに恐怖を与えない。吉原や岡場所が、辛くて怖い処だと思わせないようにしているのだ。それは、子分たちにも徹底させている。そうでないと、廓の主人たちの前で萎縮してしまい、売り値が下がるからだ。

「さ、ゆりさんよ。まずは、茶でも飲んで落ち着け」

二八は、あらましは長次から聞かされているといい、ゆりを静かに見据えた。

「おたきは伯母夫婦とともに来るよ」

「では」と、ゆりが身を乗り出す。

「いやいや、この始末はうちに任せてくれるかえ？　餅は餅屋というだろう？」

二八が破顔する。ゆりの背筋がぞくりとした。二八の本気の笑顔は、怒り顔より怖い。

小半刻（約三十分）ほど、三人で話をした。二八は京伝の洒落本を幾冊も読んでいた。吉原に女を送っているから当然だと饅頭を食った。

「あのお人は、吉原をよく取材していると思うよ。廓のしきたりも妓のことも。まあ、数十年も通ってりゃ当たり前か」

へええ、と長次が眼をしばたたく。

「なんといっても、男ってのは女に惚れなきゃ駄目だという口だろう？　女に惚れ抜かないといけねえってな」

よかったなぁ、と二八がゆりを見る。

「先代の蔦重さんもほっとしていなさる。間違いはなかったとな。玉の井、お前のことを聞きに来たんだよ」

え？　とゆりが首を傾げた。

「町場じゃ、顔も知らねえままに夫婦になる。が、吉原はそうじゃねえ。閨事でも互いのことがわかるだろう？　京伝さんは通人、粋人と名を売ったお方だ。そういう男と女のことはよおく知ってるはずだ。惚れた女と暮らすのが、あの人にはいっち合ってるからな。前の女房を亡くして、お前さんに惚れた。それにお前は、番頭の子だったから、店の辛さも大変さもわかるだろうってな。蔦重さんはいってたよ」

ああ。あたしは、茶屋で蔦屋さんから伝蔵さんを引き合わされた。先に会っていたのは蔦屋さんだったのだ。まさかと思ったけれど。蔦屋さんから、あたしのことは聞かされていたに違いない。だから、本石町の長屋のことも知っていて、相四郎に調べさせたのだ。

伝蔵さまは、初手から、あたしたち母娘のことに心砕いてくれていたのだ。胸が熱くなる。

すると、にわかに店が騒がしくなり、道で会った子分が二八を呼びに来た。

三

ぞろりと長い羽織を子分から受け取ると、二八は、さっと肩に羽織って座敷を出て行った。

ゆりは長次とともに離れで待っていたが、こちらに向かって来る足音がして、思わず腰を浮かせた。すると、顔を覗かせた二八が、

「隣の座敷に入んな」

と、厳しい声で言い放った。

ゆりと長次は慌てて、隣室に入り、襖をほんのわずかだけ開けて、覗き見た。

ここに夫婦とおたきを通すのだろうか。心の臓がどくどくと脈打つ。目の前に、母をいびり殺した夫婦と、妹かもしれないおたきが姿を見せる——。

「長旅で疲れたろう？　ほら、そこに座んな」

二八の声がした。少女は黙って、座った。こちらの座敷から顔が見える位置に座らせてくれた。

けれど俯いていて顔がわからない上に、かわいそうなほど、身をこわばらせている。無理もない。

見知らぬところに急に連れて来られ、見知らぬ男たちに囲まれ、話し掛けられ、きっと混乱している。夫婦はいない。この子ひとりだ。年の頃は、妹と一緒くらいに見えた。

「さて、と」

二八が少女の前に腰を下ろした。

「おめえ、名はなんだえ？　歳は幾つだ？」

二八の声は優しい。

「たき、です——七つです」

「そうかい。よくいえたな。あのな、おばさん夫婦は別の座敷にいる。まあ、酷なことをいうようだが、お前を売るつもりで、ふたりはここに連れて来たんだよ。わかるか？」

おたきが顔を上げた。瞳が戸惑っていた。幼いながらも、金で売られたことはわかったのかもしれない。感情が乱れているのか、唇が小刻みに震えている。

二八がこちらを振り返り、顎をしゃくった。襖の隙間から覗くゆりによく見ろといっているようだ。

正直、わからなかった。姉妹であれば、たとえ会ったことがなくても、何かしら感じるものがあるかと思っていた。けれど、別段、気持ちに漣(さざなみ)が立つようなことはなかった。胸がキュッと締め付けられ、互いの気持ちの糸が繋(つな)がり、やはり妹だ、なんて、心を揺さぶるような対面なぞ、やはり戯作の中だけなのだ。

ただ、隙間から見えるおたきの顔は、どことなく母親に似ていた。目元や鼻——。

でもそれだけだ。

「お内儀さん、いかがです？　妹さまですか？」

長次が小声でいった。

ゆりは首を振り、「わかりません」と答えた。長次が困ったように眉尻を下げた。

「お前を、おれが買ったら、ここで暮らして色々覚えてから、また別の処へ行くことになる。いいな。お前は器量も悪くない。ちょいと痩せているが、ここではちゃんと飯を食わせてやる」

おたきが二八を見る。信じられないという顔つきだった。きっと、伯母夫婦はろくに物を食べさせていなかったのだろう。

かわいそうに、と思った。でも、自分でいうのもなんだけど、あたしだってかわいそうだったのだ。いま目の前にいるおたきと同じことを二八にいわれたのを思い出した。あたしはすっかり大人だったのが大きな違いだけれど。

「どうしなさった、お内儀さん」

長次は焦れているような声を出した。

「このままじゃ、あの子はほんとに売られちまいますよ。それでいいんですか？」

いいも悪いも、妹でなければあたしにかかわりない。だけど――。

見知らぬ娘でも売られるのを知りながら、そっぽを向くほど醒めてはいない。

だけど、おたきでない子を連れ帰れる？　あたしの一存で？

おっ母さんは、馬鹿だ。父親の違う妹をあたしが捜すと思ったの？　どこの誰かも知らない男の子を身籠もった末に、自分たちが生き残るために、あたしを吉原に売り飛ばした。自分の亭主への復讐のつもりだったのかしら。

あたしの絶望なんてわかりもしないでしょう？

でも、おっ母さん、あんたは、挙げ句の果てに伯母夫婦にいびり殺された。

馬鹿みたい。

ねえ、お菊さま。あたし、どうしたらいい？

わからない。あのおたきはあたしの妹なの？

ああ、やっぱり妹なんてどうでもいい。赤の他人だろうと、血の繋がりがあろうと、売られてしまえばいい。あたしは知らない。

ゆりは心の内でそう吐き捨て、襖から眼を離した。そのとき、後れ毛を弾かれた気がした。

え、何？　誰かがあたしに触れた？

ゆりはそれが何かの合図だったように、いきなり襖を開け放った。

「お内儀さん」

長次が叫んだ。

二八も眼を剝いてゆりを見る。驚いたおたきはとっさに頭を抱え、うずくまった。

ゆりは、はっとした。

おたきの髪に結ばれた布が眼に飛び込んできた。桃色の鹿の子絞りだ。もう擦り切れて色も褪せたぼろぼろの布――。

ゆりは視線が釘付けになる。まさか、まさか。そんなことってある？

ゆりはおたきに駆け寄り、強い声で質した。

「その鹿の子絞りは、誰が買ってくれたの？」

「し、死んだおっ母さんが……兵児帯を切って作ってくれたの」

おたきはうずくまったまま答えた。悲しいくらい怯えが見える。

「あ、あたしの」

不意におたきが顔を上げ、真っ直ぐにゆりを見た。

「お姉ちゃんの兵児帯を――」

「あ、ああ」

胸の奥が、眼の奥が熱い。頰を伝うのは、何？　涙？　ゆりの力が急に抜けた。おっ母さんのことは嫌いだ。憎いとさえ思っている。だけど、こんな偶然があっていいものだろうか。伝蔵さまの戯作じゃあるまいし。

いいえ、いいえ。戯作だって、こんな奇跡は書けっこない。だってあまりに嘘くさいから。

ゆりは、身を丸めたままのおたきを守るように覆い被さり、抱きしめた。

「二八さま、この娘はあたしが連れて帰ります」

おたきの戸惑いがゆりの身に伝わってくる。

「おたき。あんたは、あたしの妹だよ」

二八が店座敷まで、見送りに出てくれた。

「あの業突く張りの夫婦のことは、おれに任せな。ちゃんと諭してやるからな。おゆりとのことは口が裂けてもいわねえ。安心しな」

ゆりが礼を述べると、

「幸せになるんだぜ」

おたきの頭を二八がそっと撫でた。まるで孫を慈しむ祖父のようだが、正体は女衒のお頭だ。

諭す、ですって。物はいいようだと、おたきの手を引き、歩き出しながら、ゆりはくすりと笑う。

邪険にし、虐げた挙げ句、売り飛ばして金を得ようとする者を、二八は最も嫌う。おそらく、人身売買をしている夫婦だ、と奉行所に引き渡すに違いない。あることないこと、たっぷり尾鰭をつけて。

おたきは舟に乗っても、京屋に到着し、小袖を着替えても、京伝の前に座っても、まだ困惑していた。京伝がなにを訊ねても、首を横か縦に振るかで答えている。

疲労が頂点に達したのか、座ったまま舟を漕ぎ始めた。京伝は微笑んで、「床を用意してやってくれ」と、お仲に頼んだ。

京伝は、長次と膳を囲んだ。ゆりが銚子を掲げると、長次が小難しい顔をした。

近江屋を辞してからずっとだった。

「あの、お内儀さん。なぜ実の妹さまだと思ったので？　やはり血縁ってのを感じたんですかね」

「うん、それは私も聞きたいものだね」

京伝も身を乗り出した。ゆりは、銚子を置くと、にこりと笑った。

「おっ母さんは、読み書きが出来なかったの」

けれど、「ユリ」だけは覚えた。迷子になっても、名がわかればと、ゆりが身に着ける物すべてに赤い糸で「ユリ」と縫(ぬ)いつけた。

「もしかして、あの髪に結んだ鹿の子の布に？」

長次が盃(さかずき)を手に、眼をしばたたいた。

「あれはあたしが幼い頃結んでいた兵児帯でした。古くなったから、おっ母さんが、裂いて髪結びに使ったのでしょう。ほんとに信じられなかったけれど、「ユ」の字が残っていたの。迷子のあたしを見つけた気分だった」

ああ、と京伝は息を洩らした。

「おっ母さんの赤い糸が、姉妹を引き合わせてくれたんだねえ。不思議なことがあるものだ」

「でも、おっ母さんはやっぱりおたきのことが心配だったのね」

それは違う、と長次がぼそりと呟いた。

「この世にたったふたりの姉妹だから。いつか会えればと願っていたんだと思います。そうでなきゃ、姉さんがいるなんて教えませんよ」

京伝もそれには深く頷いた。

「ゆりにとっては、いいおっ母さんじゃなかったのかもしれないが、それでも自分の娘ふたりのことはきっと案じていたんだろうね――うんうん、戯作になりそうな話だね」

ははは、と京伝が楽しそうに笑うと、ゆりは身をよじった。

「もう。あたしを物語に登場させないでくださいましな。ああ、いやだ」

しない、しないと京伝は酒を口に運んだ。

「そうそう、浄瑠璃にもあったね。赤い糸で結ばれた恋仲の男女の話だ」

長次が、妙に感心した。

「へえ、そんなお話があるのですねえ」

「ああ、それも元はね、古い古い唐の頃の小説に、男女を繋ぐ赤い縄が出てくるのだよ。それがいつの間にか、糸になったんだね」

「あたしたち姉妹ですけど」

ゆりが怒ったようにいったのが、おかしかったのか、京伝と長次が顔を見合わせた。

「喜次郎さまもご恩返しが出来たと、お喜びになることでしょう」

そう言って、長次はその日のうちに江戸を発ち、安房へと戻った。ゆりは明日でもと引き止めるも、すぐに知らせたいのだと張り切っていた。

夜、ぐっすり眠っているおたきの様子を、ゆりがそっと窺っていると、足音を忍ばせてきた京伝がゆりの肩に触れた。

「ご苦労さまだったね。本当によかった。間に合って」

「伝蔵さま。ありがとうございます。もしかしたら、本石町の長屋を訪ねていたのは――」

ゆりは京伝の指先に触れた。

「相四郎だよ。そこでやはり房州の姉という話が出てきてね。それで、喜次郎さまにお願いをしたんだよ。吉原でも一度だけ、おたきのことを聞かされただろう」

やはり、はじめからおたきを捜すつもりであったのだ。なんてこと。あたしは、もうどちらでもいいと諦めていたのに。むしろ、あたしが山東京伝の女房だと知られたら、おっ母さんが乗り込んでくるかもしれない、銭の無心をされるかもしれないと心配していたほどなのに——。

自分の卑屈さが嫌になる。

「おたきのことまで気に掛けていただいて、かたじけのうございます」

「おっ母さんのことは残念だったが、ゆりの妹ならば、私にとっても大切な家族だよ。なんの遠慮もいるものか。お菊も、お前もおたきも親兄弟の縁が薄い。だから、ここが一番安心出来る場所であってくれればいいんだ。家族なんだから、わがままをいってもいいんだよ。京屋は皆の家なんだ。版元も、歌麿さんも左七郎も太助のような変な輩もたくさん寄り付くがね。私は皆が集まり楽しむ家でありたいのさ」

京伝の優しい声音が沁みてくる。

ゆりは胸を詰まらせた。言葉が出ない。肩に乗せられた京伝の温もりを感じながら、ただ幾度も幾度も頷いた。

たたたた——。

翌朝、廊下を急ぎ来る足音がして、米が蒸ける匂いのする勝手の土間に、おたきが勢いよく飛び下りた。

「ちょっと、ちょっと、おたき」

朝餉の支度をしていたゆりが声を上げると、おたきはその場にかしこまり、頭を下げた。

「今日のお仕事はなんでしょう？」

ゆりは眼をしばたたいた。

「仕事ってなんのことかしら？」

「あたし、飯炊きも出来ます。包丁も持てます。でもお勝手に用事がないなら、水汲みをします。廊下の拭き掃除もします」

戸惑ったのはゆりだった。言葉を探していると、

「働きますから、痛いことはしないでください」

と、必死の形相で訴える。伯母夫婦と暮らしているときもそうだったのだろう。怠ければ折檻なども当たり前の暮らしだったのだ。昨夜、着替えをさせようと、おたきの寝間に入って、まくれた袖から覗いた腕にあざがあるのを見た。下女以下の扱いをされていたのがわかった。ゆりは夜具を直すと、はらはらと落涙して、そっと座敷を出た。

お願いします、とおたきが頭を下げた。

「誰もそんなことしない。あんたを傷つけない。もうそんな真似はやめて。ほら立ち上がって」

ゆりがしゃがんでおたきの背に触れると、驚いたように顔を上げた。

「あら、お内儀さんにどことなく似てますね」

お仲がいうと、おたきは怖々と肩を竦めた。

「お仲さん、おたきを脅かさないでよ」

「あはは、ごめんなさいね。さあ、もうすぐご飯ですから、お顔を洗ってきてくださいね。あ、手拭いをお持ちしますね」

お仲が甲斐甲斐しく世話を始めると、五助たちがわらわらとやって来て、

「あ、おはようございます、おたきさま」

一斉に挨拶をした。その後ろには、番頭の重蔵が笑顔で立っている。奉公人の皆におたきのことを教えておいてくれたのだろう。ありがたいことだと、ゆりは胸を熱くした。

「おたき、お前は今日から皆とここで暮らすの。ここはね、煙草入れ屋の京屋。お店の主は、あたしの夫で、江戸一番の戯作者、山東京伝よ」

お仲の横でおたきはきょとんとした。

それを見たお仲がくるりと背を向け、肩を震わせる。

「おやおや、皆勢揃いでいいねえ」

京伝が廊下を歩いて来た。

「おたきや。お前はここの子どもになるんだよ。ゆりはお前のまことの姉さんだが、今日からは、おっ母さんで、私がお父っつぁんだ」

おたきは、眼を見開き、口をぽかんと開けた。

「どうしたどうした。そんな顔をして。おたき、昨日はそのまま眠ってしまったから、さぞかし、

腹が減っているだろう。それで、朝餉が済んだら、湯浴みをして、ゆりとふたりで小袖を誂えに行ってくるといい」

おたきの代わりにゆりが訊ねる。

「よろしいのですか？」

「当たり前だ。店はいいから、ふたりで越後屋へ行っておいで。好きなのを選ぶといいよ」

「あたしも一枚いいですよね？　伝蔵さま」

ゆりがおどけていうや、まあ、いいよ、と京伝は仕方なさそうに頷いた。

ゆりはおたきを抱きすくめ、

「嬉しいわねぇ、おたき。明るい色の小袖と、帯と、それから」

頰擦りをした。

「ほんとに、ここにいていいの？」

「もちろんよ。きれえな小袖をたくさん誂えましょうね」

ゆりはさらに抱く手に力を込める。

「さ、朝餉にしておくれ」と、京伝は、ちょっと心配そうな顔をしつつも声を弾ませた。

おたきは、日毎に家に馴染んだ。十日ほど経ったとき、「お父っつぁん」と、はにかむおたきに呼ばれた京伝は、

「まるで天から降りてきた調べのようだった」

と、歌麿や二代目の蔦重、鶴喜を呼びつけて、顔をとろけさせた。

「おう、お内儀。いたいた、捜したぞ」

銚子を座敷へ運ぼうとしていたゆりに、歌麿が足元をふらつかせながら、声を掛けてきた。

「あらあら、少しお酒が過ぎておりませんか？」

「なんの、まだまだ。伝蔵さんの娘自慢に少々飽いただけだ。まったく女房自慢の次はこれかと呆れ返っていたのだよ」

「それは申し訳ございません。少し自慢を控えるように伝えます」

ゆりが砕けた口調でいうや、歌麿が笑う。

「あのな、お前さんに、見せたいものがある」

「あたしに？」

歌麿は懐を探り、折りたたんだ紙を取り出した。色が透けて見える。錦絵のようだ。

「これこれ。さ、広げてごらんよ」

「ここでですか？　お部屋で披露したほうが」

「いいんだよ。お前さんに持ってきたんだ。ようやく家で見つけたんだ。さ、銚子はおれが持ってやるからよ。早く早く」

急かす歌麿を訝りつつ、銚子と錦絵と思しき紙を交換する。ゆりは紙を開き、眼を見開いた。

吉原の図だ。

奥には笛や鼓を持つ男と、客らしき男たち。手前に華やかな妓がふたり。そして、衝立の陰に座っている男女がいた。その女は男の背に身をぴたりと付けて、耳元に何事か囁いている。特別な間柄とすぐにわかる仲睦まじい姿だ。

ゆりはさらに眼を瞠る。この男の羽織の紋は「京」と「傳」。そして、女の衣装は菊模様。

「歌麿さま、これ」

自分の声が震えているのがわかる。歌麿が、「扇屋だ」と大きく頷いた。

「伝蔵さまとお菊さまですね。なんてきれいな女」

「おれが描いた。まだ、祝言を挙げる前のふたりだよ。お菊は明るくて気立てがよい妓でね」

歌麿がわずかに遠い眼をした。お菊のことを思い出しているのだろう。

ゆりは、錦絵をじっと見つめた。歌麿の筆にかかれば、どんな女子も絶世の美女になる。でも、お菊の絵姿は、つんとすました美女ではなく、どこか愛らしさを残していた。まさに、明るくて気立てがよい、性格がそのまま出ていた。

「歌麿さま、なぜこれをあたしに？」

ゆりは小首を傾げ、歌麿を見る。

「伝蔵さんがさ、気にしていたんだよ。お内儀が妙に想像を膨らませている、お菊の姿形がわかればもっと気持ちが楽になるだろう、とね。どうだ、図星かい？」

ゆりは唇から小さく息を洩らす。

「で、お菊の姿は？」

「悔しいです」と、ゆりは歌麿を見つめた。歌麿が、むっと顎を引く。

「だって、当代一の絵師に姿絵を描いてもらえるなんて。しかも好いた男と。伝蔵さまは女心がわからない野暮天。これを見せつけられたら、あたしは、嫉妬で身悶えしてしまうじゃないですか」

ゆりが怒ったようにいうと、歌麿が楽しそうに笑った。

だけど――。

正直ほっとした。お菊さまがどんな女か、どんな容姿か、一時は、確かにおかしくなるくらい考えていた。けれど、ほんにこの世にいたのだと思ったら、安心した。

伝蔵さまと夫婦になって、この家にいたのだと。それがはっきりわかってむしろ嬉しい。

歌麿が眉を寄せてゆりの顔を覗き込む。ゆりは、くすくす笑い、錦絵を再び折りたたむと、襟元に差し入れ、銚子を手に戻した。

「あたしがこの家に嫁に来たのは縁だと思っています。それは、伝蔵さんとだけでなく、お菊さまとも繋がっていたからこそだと」

「はあ、そんな考えがあるとはねぇ。あんたもたいした女房だねえ」

歌麿がぽんと手を打った。

「聞いたことあるかえ？　先代の蔦重はね、伝蔵さんに、女房は吉原から選べといったようだ」

「はい」

吉原での夫婦の契りはただの夢。殿方は、吉原で夢を見て、現で女房を見つけるのが常。でも、我が亭主は、夢を現にするお人。

ゆりは、ゆっくりと頭を下げる。

「蔦屋さまにお礼を申し上げませんと」

「ははは、そういや、相四郎から聞いたのだが、伝蔵さんが馬琴と大喧嘩(おおげんか)したって？」

ええ、つい先日、とゆりは微笑み、事の次第を話した。

馬琴は、「遊女を妻と等しく扱(あつか)うのはおかしい」と、版元や絵師などの酒宴(しゅえん)の席で言い放った。

「兄さんと義姉(ねえ)さんを蔑(さげす)んでるんだ。偏見(へんけん)がすぎるんだ、あの人は」

相四郎が家に戻ってから、怒り心頭で早口でいうや、なんと京伝が飛び出し、馬琴の家に乗り込んだのだ。

「私は居場所にも運にも恵まれていた。お武家はどうしたって自尊心が高い。才のある左七郎さんはなおさら、私を妬(ねた)んでいただろうね。でも、確かに才はあった。それを先代の蔦重も見抜いた。今、人気戯作者として、名を馳(は)せているのも当然だ。潤筆料(じゅんぴつ)だけで生計を立てているのは、左七郎さん以外にはいない。清国(しんこく)や日本の伝奇(でんき)にも詳しく、精通している」

しかし、女にかけては、私のほうが上だ、と京伝が馬琴に向けて怒鳴(どな)ったという。

「お菊もゆりも大事な妻だ。惚れ合うことの何が悪い。左七郎さんにとっての妻は、子を成し、家を守るのが役目であって、惚れるものではないらしいな。なんて気の毒なことか」

と、声を荒らげた。

「という顚末でございます」

歌麿は、身をよじって笑い転げた。

「そりゃあ、嬉しかっただろう、お内儀」

「そんなくだらぬ戯言で？　と呆れました。だって。あの山東京伝が女房の悪口をいわれたから烈火の如く怒ったって、馬琴さんの話の種にされてしまいます。それこそ笑い者」

歌麿が眼をしばたたく。

たぶん、お菊もそういうに違いない。

亡くなった女房をすっぱり忘れる亭主より、哀れなほど未練がましい男のほうが情が深いとゆりは思う。

「あたしは十分果報者でございます。そのうち、あたしと伝蔵さまを描いてくださいましね。そうそうおたきも一緒に」

「おれはね、男は描かねえよ」

と、赤い振袖を着たおたきが飛び出してきた。

「お父っつぁんがお酒はまだかと」

おたきを座敷に入れるなんて。まだまだ自慢し足りないらしい。

「はい、今行きますと伝えてちょうだい」

ゆりが笑顔を向け、身を翻すと、

「なんだあ、いい家族だねえ。ちょいと描いてやってもいいかな」

歌麿が呟き、鬢を掻いた。

じーわじーわと蟬が鳴いている。

元号が文化に変わって、ますます京伝の戯作も『京屋』も繁盛していた。

姑の四十九日も無事終わり、寂しさと悲しみはまだ癒えないが、それでも日々は続いている。

おたきは、すっかり京屋の看板娘となり、ゆりが嫉妬をするほど、売り上げがよい。

いつものように店座敷で、ゆりとおたきが客の応対をしているところへ、京伝が仕切り暖簾を撥ね上げ慌ててやって来た。

お客たちが騒ぎ始めたが、当の京伝はどこ吹く風だ。

ゆりの姿を見とめると、

「次の物語を思いついたのだよ。早く聞いておくれ。忘れてしまう」

声を張る。戯作の筋書きが出来ると、まずゆりに聞かせてから筆を執るようになっていた。女子や子どもも楽しめる物が書きたいといい、あるいは戯作よりも、いろんな考証事もしてみたいと、京伝はますます精力的だ。

ゆりはそんな京伝とともに歩んでいると思っている。

おたきに向かってゆりが目配せする。と、おたきはすぐに飛んで来て、

「おっ母さんは、お父っつぁんの戯作のお手伝いがございますので、あたしが代わってお相手いたします」

初老の客は眼を細めておたきを見つめる。

「お内儀も忙しいねえ。店とご亭主のお手伝いで」

「はい。おっ母さんは、京屋伝蔵の女房でございますから」

おたきがはきはき答える。

ゆりは、京伝の腕を取って、母屋へと向かう。店の切り盛り、戯作の手助けと、今、多忙を楽しんでいる。

「次はどのようなお話でしょう？」

「丹波国の御家騒動と怪談や復讐を織り交ぜた、姫さまが登場する話だ。題は『曙草紙』」

「まあ、女子が喜びそうな。また酔わせてもらえるかしら？」

京伝が柔らかな視線をゆりに注ぐ。

「過料を受け、手鎖をはめられ、もう戯作など書くものかと幾度思ったことか。生業なんぞになりはしないとうそぶいて、自分のだらしなさは棚に上げて偉そうにのたまってね」

ゆりは微笑みつつ、京伝を見つめた。

「だけどねぇ、私は人が好きでねぇ。人の心の複雑さが大好きでね。酔わせてもらえる、か……。奇しくも先代の蔦重にいわれたよ。人を酔わせる物を書けと。ゆり。私は戯作を綴って三十年近く経つが、人を酔わせる物が書けただろうか。蔦重にこれだけの物語を書いたと胸を張れるだろうかねえ」

自信なさそうに、京伝は眉をひそめた。

「うふふ。少なくとも、あたしは酔わせていただいていますから――ああ、きっともうひとり」

京伝の部屋に向かう途中、ゆりは京伝の腕から手を離して、廊下を右に曲がった。

「おや、ゆりどこへ行くのだい？」

「仏間です。錦絵を持ってきます」

「そうか。お菊も一緒なら、湯飲みはそうだね、三つ用意しないとね」

はい、とゆりは眼を細め、京伝に笑いかけた。

本書は「公明新聞」二〇二二年十月二日から
二〇二四年六月三十日の日曜版で連載された
小説を加筆・修正した作品です。

梶よう子　かじ・ようこ

東京都生まれ。2005年「い草の花」で九州さが大衆文学賞大賞を受賞。08年「一朝の夢」で松本清張賞を受賞しデビュー。16年『ヨイ豊』で歴史時代作家クラブ賞作品賞を受賞。23年『広重ぶるう』で新田次郎文学賞を受賞。著書に「御薬園同心 水上草介」「みとや・お瑛仕入帖」「とむらい屋颯太」シリーズ、『北斎まんだら』『菊花の仇討ち』『吾妻おもかげ』『空を駆ける』『我、鉄路を拓かん』『焼け野の雉』『雨露』など多数。

京屋の女房

二〇二五年　一月二十日　初版発行

著　者――梶よう子
発行者――前田直彦
発行所――株式会社　潮出版社
〒一〇二‐八一一〇
東京都千代田区一番町六　一番町ＳＱＵＡＲＥ
〇三‐三二三〇‐〇七八一（編集）
〇三‐三二三〇‐〇七四一（営業）
振替口座　〇〇一五〇‐五‐六一〇九〇

印刷・製本――中央精版印刷株式会社

ISBN978-4-267-02449-8 C0093
www.usio.co.jp

◆潮出版社の好評既刊

蔦屋重三郎
浮世を穿つ「眼」をもつ男
髙橋直樹

あの男の絵は「眼」が違う。全ては吉原遊郭から始まった。稀代の版元・蔦重と不世出の絵師・東洲斎写楽の運命の邂逅。写楽の絵に隠された真実とは――。【潮文庫】

若親分、起つ
目明かし常吉の神楽坂捕物帖
伍代圭佑

のんべんだらりと過ごしていた常吉が「神楽坂の若親分」となって、父の死の真相を追っていく。事件はやがて大奥や公儀中枢にまで及ぶ一大事となり――。【潮文庫】

むけいびと　芦東山
熊谷達也

江戸時代中期、二十三年もの幽閉生活に屈することなく、近代刑法論書の先駆けとなる『無刑録』を著していく芦東山の、己の考えを貫き通した生涯を描く。【潮文庫】

姥玉みっつ
西條奈加

江戸を舞台に、同じ長屋で暮らすことになった個性豊かな三人の婆たちの日常とその周りで起こる悲喜劇をコミカルに描く「女性の老後」をテーマにした長編小説。

天涯の海　酢屋三代の物語
車 浮代

世界に誇る「江戸前寿司」はいかにして誕生したのか――。江戸時代後期、「粕酢」造りに挑んだ三人の又左衛門の生涯と、彼らを支えた女たちを描いた歴史長編小説。